DANS MON PAYS
LUI-MÊME...

DU MÊME AUTEUR

L'Enfant et la Raison d'État, Le Seuil, coll. « Points Politique », 1977.

Justice en miettes, en collaboration avec Hubert Lafont, PUF, 1979.

Le communisme est-il soluble dans l'alcool ? en collaboration avec Antoine Meyer, Le Seuil, coll. « Points Actuels », 1979.

Québec, Le Seuil, coll. « Petite Planète », 1980.

Le Nouvel Ordre gendarmique, en collaboration avec Hubert Lafont, Le Seuil, 1980.

Heureux Habitants de l'Aveyron et des autres départements français..., Le Seuil, coll. « Points Actuels », 1990.

Ça n'est pas pour me vanter..., Le Seuil, coll. « Points Actuels », 1991.

Nous vivons une époque moderne, Le Seuil, coll. « Points Actuels », 1991.

Pointes sèches, Le Seuil, 1992.

Dans le huis-clos des salles de bains, Le Seuil, coll. « Points Actuels », 1993.

PHILIPPE MEYER

DANS MON PAYS
LUI-MÊME...

FLAMMARION

© Flammarion, 1993
ISBN 2-08-066825-0
Imprimé en France

Pour Françoise la Hune (aux petits yeux cruels) et pour Georges le Hutin, qui rendent la vie tellement plus vivante.

Pour Jules, qui la croquera à belles dents.

« On nommait la Saône en présence
d'un Parisien qui étalait la simplicité
savante de son maintien sur le joli
quai de Mâcon. A Paris, nous appelons
cela la Seine, dit-il en souriant. »

STENDHAL, *Mémoires d'un touriste.*

« Une ville de province est un désert
sans solitude. »

François MAURIAC, *La Province.*

Avant-propos

Rien ne me plaît davantage que d'aller voir le monde et de le raconter à autrui. En juillet 1992, Françoise Verny, qui sait, comme disait ma grand-mère, « où le diable fait feu », m'invita à faire sa connaissance dans un restaurant lyonnais et, avant que j'aie fini mon « tablier de sapeur », me proposa d'écrire pour elle le récit d'un voyage en France. Nous tombâmes tout de suite d'accord sur la nature de cette balade et de sa relation. J'en choisirais les étapes sans autre justification que ma curiosité ; il ne s'agirait pas d'expliquer (il pleut, chaque saison, quantité d'ouvrages qui s'y emploient), mais de décrire.

Sans souci d'exhaustivité, de représentativité ou d'équilibre géographique, j'ai donc effectué, entre l'automne 1992 et l'été 1993, un tour en France plutôt qu'un tour de France. Sauf dans un cas, tous mes lieux de villégiature furent pour moi des découvertes. Certains m'intriguaient depuis longtemps : la Corse, à cause de divers amis originaires de l'île et qui en parlaient d'une manière troublante parce qu'elle ne leur ressemblait pas ; Saint-Flour, au large de laquelle nous passions jadis chaque année en famille, sur le chemin des vacances, et qui me paraissait lourde d'un mystère. D'autres étapes m'attiraient depuis longtemps, comme Le Havre, mais quelque chose d'indéfini m'avait dissuadé de

11

m'y rendre. Je décidai d'aller à Ouessant lorsque j'appris qu'elle était sur le point de recevoir une visite qui me rappelait *Devine qui vient dîner*. Sur le chemin de Sète, le dieu des voyageurs me fit assister à Montpellier, à l'impayable rituel d'une tribu dont les mœurs me parurent mériter un compte rendu ethnologique. A Nancy, je cherchai à savoir ce qu'est aujourd'hui la vie dans la plus grande barre de HLM d'Europe. Je retournai à Wattrelos, près de Roubaix, où j'avais travaillé à deux reprises avec des lycéens sur *De Nuremberg à Nuremberg*, pour décortiquer l'impression ambiguë que m'avait laissée cette ville très administrée. Quant à la halte au Chemin des Dames, sans que je sache pourquoi, elle s'imposa à moi dès que je commençai à penser à mon itinéraire. Enfin le hasard m'offrit, lorsque je fus nommé juré au concours d'entrée à l'École nationale d'administration, un long et intense séjour dans ce que beaucoup considèrent comme le ventre de la bête et qui est, en tout cas, le sanctuaire de ceux qui peuvent permettre ou empêcher l'épanouissement de la plupart des initiatives.

Tirer des conclusions de ce voyage serait tricher avec sa nature et son propos. J'étais là, voici ce que j'ai cru voir... Chacun fera le miel qu'il voudra de ce récit à la première personne du singulier. Presque toujours mis en joie par la beauté si diverse des lieux que je traversais, très souvent par l'humanité des gens que je rencontrais, presque jamais par les systèmes qui prétendent les administrer, étonné à bien des reprises, je peux seulement dire que j'ai cheminé, selon les vers d'Aragon, « en étrange pays, dans mon pays lui-même »...

Ph. M.

Saint-Flour, l'autre monde
et l'autoroute
(Allegro serioso)

La lecture de Julien Gracq et de ses *Carnets du grand chemin* peut tenir lieu d'avertissement : « Saint-Flour est un *bout-du-monde* suspendu au-dessus d'un panorama de plateaux bossués. » Six heures et demie de train, de nos jours, c'est plus qu'un homme, même si rien ne le presse, peut supporter pour atteindre un bout-du-monde. Comme je n'aime la voiture que lorsqu'elle permet le cabotage entre des points rapprochés mais que rien ne relie, j'ai pris l'avion de Clermont-Ferrand à 9 heures du soir et réservé un taxi sanflorain pour parcourir les cent derniers kilomètres. J'ai annoncé à l'hôtel de l'Europe que je n'arriverai pas avant 23 heures. « A cette heure-là, m'a-t-on répondu avec cordialité, il n'y a plus personne et nous n'avons pas de veilleur de nuit. » Puis on m'a indiqué où serait cachée la clef de l'hôtel, celle de ma chambre étant ensuite facile à trouver sur le comptoir de réception.

Dans l'avion, un jeune ingénieur m'aborde. Il a assisté naguère à un débat sur la presse auquel j'ai participé dans la capitale auvergnate. C'est un Champenois. Sa compagne et lui ont trouvé à Clermont des emplois intéressants dans l'agro-alimentaire, et il s'enquiert des raisons de mon retour dans le chef-lieu du Puy-de-Dôme, avec l'air de quelqu'un qui conçoit mal que l'on puisse, deux fois dans l'année, choisir une telle destination sans

13

une raison solide. Je le détrompe : « C'est à Saint-Flour que je me rends. — Vous y avez de la famille ? me demande-t-il, subodorant une grand-mère malade à qui je porterais une galette et un petit pot de beurre. — Non, je vais y passer quelques jours, pour voir. — C'est à cause des élections législatives ? — Non, j'ignore tout de ce qu'elles représentent là-bas. C'est juste pour voir Saint-Flour. » Il reste silencieux, préoccupé, dérangé autant qu'intrigué par l'idée qu'au cœur de l'hiver Saint-Flour puisse recevoir une quelconque visite sans véritable but. Je l'interroge à mon tour. Comment trouve-t-il les Auvergnats ? Fermés. Très fermés. Depuis plusieurs années qu'il est établi à Clermont, il ne s'est fait d'amis que dans son cercle professionnel, qui compte surtout des déracinés comme sa compagne et lui. Ensemble, ils pratiquent quelques sports et une sorte de théâtre, plutôt de l'expression corpo-relle avec lecture de texte. Si je comprends bien, cela a une visée plus psychologique qu'artistique. Il en parle comme d'un îlot de modernité dans un océan de traditions impénétrables à qui n'est pas natif de l'endroit. A son tour, il aimerait savoir comment j'ai trouvé la ville, lors de mon bref séjour, quelques mois plus tôt. Cérémonieuse. A l'École de Com-merce, où se tenait le débat sur la presse, il n'y avait pas moins de trois sénateurs, dont le maire de la ville, Roger Quillot. Seul celui de l'Allier, Jean Cluzel, connaissait le sujet. Les confrères de la presse écrite et électronique qui siégeaient à la tribune s'étaient livrés à un règlement de comptes feutré auquel je n'avais entendu goutte, et, lorsque le moment vint des questions de la salle, le président de séance n'avait donné la parole qu'à des notables et à des présidents d'association, chacun ayant un arriéré de rancœur à exprimer contre les médias à propos d'affaires localo-locales. Après le débat, des étudiants s'étaient plaints à moi de n'avoir pas pu intervenir. « Vous n'aviez qu'à insister pour prendre la parole... — Oh ! quand on a vu qui était dans la

salle, on a su tout de suite qu'on ne pourrait pas.
» Nous avions donc eu une deuxième rencontre autour
d'un verre, avant que le confrère organisateur du
débat ne me remette, en remerciement, une cassette
vidéo sur *La Rivière Allier* et un saint-nectaire fer-
mier qui devait s'avérer exquis.
   Quoique le thermomètre extérieur marquât six
degrés, l'hôtel où j'allai me reposer de ce débat
n'était pas chauffé. Pensez, un vendredi soir, avec si
peu de clientèle... Peinte en deux nuances de bleu
(électrique et soutenu), ma chambre était éclairée au
néon. Elle en acquérait l'aspect d'un parloir funéraire. La fenêtre donnait sur un mur. La télévision
était posée en haut du placard, à deux mètres
cinquante du plancher. Couvert d'un chandail, j'y
dormis assez bien. Le lendemain matin, tôt levé,
j'exprimai mon envie de manger deux œufs coque.
Cela parut stupéfiant et ne fut pas possible. Le buffet
du petit déjeuner proposait, au pays du saint-
nectaire, des miniportions d'« emmenthal français »
sous plastique. Le café était abondant. Au jour, et vu
de l'extérieur, l'hôtel pouvait évoquer Fleury-Méro-
gis. Non loin de là, un parc municipal paraissait
offrir une promenade idéale pour digérer mon
emmenthal plastifié. En m'approchant de l'entrée,
j'entendis des cris d'animaux, aigus et puissants. On
aurait dit des cris de phoques. C'en était. Dans un
bassin plutôt réduit, deux de ces pinnipèdes amphi-
bies s'adonnaient à un exercice de mouvement
perpétuel, parcourant sans désemparer leur habitat
en long et en large, et jappant à intervalles réguliers.
Dans les jardins zoologiques et dans les hôpitaux
psychiatriques, on appelle « balancement mastur-
batoire » cette agitation continue et sans but. Dans
une grande cage toute proche, un coq géant, blanc et
ébouriffé, promenait un air outragé. De Clermont je
ne vis ensuite qu'une librairie, « Les Volcans », dont
l'aimable propriétaire tire une fierté légitime, tant il
a su adapter son magasin à tous les goûts de sa
clientèle, sans rien céder de sa mission de défricheur

15

de la littérature. Des manuels d'informatique aux parutions des Éditions José Corti, rien n'a échappé à son souci de bien faire et de favoriser l'éventualité d'une rencontre entre la chose imprimée et son toujours improbable lecteur. Il me donna, sur le débat de la veille, un point de vue voisin de celui des étudiants. Voyageur rapide, j'en conclus qu'une invisible chape pesait sur la patrie de Pascal, qui, cependant, fournit longtemps le plus gros contingent de lecteurs d'Alexandre Vialatte, par le truchement du journal *La Montagne*. On voit par là que le monde n'est pas simple.

J'avais résumé pour mon voisin d'avion les impressions que l'on vient de lire, il les approuva. « L'ambiance, ici, est très institutionnelle.» On annonçait l'atterrissage. Clermont n'est qu'à quarante-cinq minutes de Paris, bien que nous vinssions d'en parler comme si elle était à quarante-cinq ans de partout. En nous séparant, l'ingénieur me souhaita un bon séjour à Saint-Flour, avec une nuance de compassion que l'on aurait jugée déplacée ou méprisante venant d'un Parisien, mais qu'un provincial peut se permettre sans risquer un mauvais jugement.

Le taxi sanflorain était au rendez-vous, impatient de parler et de savoir à qui il avait affaire. Cela ne lui demanda pas plus de deux kilomètres, parcourus sous un feu roulant de questions. « Puisque vous travaillez dans la presse, vous allez pouvoir m'expliquer pourquoi " ils " ont fermé La Cinq... » J'avais presque oublié l'existence de cette chaîne de télévision jamais vraiment née. M'en souvenir m'ennuyait plutôt. Je résumais à gros traits. Pas de public, beaucoup de frais. « Ça, c'est curieux, ce que vous me dites. Je connaissais pourtant des gens qui la regardaient.» Voilà le parfait archétype d'une conversation avec un chauffeur de taxi, me dis-je. Cela devint encore plus vrai lorsque, après un éloge appuyé des programmes de La Cinq, « faits pour les gens comme moi, qui travaillent et qui veulent des divertissements », il ajouta : « De toute façon, nous, à Saint-Flour, on ne la recevait pas. Le Conseil général, qui est RPR, n'a jamais voulu financer un réémetteur qui aurait pu arroser la ville, dont le maire est de la majorité présidentielle depuis 1989... Remarquez, plus pour longtemps. » Plus pour longtemps ? Que signifie cette restriction ? Rien d'autre qu'une prochaine dissolution du conseil municipal par le préfet pour cause de zizanie trop voyante à l'intérieur de l'équipe élue en 1989 contre un autocrate plutôt que pour elle-même ou pour ses projets. L'autocrate, médecin, issu d'une famille patricienne, entouré d'adjoints falots, avait exercé sans partage une autorité de plus en plus pesante et s'était lancé dans une politique de grands travaux, notamment d'équipements sportifs. La ville en est encore abasourdie, secouée et endettée. Très endettée : 13 milliards — on parle ici en francs d'avant Pinay — pour 8 000 habitants. Qu'est-ce qui aura le plus nui à l'autocrate ? La dette, l'autocratie ou la soudaineté avec laquelle il a prétendu doter sa ville des équipements et des signes de la modernité ? Quelle que soit la méthode, quel que soit le but, il semble que l'on ne prétende pas impunément conduire Saint-Flour dans une entreprise qui ne s'impose pas d'elle-même et à un rythme qui froisse sa susceptible lenteur.

A vrai dire, la ville dégage dès la première vue une impression de superbe quelque peu renfrognée. Même si ses habitants ignorent son histoire, Saint-Flour semble s'en souvenir. Du moins la ville haute, celle qui fut longtemps enclose dans des remparts gris-noir, comme les pierres de ses maisons et de sa cathédrale. La ville basse, officiellement nommée « le Faubourg », paraît plus ignorée que surplombée par la cité historique. D'ailleurs, aucune route ne traverse Saint-Flour ; c'est par son contrebas que l'on passe pour aller vers Laguiole et le Midi ou vers Clermont et ce que l'on est plus tenté d'appeler le septentrion que le nord, tant l'esprit du lieu ramène

17

aisément vers des archaïsmes teintés de majesté. Raide et battue par tous les vents, la haute ville considère avec mépris et méfiance l'agitation automobile qui grogne à ses pieds : la dernière bataille de la bourgeoisie sanfloraine aura été livrée contre l'autoroute qui vient d'être achevée, puis contre l'idée qu'une sortie desserve la cité. Le gratin des commerçants descendit en vain dans la rue pour faire valoir officiellement qu'une telle voie représenterait la ruine du commerce. Après un peu de conversation avec les autochtones, on ne jurerait pas que la crainte d'une invasion n'a pas compté autant que l'appréhension d'une perte de revenus. Il s'y ajoutait même peut-être la peur que l'autoroute ne constitue un trop facile moyen pour la jeunesse du lieu d'aller goûter aux plaisirs offerts par Clermont-Ferrand, que le Sanflorain de souche imagine inexplicablement indignes et sulfureux, sans doute à cause du caractère nettement ouvrier de la capitale auvergnate, mais aussi parce que Saint-Flour pense ne le céder en rien à aucune ville d'aucune sorte. *Nec pluribus impar*, « non inégale à plusieurs », telle aurait pu être sa devise d'adoption. « Au Moyen Age, nous avions déjà 8 000 habitants, comme aujourd'hui », m'a-t-on dit plus d'une fois, sans penser que cette équivalence peut jeter un doute sur la vitalité de la cité des Vents. Et chacun d'évoquer les considérables foires dont l'érudit local, Louis Bac (directeur d'école honoraire), rappelle qu'« elles étaient fréquentées non seulement par la population des environs, mais aussi par des marchands venus du Gévaudan, du Rouergue, du Quercy, du Velay et de la Limagne qui s'y rendaient avec des caravanes de mulets convoyées par des hommes en armes ». Foire de mai, foire de la Toussaint, foire du samedi des Rameaux, de la Saint-Blaise (le 3 février), de la Saint-Laurent (le 3 août) : Saint-Flour était le centre d'un monde dont Gracq écrit en 1992 qu'elle n'est plus qu'un bout.

C'est de cette importance que la haute ville semble aujourd'hui caresser inconsciemment le souvenir, et de sa tradition d'indépendance. Vers le XIIIᵉ siècle, quand les autres cités étaient tenues par des seigneurs ou par des évêques, les Sanflorains reconnaissaient la seule autorité de leurs trois consuls élus pour un an par un Jurat de trente à quarante membres. *Primus inter pares*, le consulmage était choisi dans le Jurat ; ses deux confrères venaient, l'un de la bourgeoisie ou de la robe, l'autre du négoce. Cela déplut fort à Louis XI, le premier de nos jacobins, mais il n'en vint à bout que pour quelques années, et son fils dut restituer privilèges et prérogatives. C'est exagérer à peine que d'écrire que l'on peut lire cette histoire sur les murs de la ville en la parcourant à pied. Tout comme certains visages reflètent une hérédité aristocratique — ou alcoolique ou aventurière —, la physionomie de Saint-Flour évoque d'emblée une sorte de quant-à-soi inentamable où ne cesse de mijoter un mélange d'orgueil, d'indépendance, de richesse de dissimulation, d'isolement volontaire et de conscience de soi. Cette ville paisible rumine. Parmi les pensées qu'elle roule, l'une des plus constantes est sûrement celle d'un affront : celui que lui a infligé la Révolution en faisant d'Aurillac le chef-lieu du département du Cantal. Aurillac, siège d'une simple paroisse dont l'archiprêtre devait baiser la mule de l'évêque de Saint-Flour. Aurillac, d'où vint le montagnard Carrier, le futur massacreur de Nantes, qui ne cessa de dénoncer comme « réactionnaire » la cité des Vents et qui obtint que sa ville, selon un principe dit de l'alternat, soit chef-lieu du département deux ans sur quatre, en binôme avec Saint-Flour. Aurillac enfin, qui triompha et prit pour elle tout le gâteau après qu'un arrêté du 20 frimaire de l'an II eut déclaré Saint-Flour « en état de guerre révolutionnaire », c'est-à-dire soumise au représentant de la Convention, Châteauneuf-Randon. Cet aristocrate défroqué fit *illico* raser les tours et les clochers, détruire les murailles et les fortifications, tandis que la population se voyait confiner dans la ville rebaptisée « Fort-libre », où les rassemblements de plus de trois personnes étaient interdits et le courrier censuré, « afin de régénérer l'esprit public ». « Une situation comparable à celle qu'elle devait connaître en juin 1944 après l'arrivée des SS et des miliciens ! » s'exclame Louis Bac. Une dernière tentative pour obtenir qu'un nouveau département soit créé avec un peu de l'est du Cantal et une lichette du nord de l'Aveyron fut fatale à Saint-Flour, qui espérait en être la préfecture : Châteauneuf-Randon redoubla de Terreur...

(A Sienne, récemment, des amis français s'émerveillaient qu'une paysanne parle encore avec colère et mépris de Florence et refuse obstinément de parcourir les quatre-vingts kilomètres qui séparent la ville des Chigi de la ville des Médicis. Ils voyaient là une composante majeure de l'italianité, qui consisterait, selon eux, à se souvenir de conflits surannés et à continuer d'en déduire des comportements actuels. Il est vrai que Sienne n'a pas oublié que, en 1208, les Florentins catapultèrent par-dessus ses remparts du fumier et des cadavres d'ânes, mais je crois que nos provinces gardent tout autant — et même cultivent — la mémoire des offenses qu'elles subirent et des grandeurs dont elles furent le siège. Quelque temps avant mon séjour à Saint-Flour, j'avais entendu des Aveyronnais, indignés que l'un de leurs plus vieux châteaux — et l'un des plus symboliques — soit convoité par des Anglais, rappeler à quel point, au xive siècle, les sujets du roi d'Angleterre avaient pu se montrer brutaux. Je nous crois plus italiens que nous ne le pensons, et je m'en réjouis.)

Donc, autant que sur son rocher, Saint-Flour est assise sur le souvenir de son importance, sur la remembrance de sa sagesse girondine face à la folie montagnarde d'Aurillac, sur la mémoire de ses consuls, sur les traces de ses foires, sur l'évocation de ses recluseries, cabanes murées de deux mètres carrés où des femmes — et, quelquefois, des hommes — perpétuèrent pendant quatre cents ans, honorées et nourries par la cité, une tradition de sacrifice et de prières, enfermées jusqu'à une mort généralement causée par le froid. On voit par là, aurait écrit Alexandre Vialatte, que la ville est auvergnate, c'est-à-dire sévère. Si sévère qu'elle ne tient ni à ce qu'on l'admire, ni même à ce qu'on la connaisse. C'est à peine si quelques panneaux mal placés signalent au voyageur l'existence du musée Adolphe-Douët, sans d'ailleurs suggérer le moins du monde ce que l'on pourra y trouver.

Ce n'est pourtant rien de moins que l'ancienne maison consulaire, acquise en 1354. La sobriété de sa façade, restaurée au xvie siècle avec une retenue toute sanfloraine, semble lutter contre l'extravagance italienne de la Renaissance, mais ne parvient pas à laisser indifférent. La proportion des fenêtres à meneaux est exquise ; leur répartition est parfaite. Quelques chapiteaux sculptés, quelques gargouilles fantasques, quelques montants à fleurons donnent à deviner que, derrière ces pierres exceptionnellement claires et chaudes pour la ville, la douceur et le bien vivre ont pu trouver un tiède abri.

On peut visiter, mais il faut y tenir. La guide est à l'hôtel de ville, de l'autre côté de la cathédrale. Si l'on s'en étonne : « C'est parce qu'il ne passe presque personne. » Si l'on fait remarquer que le peu qui passe pourrait être découragé par la porte close et l'absence d'âme qui vive pour l'accueillir, on obtient un acquiescement gêné et l'assurance que « c'est différent l'été ». Sans doute. De toute façon, la guide est la gentillesse même et elle vous désarme : « Je ne suis pas la patronne, je ne suis qu'un contrat emploi-solidarité. » (C'est le premier mot par lequel la modernité me rattrape depuis que je suis arrivé dans cette ville ; ce n'est pas le plus avenant.) Nous entrons donc, la guide et moi. D'une salle à l'autre, tout n'est qu'élégance. Le riche Sanflorain qui racheta cette maison consulaire après la Grande

Guerre (Adolphe Douët, dont rien, dans le musée qui porte son nom parce qu'il le légua à la Caisse d'épargne, ne perpétue le souvenir) l'habita et la meubla, ajoutant chaleur et justesse de ton à des pièces aux proportions apaisantes et intimistes. D'Henri II à Louis XVI, chaque salle est consacrée à un style — meubles, tableaux, armes, céramiques, faïences, bijoux en vitrine. Bien entendu, on s'arrête à Louis XVI. J'imagine que les règnes et les républiques ultérieurs ont été jugés tout juste bons pour Aurillac. La guide contrat emploi-solidarité s'applique à réciter son explication sans défaillance de mémoire. Elle y parvient très bien, mais son souci de ne pas perdre le fil l'empêche de voir qu'elle s'enlise parfois dans des pléonasmes dont l'auteur du texte ne s'est pas montré avare : « Vous voyez ici une clochette Louis XIV *du xviie siècle*; vous pouvez admirer là un coffre d'amiral *de marine*.» Jacques Dufilho et sa « Visite de la chapelle » ne sont jamais très loin. Au dernier étage, une exposition de photos de certains grands moments de Saint-Flour au début du siècle. Que de prêtres dans les rues, à chaque grande occasion ! Deux salles plus loin, une exposition de sculptures contemporaines — « à vendre », me précise la guide —, œuvres d'un artiste local, François Boutard. La ligne générale en est ronde et lisse, assez « soixante baba cool ». On ne peut pas dire qu'un souffle particulier anime ces statues généralement inspirées de formes animalières. On ne peut pas le dire, mais on peut l'écrire, si j'en juge par le livre d'or. « *Certains talents interrogent l'homme parce qu'ils touchent au divin. Seul l'art peut transcender la dimension mortelle de l'homme. Il faut, avec Boutard François, réviser son jugement car la peinture n'est pas forcément l'art majeur.* » Prudhommesques et sibyllins, ces propos sont signés « *François Delpeuch, maire, 1992* ». Je les médite en redescendant d'une salle à l'autre. Nombre de carreaux des fenêtres à meneaux sont cassés. On dirait que la ville a honte de son musée... Autant le dire tout de suite, ce n'est que par l'effet d'une obstination confinant souvent à l'entêtement que je découvrirai dans les jours à venir la façade de la maison du gouverneur, la cour de l'hôtel Brisson et sa galerie Renaissance, les fenêtres romanes de l'ancienne chapelle des Pénitents, le portail Notre-Dame, l'escalier de l'hôtel Nubieu, les arcades et la balustrade de l'hôtel de Lastic, les fresques du xve de l'église Saint-Vincent, les portes en anses de panier des anciennes échoppes de la rue du Thuile. Seule est indiquée à la fatigante curiosité du public la cathédrale Saint-Pierre, noire, anguleuse, épaisse, aussi avenante qu'un bastion fortifié. Saint-Flour n'est pas du genre qui multiplie les invites. L'été, la commune perçoit d'ailleurs une taxe de séjour. L'hiver, les vents font le reste et prennent leur part du découragement que peut éprouver le visiteur. Pas une rue où ils ne s'engouffrent et ne semblent danser autour de vous une danse de glace. J'ai superposé deux T-shirts, une chemise, un chandail, une veste, un manteau et une écharpe, et je bats encore la semelle. Dans la grand-rue commerçante, j'aperçois une paire de chaussettes en laine irlandaise : je l'acquerrai s'il le faut au prix que paya Faust. Au magasin Prisunic, je déniche la dernière paire de gants en laine. Ils sont couleur vomi d'ivrogne, je n'ai jamais rien désiré qui m'ait paru plus beau... Me voilà « greyé », comme on dit au Québec (auquel ne peut que faire songer cette température) d'un homme équipé pour traverser le froid. Dois-je préciser que, dans les jours qui viendront et qui ne se réchaufferont pas, j'entendrai plusieurs de mes interlocuteurs affirmer : « Cette année, y a pas d'hiver », et même l'un d'entre eux, pourtant homme de sens rassis, se plaindre devant moi que les météorologues de la télévision choisissent toujours le Cantal pour désigner les températures les plus basses ?... Soyons impartial : le ciel au-dessus de moi ne cessera jamais d'être bleu. Il paraît que c'est cela qui constituait la véritable exception...

« Greyé », donc, je peux poursuivre mon tour de la ville. La librairie-maison de la presse offre une vitrine composite. Les best-sellers « incontournables » occupent les rayons du bas, tandis que les étagères supérieures proposent des auteurs qui constituent manifestement le choix du libraire : Fernand Braudel, Ismaïl Kadaré, Michael Ondaatje, Luc Ferry. Le cinéma, installé dans l'ancien palais de justice, programme deux nouveautés américaines : *La mort te va si bien*, avec Jack Nicholson, et le film de Robert Redford, *Et au milieu coule une rivière*, dont l'action se situe au Montana sous le signe de la religion presbytérienne et de la pêche à la mouche, deux disciplines extrêmement rigoureuses et que le Sanflorain devrait donc être à même d'apprécier. Le hasard veut d'ailleurs que, samedi prochain, ce soit ici l'« ouverture de la truite ». Le magasin d'articles de pêche a déployé jusque sur le trottoir, en dépit du froid, une infinité de cannes et d'ustensiles que le Parisien ignore. C'est que les associations de pêcheurs ne comptent pas moins de 2 000 membres à jour de leur cotisation, ce qui ne doit pas représenter loin d'un adulte valide sur deux et, si l'on considère que la femme n'est que rarement pêcheuse, un homme sur un...

Une affiche, répétée sur les portes de tous les magasins, annonce que, bientôt, Demis Roussos chantera à la cathédrale. Elle a déjà résisté aux assauts d'Astorg de Brezon, dit le Taureau rouge, et d'Amblard de Nonette, dit le Mal-Hiverné, elle saura s'accommoder de ce nouvel affront. Le Salon de l'agriculture approche : l'agence de voyages propose l'aller-retour à Paris en autobus pour 200 francs et le séjour tout compris de deux jours pour 950 francs. La devanture est entièrement occupée par une publicité en faveur d'Euro Disney, qui, considéré d'ici, me paraît aussi loin dans la Brie qu'en Floride. Les autres vitrines présentent un assemblage contrasté de modernité et d'immobilisme. Ici, une brûlerie de café aligne les mélanges les plus raffinés et propose tant de sortes de thés que le Britannique le plus exigeant ne trouverait rien à y ajouter. Plus loin, un magasin de caleçons ne fait pas dans la dentelle. « Si vous me serrez de trop près, je pète », peut-on lire sur les fesses de l'un des articles exposés, tandis que l'autre prévient : « Parle à mon cul, ma tête est malade. » Comme auraient dit Pierre Dac et Francis Blanche, voilà qui ne fait pas beaucoup de lecture pour les longues soirées d'hiver. Mais voici une placette ensoleillée où opèrent côte à côte un coiffeur et un chapelier. A la vitrine du chapelier *(Chapellerie moderne)*, une photo que je crois reconnaître illustre une publicité. Je m'approche : « Torpedo coiffe les sportifs. Portez la casquette de Raymond Kopa. » Et c'est en effet la binette du capitaine de l'équipe de France de 1958 qui orne cette réclame, installée depuis trente-cinq ans...

Trois cents pas plus loin, un magasin flambant neuf de jeux électroniques, et, rien que dans la haute ville, trois commerçants proposent des cassettes vidéo où l'on trouve tout *Sissi* en coffret aussi bien que *Le Silence des agneaux*, à côté de vidéos consacrées à *La Carpe, Le Cerf, La Pêche* et d'une quantité variable de films destinés à titiller les sens. A ce dernier chapitre, l'échoppe la mieux fournie et la plus soucieuse de satisfaire la diversité des goûts que l'on observe dans la nature est — évidemment — celle qui se situe le plus près de la cathédrale. Lorsque j'y accomplis l'inspection que m'impose mon devoir de flâneur professionnel, j'y dérange trois garçons qui paraissent s'employer à caricaturer l'adolescence : rires aigus, boutons d'acné, coups de coude par en dessous. Le négociant me jette d'abord un regard inquiet, ou en tout cas préoccupé, puis il m'observe de biais pendant que je parcours ses rayons. Il est petit, les épaules en dedans, l'œil plutôt torve : lui aussi paraît forcer le trait pour camper l'équivalent moderne du vendeur de photos en douce qui recherchait autrefois la pratique des

25

lycéens à l'heure de la sortie des cours. On voit par là que le pignon sur rue n'enlève point au vice le sentiment de son indignité. Tournons-lui résolument le dos. D'ailleurs l'heure du déjeuner approche, et je n'ai que le temps de repasser à l'hôtel avant mon rendez-vous.

L'hôtel de l'Europe, à l'entrée de la ville haute, domine le « panorama de plateaux bossués » dont parlait Gracq. Nous n'y sommes que peu de clients. Une nuit de cette semaine, j'en ai même été le seul. On y est servi à l'ancienne : amabilité et discrétion. A mon étage, les chambres ont des terrasses. Sur la mienne, lorsque j'entre dans ma chambre, un furet m'examine par la fenêtre et, peu convaincu de l'intérêt de ce qu'il aperçoit, s'en retourne vivre sa vie. Une mince couche de neige glacée couvre, par plaques, le paysage ensoleillé. Le bruit des autos dans la ville basse me parvient à peine. Rien de visible ne s'agite. L'idée me vient quand même de m'inquiéter du reste du monde : j'allume la radio. On capte sans mal les principales stations nationales et, en guise de radio locale de Radio-France, celle de Nîmes. Celle du Puy-de-Dôme est barrée par trop de montagnes. On entend donc — et il paraît que les Sanflorains ne s'en montrent pas mécontents — des voix à l'accent provençal qui parlent de mistral, de mer (« calme à peu agitée »), et donnent des nouvelles du programme de la feria d'Arles. Comme ces voix semblent venir de la pièce voisine, il se produit un curieux télescopage entre l'évocation des taureaux de combat et la vue de la neige. Sur une autre fréquence, Radio Saint-Flour promet des pin's à la gloire de l'Auvergne à qui téléphonera le premier la réponse à une question sur un rocker. On annonce une kermesse dotée d'un concours dont le premier prix sera un agneau, et le second, deux couettes. Puis on interroge longuement un groupe local. Je crois comprendre qu'il se nomme les « Barons du délire » et se réclame du rock français tel que le pratiquent les « Garçons bouchers ». Ils s'apprêtent à chanter leur titre fétiche, *Ô madame Blanche*, mais mon téléphone stridule. Mon rendez-vous est arrivé.

O., mon confrère de *La Montagne*, rencontré naguère à Clermont-Ferrand, est de ces journalistes qui aiment pouvoir en dire autant qu'ils en savent et qui ne croient pas que l'information, dans un quotidien de province, doive se borner au récit des inaugurations, des cérémonies de départ à la retraite et de remise de médailles ou à la relation des faits et gestes des autorités. Auvergnat, mais de l'Allier, il n'est ici que pour deux ou trois ans, ce qui lui évite de s'engluer dans les réseaux de dépendance qui ont si longtemps plombé les chaussures des rédacteurs des journaux régionaux. Autant et plus que le narrateur de la vie officielle, il se veut le découvreur de ce qui grouille en dessous et pousse sa rédaction en chef, à Clermont, à publier des reportages qui lui valent assez souvent des sourires pleins de dents de la part des notables sanflorains. On aurait ainsi préféré qu'il garde pour lui ce qu'il a appris récemment sur les jeunes squatters morts dans l'incendie d'un vieil immeuble du centre-ville et sur leur commerce de drogue. On souhaite qu'il n'aborde le sujet de la religion que pour annoncer les manifestations carillonnées. On lui serait reconnaissant de ne pas faire écho aux petits maux de la cité, mais ses intentions sont moins flagorneuses. Il n'a pas trente ans, et beaucoup de confrères de province, ayant choisi d'y rester, abordent désormais le journalisme avec le même esprit indépendant. Ceux qui tiennent le haut du pavé en sont agacés, mais aussi plutôt flattés. Ainsi un personnage nourri de Tintin s'ajoute-t-il un peu partout, dans la vie locale, à ceux du romancier, de l'essayiste, de l'érudit, de l'amoureux des vieilles pierres ou de l'anthropologue amateur qui, depuis toujours, ont trouvé refuge dans la presse provinciale et développent sous sa protection leurs passions, leurs manies, leur imagination ou leur goût de la bonne vie. Si la chose n'avait pas un caractère *a priori* incestueux, on ferait, je crois, un livre savoureux en brossant le portrait de quelques-uns de ces Théophraste...

Qu'ils aient presque encore, comme mon confrère de Saint-Flour, du placenta dans les narines ou que le crin leur ait blanchi sous les lampes de bureau, qu'ils aient trouvé la machine à traitement de texte dans leur trousse d'écolier ou qu'ils n'aient jamais dépassé le stade des deux doigts sur le clavier de la Remington, il est rare que les confrères de province méprisent la table. O. me propose un déjeuner dans une ferme qui, depuis quinze ans, joue également les auberges. On y arrive vite, et l'on est vite dépaysé : adieu, l'altier et basaltique promontoire sanflorain, voici la croupe ronde du Cantal, infiniment moins farouche. Au revoir, trésors d'architecture cachés derrière les hauts portails de bois épais et sombres, voici une bonne bâtisse à l'élégance sans apprêt, simple et bien en pierre, comme on dit « bien en chair » d'une fille de la campagne. Près d'un feu mille fois bienvenu, on vous y offre, pour 75 francs, de larges tranches d'un pâté qui ne doit rien à l'industrie, un demi-poulet qui n'a connu que la nature et qu'accompagne une truffade (des pommes de terre tranchées cuites au four avec du cantal), un plateau de fromages digne de Porthos et l'un de ces gâteaux épais qui ressemblent au far breton. On trouve à la cave une bouteille de gigondas — qui me paraît de meilleure compagnie que le saint-pourçain —, et voilà de quoi asseoir une honnête conversation.

Je fais part à mon commensal de mes impressions du matin. Lorsque j'en arrive au chapitre des boutiques, il s'étonne que je n'aie pas remarqué l'opulence des pharmacies. Au temps pour moi ! La ville en compte sept, dont une emploie treize salariés ! Puis il me tuyaute sur la propriété des divers commerces. Quelques familles tiennent ici le gros du négoce, et souvent depuis plusieurs générations.

Quand les enfants ont fait des études, la famille agrège leurs compétences à ses affaires. Celui-ci, comme architecte, a présidé à la réfection des boutiques ou à telle construction dans la zone industrialo-commerciale, dite zone d'extension. Celui-là, comme avocat, veille aux intérêts de sa tribu et de sa clientèle. De temps en temps, l'un ou l'autre met dans la politique la patte ou le menton. J'interroge O. sur les autorités. Le sous-préfet n'est là que depuis six mois ; l'évêque, depuis deux ans. Le premier arrive de Saint-Lô, le second de Rome, où il a officié vingt ans à la Secrétairerie d'État. L'un est aux prises avec les conflits internes à la municipalité et avec la paralysie qu'ils entraînent ; l'autre avec une déchristianisation qui n'épargne pas son diocèse rural et contre laquelle il ne dispose que de 120 prêtres, dont la moyenne d'âge dépasse soixante ans. Quant à la municipalité... L'œil de mon confrère s'allume, et son sourire devient celui d'un qui va en raconter une bien bonne, mais qui n'est pas sûr que son interlocuteur la comprendra en entier. Sur le plan du droit, les affaires sont relativement simples : un tiers du conseil municipal ayant démissionné, le préfet est tenu d'en prononcer la dissolution et d'organiser de nouvelles élections avant deux mois. (Encore faut-il préciser que le maire conteste devant le tribunal administratif la validité de certaines démissions.) Sur le plan des faits, c'est une autre cuisine. Disons que trois groupes s'affrontent. Le premier est celui de l'ancien autocrate, déjà chenu et dont la légitimité repose sur l'ancienneté de sa *gens* et remonte plus ou moins directement à Georges Pompidou, ancien protecteur de la ville et député de l'arrondissement. (« Monsieur le Député du Cantal, je lève mon verre à votre avenir... ») Le deuxième est mené par un quadragénaire, rejeton du haut négoce, portant beau et roulant carrosse allemand, flanqué d'un Leporello dont la tête paraît affligée, lorsque parle son *padrone*, du mouvement approbatif de haut en bas que l'on observe chez les

29

chiens en plastique qui ornent la plage arrière de certaines automobiles. Le troisième est regroupé autour d'un avocat franc-maçon, plus à gauche que ses deux compétiteurs (lesquels se situent en pleine droite), mais d'une gauche qui se sent un maximum d'affinités avec Jean-Pierre Soisson — autant dire d'une gauche en pâte à modeler. Ce dernier leader est soutenu par un groupe qui... un groupe que... « enfin, c'est un peu compliqué à définir, il y a des gens d'ici et des Parisiens, et aussi des gens d'ici devenus parisiens, enfin, bref, en cent mots comme en un, si vous voulez les rencontrer, il faudrait aller faire un tour dans la boîte de nuit de Saint-Flour... » Une boîte de nuit ? A Saint-Flour (Cantal) ? Ouverte un soir de semaine ? En plein cœur de l'hiver ? Eh ! oui. « Elle est un peu spéciale », ajoute mon confrère, faisant sans doute une excessive confiance à mon sens de la litote. Va pour la boîte de nuit. Allons-y ensemble ce soir.

En attendant ce grand moment, j'ai rendez-vous à la gendarmerie, et O. se propose de m'emmener faire un tour chez un imprimeur installé dans la « zone d'extension ». C'est un jeune quinquagénaire qui se présente comme un ancien soixante-huitard. Il a modernisé et développé l'entreprise créée par son beau-père, un monsieur sec, droit et blanc qui circule encore, muet et sévère, entre les machines. Ils ont une douzaine de salariés et bouclent difficilement leur budget en imprimant de tout : bientôt, les affiches des candidats aux législatives ; toujours, des bulletins d'associations et diverses publications ou documents religieux. En plus, la maison s'enorgueillit de produire et d'imprimer *La Dépêche d'Auvergne*, bihebdomadaire régional d'information paraissant le mardi et le vendredi. Deux journalistes, à l'occasion photographes, se partagent la responsabilité des huit pages. L'un est juvénile, mince et assez semblable à un Jacques Tati mutin ; l'autre est jeune, solide, réfléchi et amusé. Eux aussi, après des études loin de Saint-Flour, ont décidé de rentrer au pays et de slalomer entre ses habitudes et ses mouvements. A les écouter — et, avec eux, leur patron imprimeur —, la ville est sous un couvercle, et, sur le couvercle, est assise une bourgeoisie de commerçants, d'avocats, de médecins, etc., dont la devise pourrait être « Que rien ne se passe ». Ils ont essayé d'empêcher l'autoroute ; ils ont réussi à interdire de fait l'implantation de chaînes hôtelières dans la basse ville ; ils ont découragé tous les projets d'aménagement après la bretelle de sortie, si bien que l'endroit est un des moins avenants que l'on puisse trouver aujourd'hui en quittant un ruban autoroutier... S'ils continuent, ils vont crever, et la ville avec eux. Déjà, beaucoup de gens vont faire leurs courses à Issoire, où se sont installées les grandes surfaces que Saint-Flour a toujours repoussées. Au moins, s'ils prenaient une initiative, s'ils trouvaient des idées pour développer le tourisme. L'autoroute, c'est notre désenclavement. On dirait que ça les terrorise. (Un autre jour, le sous-préfet brossera pour moi un portrait assez similaire. Il y a, à Saint-Flour, beaucoup d'argent. Jusqu'en 1980, les dépôts bancaires augmentaient de 15 à 20 % par an. Cet argent, on ne sait pas ce qu'il fait, mais il ne s'investit sûrement pas ici. Le fin mot de la bourgeoisie sanfloraine, c'est : « Nous sommes là, nos pères y étaient déjà ; nous commandons, que les mécontents aillent voir ailleurs. » Et le sous-préfet ajoute l'une de ses anecdotes favorites. Peu avant l'achèvement de l'autoroute, une entreprise de mûrissement de bananes s'avise qu'elle aurait intérêt à installer à Saint-Flour une base qui créerait une dizaine d'emplois. Elle s'adresse au maire pour savoir si la municipalité l'aiderait en la dispensant d'une part de la taxe professionnelle. Le maire — pourtant en poste depuis plus de trois ans — répond qu'il ne sait pas si c'est possible et va se renseigner auprès du sous-préfet, alors qu'il s'agit là de l'un des leviers importants dont dispose une municipalité.) On est tenté de parodier le général de Gaulle :

31

« Saint-Flour, bout du monde, et qui entend le rester... » Mais alors, pourquoi mes trois confrères restent-ils ? Ou, plutôt, pourquoi sont-ils revenus au pays ? « Parce que maintenant, avec l'autoroute... » A la gendarmerie, l'autoroute est un sujet de préoccupation. Elle amène des bandes de Marseille pour des cambriolages bien particuliers. Ils arrivent en camionnette, défoncent la vitrine des magasins de comestibles et de vêtements, et volent les conserves chères, les roues de fromage et les blousons de cuir. « Il arrive qu'il y en ait pour jusqu'à 200 000 francs. » Sacrés Marseillais ! Les Lyonnais, eux, toujours discrets et méthodiques, « font » les résidences secondaires et les églises. A part cette délinquance « considérable » amenée par l'autoroute, pas trop de problèmes. Des vols de vieux, malgré les avertissements, par des marlous qui se font passer pour des représentants de commerce et, depuis peu, pour des envoyés d'associations humanitaires. « Je leur ai pourtant fait des conférences, aux anciens, pour leur dire de mettre leurs économies à la banque. » Des contrôles d'alcoolémie presque tous les jours. Le procureur demande et obtient de la prison ferme pour les accidents mortels. Le sous-préfet, pour un gramme, prononce dix-huit mois de suspension. « Sinon, on a quelques *incestres*, mais pas beaucoup. Par contre, les suicides : cinquante-deux, l'an dernier, dans l'arrondissement de Saint-Flour. Un par semaine. Des jeunes, des vieux, mais surtout des quadragénaires. A l'arsenic, à la mort-aux-rats, à la chevrotine... » Un infanticide, bon an, mal an. Pas tellement d'affaires de mœurs. « La boîte, on l'a à l'œil, mais il n'y a pas de problèmes. Parfois, on va les observer. Ils ne voient pas qu'on les voit. On est bien banalisés. » Je lui dis que j'irai y faire un tour ce soir. Il dit : « Bon ! » Et il ajoute : « Des boîtes de tantouzes, vous en avez aussi à Paris. »

Il se trouve donc à Saint-Flour, entre la Margeride et la Planèze, un établissement de plaisirs réservé aux hommes qui préfèrent les hommes. Bien entendu, il se situe dans la basse ville... Il est 11 heures du soir quand O. et moi cognons à son huis. Le volet d'un judas s'ouvre ; un œil nous observe ; on tourne la bobinette, et la chevillette choit. La porte reste un moment entrouverte. Un petit bonhomme dans la quarantaine, le torse serré par un chandail une taille ou deux trop petite, des lunettes de myope et une moustache qui demanderait de l'engrais, nous envisage. Il reconnaît mon confrère et achève d'ouvrir la porte. (Pour sa tranquillité, je dois préciser qu'O. n'est pas un familier du lieu ; c'est à sa qualité de représentant de *La Montagne* qu'il doit d'être notoire, ici comme dans le reste de la ville.) Un berger allemand vient nous flairer. Nous pénétrons dans une salle très noire que des projecteurs colorés et mobiles éclairent faiblement et par saccades. De la musique boum-boum sort de grands haut-parleurs. Après quelques secondes, nos yeux s'habituent à l'obscurité relative. La salle, vide au milieu pour que l'on puisse danser, est entourée de sièges assez bas disposés autour de petites tables. Quelques photos accrochées aux murs représentent des jeunes gens avantageux dans des poses qui les laissent croire avantagés. Jaunes, bleues, vertes, rouges, les lumières les éclairent brièvement. Nos rétines accommodent maintenant tout à fait et constatent leur première surprise : la boîte est absolument déserte. En notre honneur, le tenancier va monter le son boum-boum, puis il passe derrière son bar. Nous commandons deux bières et je demande s'il arrive qu'il y ait du monde. Le presque moustachu le prend mal et répond d'une voix coupante : « Évidemment ! Mais, comme partout, pas avant minuit. » Minuit sonnera en vain. Nous aurons passé plus d'une heure et demie en tête à tête (tandis que le tenancier s'affaire inexplicablement) lorsque le berger allemand — le seul à avoir entendu la sonnette — se mettra à aboyer. Le nouveau client fait son entrée, nous salue furtivement et s'installe dans le coin opposé du bar. C'est le négociant en vidéos de la cathédrale. Le patron de la boîte et lui se lancent dans un long chuchotis. O. et moi avons fini par prendre nos aises et discutons à perte de vue du journalisme et de son état en France. Je m'apprête à suggérer le départ quand le chien raboie. Entre peu après un barbu en knickerbockers, chaussettes rouges et chandail brodé. Il paraît ici chez lui, reconnaît O., le salue et s'installe à côté de nous. D'entrée, il met la conversation sur les luttes politiques qui animent Saint-Flour. Il est du camp du leader de la gauche pâte à modeler et me fait vite comprendre qu'ils sont de la même paroisse. Il improvise pour nous une conférence de presse, adoptant très vite et sans s'en rendre compte les poses, l'attitude, les inflexions de voix d'un notable. Sur fond de musique disco, tandis que les projecteurs multicolores balaient sans désemparer une salle d'autant plus vide que le vendeur de cassettes s'est esbigné, Knickerbockers nous catéchise. *Primo*, que les choses soient bien claires, il connaît tout le monde à Paris, et particulièrement dans les médias. (Quoiqu'il ne se sente pas perdu dans les milieux artistiques les plus importants.) *Secundo*, lui, son leader et leurs copains ont essayé de secouer cette ville, il est donc normal que les conservateurs les combattent, mais ils vont trouver à qui parler. Il développe interminablement son *secundo* en brocardant chacun de ses adversaires, en mettant en relief les liens de tel et tel avec les divers groupes d'intérêts sanflorains et en pimentant le tout d'attaques *ad personam* farcies d'anecdotes. Le malheur est que l'on ne comprend jamais en quoi lui, son leader et leurs troupes ont « essayé de secouer la ville », autour de quels projets, de quelle vision, de quel rêve. Plus il parle — à vrai dire, plus il pérore —, plus il est clair que lui et ses amis ont simplement essayé d'avoir les bonnes places, d'occuper les grandeurs d'établissement, de piquer le fromage et qu'aujourd'hui, ayant effectué de fausses manœuvres, ils voient le fromage repasser de l'autre côté et en éprouvent un mélange de colère, d'aigreur et même une peur faite de la conviction que l'Histoire ne leur repassera pas le plat, que leur jour de gloire n'est pas arrivé, qu'ils entrent déjà dans l'âge du souvenir.

Je ne sais plus depuis combien de temps parle Knickerbockers, mais les yeux commencent à me piquer de sommeil. Je fais à O. un signe que je crois discret pour provoquer notre départ. Notre harangueur le remarque et pense parer la chose en nous offrant une bière. Nous déclinons. Il change alors de ton et s'adresse uniquement à mon confrère : « La presse, méfiez-vous. Tu dois savoir que l'on parle mal de vous et que vous êtes critiqués, notamment en haut lieu. Alors, dans les semaines qui viennent [celles qui précéderont la nouvelle élection municipale], faites gaffe. N'oubliez pas que notre leader a le même avocat que Charasse, et que Charasse a toujours un bureau à l'Élysée. » Suivent des menaces mal voilées qu'O. relève avec ironie, puis nous payons nos bières à 40 francs et remontons vers la haute ville. Quand O. me dépose devant mon hôtel, une voiture de gendarmerie double la sienne. Elle nous suivait depuis la boîte. Il est 2 heures du matin.

Renseignements pris, la boîte est à peine plus fréquentée en temps ordinaire qu'hier soir. Quand elle accueille une douzaine de clients, il semble qu'elle ait fait le plein. On dit que certains routiers y font volontiers escale et y démentent d'un bel entrain leur réputation de balèzes virils et d'ogres de ménagères et d'auto-stoppeuses. Le propriétaire (le presque moustachu) possède par héritage des biens fonciers et immobiliers dont le rapport suffit à payer les frais fixes de son établissement et à le faire vivre. Au fond, avec sa boîte, il a trouvé l'assise d'une forme de notabilité à la marge. Le barbu est un fils de famille dont les préférences sexuelles, connues de tous, ne paraissent provoquer aucune agressivité particulière, pas plus que celles de leur leader — « quoiqu'il devrait quand même se montrer plus réservé », me dit-on à plusieurs reprises. Le capitaine de gendarmerie, en effet, s'est trouvé embarrassé, l'été dernier, par le coup de téléphone d'une dame de la haute ville : « Capitaine, dans le jardin à côté du mien, sous mes fenêtres, il y a un déjeuner où ne sont que des hommes. C'est monsieur le... qui les sert à table, il est tout nu. Enfin, il porte juste un petit tablier qui lui cache le devant... » Le capitaine a repéré la maison et passé un coup de fil pour demander au serveur de mettre aussi un petit tablier derrière. Ô Julien Gracq ! il s'en passe des choses, au bout du monde...

Le lendemain, dans la cour des pompiers, deux camions chargés de vêtements et de vivres grâce à la générosité des Sanflorains s'apprêtent à partir pour Zagreb. (En fait, j'apprendrai qu'un seul camion aurait suffi, mais deux ont meilleure allure.) Mes trois confrères, celui de *La Montagne* et ceux de *La Dépêche d'Auvergne*, n'ont pas d'autre choix que d'être là. Arrivent aussi, dans leur carrosse allemand, le chef de la deuxième faction qui veut s'emparer de la ville (le fils du haut négoce) et son Leporello branlant du chef approbativement. Photos. Poignées de main. Photos. Sourires devant le camion. Photos. L'un de mes confrères dit au fils du haut négoce : « Je croyais que vous partiez avec eux... » Mine attristée. « Vous rigolez, mais c'est vraiment le genre de chose que j'aimerais faire. Seulement, avec mes obligations... » Une dame de la Protection civile aborde un autre confrère : « Bon, il faudra bien mettre le nom de tous ceux qui nous ont aidés. Enfin, les associations, les collèges, tout ça. Je passerai demain chez vous pour regarder vos paragraphes. » L'organisateur de la collecte écoute les bonnes radios et lit les journaux convenables : c'est mon tour d'être arraisonné. « Dites-moi, nous avons un pèlerinage dans le Cantal, un pèlerinage de médecins. Il en vient jusqu'à trois cents. L'an dernier, on a eu le professeur Cabrol. Il est médiatique, non ? Alors, vous comprenez, nous aimerions qu'on en parle. Il paraît que la mère du présentateur du journal de midi sur la Deux est originaire du Cantal ? Ah, vous ne savez pas... Parce que ça pourrait être bon pour nous. Remarquez, si vous pouviez en parler, ça aiderait bien.» Voilà qui est fait, monsieur. Mais, tant qu'à faire dans le médiatique, pourquoi ne pas organiser un pèlerinage de journalistes ? Aujourd'hui, avec l'autoroute...

Le métier de promeneur procure plus qu'aucun autre le plaisir des contrastes. Après une autre matinée de furetage à travers la ville, de portes grossières poussées pour découvrir des escaliers élégants, après un déjeuner qui en annonce d'autres et m'aide à confirmer, à transformer ou à nuancer mes impressions de Saint-Flour, après quelques conversations où mes interlocuteurs ont l'air à la fois saisis, inquiets et ravis qu'on vienne les voir de Paris, j'ai obtenu (facilement) audience de monseigneur l'évêque. Lui aussi aimerait bien savoir ce que je fiche ici. Je réponds seulement « pourquoi pas ? », craignant qu'il ne me regardât de travers si je lui citais un autre passage des *Carnets* de Gracq : « Saint-Flour : [...] le nom délicieux de la ville comble à la fois l'oreille et le palais par sa sonorité en même temps veloutée et compacte.» Les motifs à caractère musical ne sont pas de ceux qu'il est prudent d'avancer pour justifier une impulsion de voyage.

L'évêque a la soixantaine et la Légion d'honneur. Angevin, petit, trapu comme un boxeur, il est tombé de Rome dans la cité des Vents « parce qu'il n'y avait pas d'autre évêché libre ». Il ne se félicite pas moins de cette affectation. Fils de paysan, il se sent chez lui dans le Cantal. Oui, mais c'est de Saint-Flour que j'aimerais le faire parler et de l'appréciation qu'il peut formuler sur cette image d'une ville tenue au col par une bourgeoisie immobiliste. (Je viens d'apprendre qu'au début du siècle Michelin avait souhaité implanter ses usines autour de Saint-Flour et que les puissants de la cité avaient victorieusement combattu ce projet.) Je lui précise que, ayant vu, comme tout le monde, de quels dégâts le culte du mouvement est capable, je n'ai rien *a priori* contre l'immobilisme. Je souhaiterais seulement ne pas me faire une idée trop fausse de Saint-Flour. « Oui, oui », me répond l'évêque, qui enchaîne *illico* sur la paysannerie du département : « Pas avare : économe et courageuse. Travailleuse. Pas retardataire. Menacée, mais pas aussi gravement qu'ailleurs : l'an dernier, deux cent cinquante paysans ont pris des fermes dans le Cantal. Gérer le rural, c'est l'avenir. Il faut que l'État paie les paysans pour gérer le rural. » J'entends bien, monseigneur, mais Saint-Flour? « Ah, Saint-Flour! Pompidou voyait plutôt le développement grâce au ski. Il a beaucoup poussé la station du Lioran. On y a même fait construire une chapelle. Mais, vous comprenez, on ne commande pas à la neige, et, depuis quatre ans, il n'y en a guère eu. » On me l'a dit, en effet, mon père, mais Saint-Flour? « Ah, Saint-Flour! Au xive siècle, c'est là qu'on a mis l'évêché, tandis qu'Aurillac n'avait qu'une abbaye, mais rattachée directement à Rome. Vous savez, Aurillac a toujours été active, parfois révolutionnaire. Les paysans des environs se sont lancés dans la transformation de leurs productions, et puis leur maire a été ministre, ça les a aidés. Nous y avons trois collèges de 1 500 élèves qui marchent fort. Je leur ai mis les trois quarts de mes jeunes prêtres, aux Aurillacois. On y réalise aussi notre hebdomadaire départemental, *La Voix du Cantal*, un dix-huit pages qui va bon train. J'y ai une " maison d'évêque ". J'y passe deux, parfois trois jours par semaine. » Compliments, monseigneur, mais Saint-Flour? « Ah, Saint-Flour!... Vous avez vu la cathédrale? Beaucoup de gens la trouvent sinistre et n'osent pas le dire. Ils ont tort. Saint-Flour... Il y a

38

la ville haute, tournée vers la Planèze, et la ville basse, orientée vers la Margeride. Beaucoup de petits villages. On ne peut pas y célébrer la messe chaque dimanche. Pensez : le curé de Pierrefort a douze paroisses réparties dans un rayon de trente kilomètres. Alors, là où il n'y a pas de messe, on a l'Adap.» L'Adap ? « Oui, l'Assemblée dominicale en l'absence du prêtre.» Ah, l'Adap, en effet. Mais Saint-Flour ? « Saint-Flour, voyez-vous, nous y avons transformé l'ancien grand séminaire en maison d'accueil. Nous louons des chambres à des familles, pendant les vacances. Si vous voulez venir avec la vôtre... Vous comprenez, nous n'avions plus assez de séminaristes. Là où il y en a le plus, c'est à Murat, mais ce sont des frères de la communauté de Saint-Jean, on les appelle ici " les p'tits gris ". Un ordre très aimé, très dynamique.» Magnifique, mon père, mais Saint-Flour ? « Ah, Saint-Flour !... Vous avez vu l'autoroute, c'est formidable. En une heure, on est à Clermont-Ferrand... »

Ouessant, terre de contrastes et qui entend le rester

(Andantino)

L'*Enez-Eussa-III* est un autobus de mer qui n'a que quatre stations : Brest, Le Conquet, l'île de Molène et l'île d'Ouessant. Un samedi de février, il ne transporte guère que des lycéens et des étudiants qui rentrent pour le week-end dans leurs familles, et une poignée d'insulaires qui ont eu à faire sur le continent. C'est dire qu'il est vide aux neuf dixièmes et demi. Et, comme l'*Enez-Eussa-III* peut héberger jusqu'à 350 passagers, l'ambiance y est morne. Selon leur frilosité, les rares voyageurs se sont répartis sur les banquettes des deux ponts. Il n'y a ni bar ni buvette : une grosse machine à sous distribue des sodas et même des sodas « allégés ». Quelques amateurs de gifles froides se sont postés sur la partie découverte du pont supérieur. Le vent pique comme des épingles, mais le soleil d'hiver donne des remords à celui qui céderait à la tentation de préférer lire son journal à l'abri. Partis du Conquet, nous voilà, trente minutes plus tard, à Molène. Qui la voit voit sa peine, selon le dicton marin. Mais l'*Enez-Eussa-III* est doté de tant de sortes d'instruments de détection électronique que, pour qu'il heurte un « caillou », il faudrait que son pilote décide de se précipiter sur lui. Jusqu'à présent, il n'y a pas d'exemple de ce genre de tentative, mais une affiche placardée au tableau de service de la « passerelle » rappelle qu'il ne faut point fixer de limites à la providence. C'est le fac-similé d'un « Commentaire de l'ordonnance sur la marine d'août 1682 » prise par Colbert. « Celui qui entreprendra, étant ivre, de piloter un vaisseau sera condamné à 100 sols d'amende et interdit pour un mois de pilotage. » Ainsi l'a voulu le grand ministre, mais le commentateur anonyme et contemporain de Colbert a une idée plus relative des choses : « *Dans le vrai, écrit-il, si cet article était pris à la lettre, les interdictions seraient si fréquentes qu'il n'y aurait presque jamais de pilote en exercice, tant les hommes de mer sont sujets à s'enivrer. Mais il y a différents degrés d'ivresse et, ce qui est singulier, c'est qu'il est des pilotes et autres mariniers qui ne sont jamais aussi habiles, courageux et prévoyants tout à la fois que lorsqu'ils sont ivres à un certain point. Le meilleur est néanmoins de ne pas s'y fier, ne fût-ce qu'à cause de la difficulté de distinguer le degré d'ivresse qui ne serait pas dangereux...* »

La demi-douzaine d'hommes d'équipage de l'*Enez-Eussa-III* me paraît au plus bas degré de l'ivresse, mais au plus haut d'une joyeuse excitation : il y a un ministre à bord. Un ministre breton de la tribu togolaise des Bassars, Kofi Yamgnane. En 1900, le dictionnaire Larousse indiquait à l'article « Nègre » : « Nom donné aux habitants de certaines contrées de l'Afrique, de la Guinée, de la Sénégambie, de la Cafrerie, etc., qui forment une race d'hommes noirs, inférieure en intelligence à la race blanche, dite caucasienne. La coloration de la peau paraît être due, chez le nègre, à l'influence du climat. C'est une modification acquise qui devient transmissible et héréditaire [...] mais il est généralement reconnu aujourd'hui qu'une famille nègre transplantée dans nos climats arriverait à la couleur blanche après quelques générations, et ce sans mélange de races. » N'est-il pas agréable et rassurant de constater que l'infaillibilité n'a point son siège dans ce monde, pas même dans les dictionnaires ? Mais, sans changer de couleur — et avec une intelligence qui pourrait faire pâlir un peu plus

certains représentants de la race blanche, dite caucasienne, Kofi Yamgnane est devenu breton.

S'il s'est embarqué pour Ouessant, c'est que l'île
fait partie de la circonscription — habilement décou-
pée par Charles Pasqua — dont il tente de devenir le
député. Son adversaire sortant est conseiller général
de l'île. C'est un Breton bretonnant — pour ne pas
dire bretonnifiant —, le chef toujours coiffé d'une
casquette de marin, ancien assistant parlementaire
d'un cacique de la IVᵉ République, André Colin, et
qui pratique à haute dose le clientélisme et le cumul
des mandats. Premier vice-président du Conseil
général, président du parc national d'Armorique,
président de la société Pen ar bed, qui possède les
bateaux qui vont aux îles (dont 51 % des actions
appartiennent au département), président de la
société Finist'air, qui assure la liaison aérienne entre
Brest et Ouessant... bref, un animal politique de la
variété du podestat à tentacules.

Quoique immatriculé chez les démocrates-chré-
tiens du CDS, l'homme est souvent saisi de crises de
rots parfumés au Front national. Au cours de l'une
d'elles, il a réclamé que la circonscription soit
représentée par « un Breton de ce pays ». Bel et
involontaire hommage au maire de Saint-Coulitz,
dont la bretonnitude était ainsi reconnue, même si
son caractère récent était critiqué...

Pour les marins de l'*Enez-Eussa-III* qui sont venus
prier le ministre, sa femme Anne-Marie et ses deux
collaborateurs d'accepter un café dans leur carré, il
n'y a pas de nègre qui tienne. « On vous aime bien,
monsieur le ministre », déclare le moins timide
d'entre eux, un insulaire (comme presque tout
l'équipage) qui n'a pas quarante ans. « On a trouvé
bien que vous fassiez un conseil des anciens dans
votre village. A Ouessant ou à Molène, les anciens,
on ne les écoute jamais. Pourtant, ils en savent...
L'administration a construit des digues. Elle aurait
pu leur demander leur avis. Ils connaissent les vents
dominants, les endroits où la mer cogne fort. Vous

pensez : il y en a qui voient ça depuis quatre-vingts ans et plus. Mais l'administration croit tout connaître. Elle a construit ses digues. À la première vraie grosse mer, elles se sont effondrées. Les vieux rigolaient bien. On a pourtant tout rebâti au même endroit et de la même façon. De toute manière, pour eux, qu'est-ce qu'on compte ?...»

Ce n'est pas tous les jours qu'on tient un ministre, mais la seule faveur qu'on lui demandera sera de promettre de dédicacer le livre qu'il a récemment publié, que deux des marins ont déjà acheté et qu'ils enverront par la poste à Saint-Coulitz. « Vous comprenez, si on avait pu prévoir, on l'aurait pris avec nous ce matin...»

Au fur et à mesure que les tasses se vident, le cuistot du bord (un Molénais) refait du café. On dirait qu'il s'agit de retenir le ministre le plus longtemps possible afin de pouvoir lui parler. « Ouessant, dit un marin ouessantin, maintenant, c'est comme Tahiti! » Et, comme Kofi Yamgnane l'interroge sur cette comparaison improbable : « Ben oui! L'argent est arrivé et on s'est mis à aimer ça.» Plus tard, à terre, d'autres îliens affirmeront aussi qu'« avant» Ouessant tirait de sa solitude une force, une vie, une solidarité entre habitants. Aujourd'hui, l'isolement demeure la règle neuf mois de l'année, mais les vertus qui étaient nées de la nécessité ont disparu avec la relative richesse. Avec moins d'idéalisme rétrospectif, on pourrait peut-être soutenir que, les particularismes s'étant estompés, rien de certain ne définit plus l'identité d'Ouessant, sinon le déclin. Encore que certains mettent une conviction farouche à maintenir telle ou telle tradition : « J'ai épousé une Ouessantine, confiera le marin, et jamais je n'aurais épousé une fille qui ne soit pas de mon île.»

L'île, on y arrive, et le soleil se voile. Voilà une heure et quart que l'*Enez-Eussa-III* a quitté Le Conquet. Un matelot a encore le temps de nous recommander une spécialité locale : le mouton cuit à l'étouffée dans un feu de tourbe. « Mais il aurait fallu prévenir. On vous en aurait commandé un. » Pendant toute la traversée, la seule barrière perceptible entre le Bassar de Saint-Coulitz et l'équipage moléno-ouessantin aura tenu à sa fonction de ministre. Mais c'est comme pour mieux savourer leur chance d'avoir rien que pour eux un membre du gouvernement qu'ils ont maintenu une discrète distance, un mélange de beaucoup d'hospitalité et d'un peu de déférence. Il paraît que la France est au bord de céder à la tentation raciste. On a dû oublier d'en informer ces habitants-là

Sur la jetée, deux gendarmes battent la semelle. Il leur a fallu venir du continent tôt ce matin. La règle le veut ainsi : pas de ministre en déplacement sans présence de la force publique. Ils ont l'air godiche. Ils savent qu'ici on ne les tolère qu'à regret, et d'ailleurs le poste de gendarmerie de l'île n'est ouvert que l'été. (Autrefois, quand Pandore embarquait pour Ouessant, le bateau prévenait du plus loin par une combinaison particulière de coups de sirène. Chacun planquait alors sa bicyclette, car les bicyclettes étaient tenues de porter des plaques minéralogiques, mais nul ne se laissait aller à respecter cet édit, et moins encore à la dépense qui se serait ensuivie. Aujourd'hui, on tient plutôt cachée sa voiture, sans assurance ni vignette. A peine les uniformes ont-ils embarqué à Brest que l'île est prévenue par radio. Même si la solidarité n'est plus ce qu'elle était, aucun îlien n'ignore cette éventuelle menace.) Le ministre salue les gendarmes, qui disparaissent prestement dans leur véhicule. Ils reprendront le bateau demain. D'ici là, ils vont s'efforcer de passer inaperçus.

C'est à Ouessant que l'on est le moins loin de l'Amérique. Cela ne fait quand même pas très près, que l'on parle de distance physique ou de distance mentale. L'école libre et l'école « sans Dieu » se disputent les soixante-dix enfants scolarisés dans l'île — jusqu'à la troisième. Cette année, la laïque a un léger avantage. Mais Mmc le maire, qui est de la calotte, ne veut pas entendre parler de financer sa cantine. Les sans-Dieu ont créé une association de parents d'élèves qui y pourvoit, moyennant un déficit de 20 000 francs par an. Comblé comment ? « Par les bénéfices d'une kermesse d'été », me répond le directeur. Son organisation lui coûte trois semaines de ses vacances, mais dame ! quand on a des convictions !... En juin prochain, il prendra sa retraite. Son père était déjà directeur ici. « Il avait quatre fois plus d'élèves. Mais il y avait Radio-Conquet, la station qui permet aux familles des marins de communiquer avec les leurs en mer. Les Allemands l'ont fait sauter en partant. On l'a réinstallée, mais sur le continent.» Ça a fait bien des emplois en moins et bien des familles parties. En 1992, pour 1 054 habitants, l'île a connu 20 décès et 1 naissance. Est-ce que les deux écoles se disputent déjà le nouveau-né ? En tout cas, il a été baptisé, mais cela ne veut rien dire : personne ici ne pousse le laïcisme jusqu'à refuser le curé à chacun des deux bouts de la vie.

Le curé, enfin, le recteur, a dépassé l'âge civil de la retraite. Il n'a ni vicaire ni gouvernante. Il prend ses repas chez les sœurs de l'école. Il habite un presbytère qui témoigne de l'ancienne abondance de prêtres : une bâtisse cossue de trois étages et douze fenêtres. Pourquoi maintient-on un homme âgé et seul dans un logement à ce point hors de proportion avec ses besoins ? Parce que Mme le maire tient à afficher la superbe de ce que l'on appellerait ailleurs le parti des « talas ». Pas question que la municipalité reloge le recteur sur un plus petit pied ni, comme d'aucuns le réclament, qu'elle fasse transformer l'ancien presbytère en quatre logements sociaux. Pourtant, il y a au moins quinze demandes dans l'île : des couples obligés de vivre chez leurs parents ou installés dans des maisons trop petites, insalubres ou vétustes. Mais, tant que l'écharpe tricolore la ceindra, Mme le maire maintiendra l'Église au milieu du village, c'est-à-dire le recteur dans le presbytère des temps du christianisme triomphant. Le pauvre homme s'ennuie, dit-on. Il n'est même pas d'ici, mais du Léon, la seule mine de prêtres encore exploitable de tous les diocèses d'Armor. Quand il se retirera ou que Dieu l'arrachera à la sollicitude partisane de Mme le maire — à la ville, marchande de vin —, peut-être Ouessant comptera-t-elle quatre logements sociaux de plus. A moins que cela ne se produise trop tard et qu'il n'y ait même plus de candidats.

Quarante chômeurs sont officiellement inscrits à l'Agence nationale pour l'emploi. Personne ne leur veut de mal, mais la plupart les traiteraient volontiers de bons à rien. « Pensez ! quand l'ANPE est venue faire une réunion d'information, il n'en est venu que sept, et, sur ces sept-là, un seul s'est déclaré intéressé par un stage de qualification. » Ils vivent aux crochets de leurs familles, qui elles-mêmes mangent grâce au tourisme, ou à la pension du père, ou à celle de la mère. « Ils ont la maison et les bistrots. Ils ne quittent jamais l'île. Ils sont nés finis. » Ce ne sont pas les chômeurs qui attristent mes interlocuteurs, c'est qu'il n'y ait dans l'île ni plombier, ni carreleur, ni menuisier.

Personne ne songe à s'installer à Ouessant. Les entreprises doivent venir du continent, et les matériaux aussi, bien sûr. « Un panneau d'aggloméré me coûte 6 francs. Son transport, 5 francs ! Et pas une détaxe, pas un cadeau de l'administration. » « On est moins que les Corses », ajoute le directeur de l'école sans Dieu en riant. Il rit volontiers, franchement, l'œil brillant, la tête en arrière. Sa femme tient boutique de coiffure et elle ne manque pas d'ouvrage avec les dames. (Je n'ose pas m'enquérir s'il y a un salon calotin et un salon républicain. J'attendrai d'être sur le continent pour regarder dans le Minitel. En fait, il n'y en a qu'un. Et une douzaine de bars, en comptant ceux qui dépendent d'un hôtel.) Quand il n'enseigne pas, Jean-Claude pêche sur son bateau de cinq mètres vingt, avec un copain retraité. Qu'il parle de la pêche ou de l'école, il affiche discrètement la même sérénité — celle de l'homme qui a fait de son mieux. Il a quand même eu un ulcère à l'estomac. Sérieux. Au tableau de la classe des grands, au-dessous de son logement de fonction, on peut lire deux exemples écrits en belle ronde pour la récente leçon de grammaire : « Ce jeune macareux fuit la grève polluée » et « Ces palmipèdes n'hivernent pas à Ouessant ».

Certains bipèdes le font, mais pas toujours volontiers. Surtout les adolescents qui rentrent le week-end du continent, où ils sont scolarisés. Enfin, les week-ends où la mer le permet. Cinq ou six fois par année scolaire, elle les laisse chez des « correspondants » ou dans des familles d'accueil improvisées. Ouessant est loin, Ouessant est difficile. L'été, Ouessant se peuple de jeunes comme eux, mais pas tout à fait de la même planète. En marchant dans le bourg puis, au hasard, sur l'île, je remarque d'abord que France-Télécom n'a pas été avarc de cabines publiques de téléphone. Puis je m'aperçois que celle que j'ai dépassée à l'instant était occupée par une jeune fille, qu'un jeune homme était installé, apparemment pour un moment, dans celle que j'apercevais tout à l'heure en contrebas, qu'un autre rit de bon cœur dans une troisième, que masquait un virage. Et, dix minutes de marche plus tard, en voici encore un, en pleine conversation. J'attends qu'il ait fini, comme un qui aurait besoin de téléphoner. Il abrège gentiment et me cède la place. Je le remercie, m'excuse et l'interroge sur la faveur dont semblent jouir les cabines de France-Télécom dans la jeunesse ouessantine. Est-ce que, dans les familles, l'équipement serait rare ? « Ben non, mais c'est pour appeler les copains du continent. — Et pourquoi plutôt d'une cabine ? — C'est mieux », répond-il en haussant les épaules. (Un jour, au Québec, plus précisément en Gaspésie, dans une ville minière, sorte d'île du milieu des terres, j'ai demandé au fils de mon hôte, qui allait sur ses quinze ans, ce que l'on faisait à son âge, pendant les vacances à Murdochville. « On se pogne le cul », me lâcha-t-il, le regard sombre. Depuis, cette expression québécoise m'est restée comme la traduction du stade suprême de l'ennui. A Ouessant, on tâche de se dépogner le cul dans les cabines téléphoniques, tandis qu'en ville on rêve quelquefois de grands espaces.)

Pour celui qui ne fait que passer, marcher sans but, grimper (car ce plateau de granit et de schiste est tout sauf plat), c'est une distraction plutôt grisante. Qui vient de loin a beau jeu de se laisser exalter par la dureté de ce paysage sans arbres, par ces murs de pierre écroulés, par ces maisons au toit crevé. Ou de s'indigner des crépis ou de la peinture d'un blanc violent qui couvrent tant de bâtisses nouvelles ou retapées. Ici, une retraitée a taillé avec application et talent les buis de son jardin. Partout, on a mis, depuis quelques jours, les moutons au piquet. Ils y resteront jusqu'en septembre, mois où commence la « vaine pâture ».

Redescendu dans le bourg, le premier bistrot ne peut être que le bon, et je sais que je ne penserai jamais à Ouessant sans songer à l'envie de grog avec laquelle j'ai poussé la porte de cet estaminet offrant son abri derrière ses vitres embuées. Au comptoir, une demi-douzaine d'hommes en tête à tête silencieux avec des verres de bière. A une table, des joueurs de cartes et leurs copains. On belote sans causer plus que nécessaire. Au baby-foot, une poignée de garçons. Un Ouessantin du continent m'a parlé hier, sans trop insister ni avoir l'air de vouloir répondre à mes questions, des problèmes liés, ici, aux mariages consanguins ou même aux unions furtives, mais fécondes, entre membres de la même famille. Je crois maintenant voir ce qu'il veut dire. Demain, l'institutrice de la maternelle me dira qu'en effet « plusieurs » de ses petits élèves... « Mais c'est très bien accepté ici », ajoutera-t-elle pour clore la conversation. Au milieu des baby-footers,

une fille en jogging et blouson fluo. Elle « est bue »,
comme on dit dans la chanson de *Jean Quéméneur*.
Elle apostrophe un garçon. « Tout c'que tu veux,
c'est que j'm'abaisse devant toi. » Il ne dit rien. Elle
répète la même phrase une fois, deux fois, trois fois.
Finalement, le garçon rigole, soutenu par ses
copains, et donne des bourrades à la fille, qui décide
de s'installer à l'écart, où elle reste à grommeler...

Sur le chemin du port — pas celui où accoste
L'*Enez-Eussa-III*, celui des pêcheurs —, il y a un
café-tabac-maison de la presse. Vu la basse saison,
une bonne partie de ses rayonnages est vide. Trône
sur l'un *Le Chasse-marée*, cette superbe publication
des amoureux de la mer devenue la matrice d'une
maison d'édition et même d'une compagnie phono-
graphique. A l'étage le plus élevé figure la « presse
de charme ». Ici, *Les Dessous de l'Histoire* s'interrogent : « Jeanne était-elle pucelle ? » Puis ils annon-
cent « Sade sans pudeur ». A côté, nullement caché,
on voit *Gay Obsessions*, qui, pour appâter le chaland, a mis un culturiste en couverture et laisse
entendre qu'on trouvera encore mieux dans ses
pages intérieures en proclamant : « Ils sont beaux,
ils sont nus ! » Le marchand de journaux vend-il
quelques exemplaires de l'une ou de l'autre de ces
édifiantes brochures ? « Oui, aux touristes. » Il
n'ajoute pas « comme vous », mais il a l'air de se
demander si, des fois, je n'aurais pas besoin de
lecture. Que j'en aie ou non le besoin ou l'usage, je
sens que je représente à moi seul l'ensemble de la
puissance touristique et je fais la digne emplette du
Monde, qui, me dit-on, arrive tous les jours. (Enfin,
tous les jours où l'avion de Finist'air peut atterrir,
c'est-à-dire presque tous les jours.) « Par contre, on
reçoit très bien la télévision. Les cinq chaînes. »

Je glisse *Le Monde* entre mon blouson et mon
chandail. Dieu, l'excellent journal ! L'enseigne d'une
charcuterie affirme qu'on y trouve « la vraie sau-
cisse d'Ouessant ». Je me suis renseigné : elle est
cuite aux algues. Il fait froid ; j'ai faim ; j'en veux. Il

n'y en a pas. « Seulement l'été, quand il y a des touristes. » Je ferai part de ma déception à l'instituteur, qui parle avec un copain de pêche, sur le port. « Que voulez-vous ? Ils sont fainéants. » Et les agents municipaux ? Ils sont aussi fainéants ou bien il n'y en a plus ? Il faut dire qu'à marée basse le port n'est ni plus ni moins que dégueulasse et qu'il ne pue pas qu'un peu. « Ah ça, c'est l'Équipement. Quand un type part à la retraite, ils ne le remplacent pas, et comme la mairie s'en fout... » Il n'y a guère de bateaux, et pas flambants. On dirait que tout se délite, se défait, se désagrège parce que tout se décide ailleurs et comme si les îliens avaient renoncé à la propriété et à la responsabilité de leur île.

Au-dessus du bourg, il y a un écomusée. Fermé Quand ouvre-t-il ses portes ? Seulement quand il y a les touristes ? Au nord de l'île, on a installé le musée des Phares et Balises. Ouvert toute l'année. Quelques cartels, illustrés de reproductions de gravures d'époque, retracent l'évolution des mœurs et des techniques, depuis les funestes pratiques des naufrageurs jusqu'à la dissémination de phares tout le long des côtes. Plusieurs panneaux rappellent à quel point les parages d'Ouessant sont dangereux. Sur une carte très agrandie, on a eu du mal à faire figurer l'emplacement des plus fameux naufrages de ces cent cinquante dernières années, dont celui de l'*Olympic Bravery*, qui, en 1976, a donné à maints Ouessantins l'occasion de montrer qu'ils se souvenaient de leurs ancêtres pilleurs d'épaves. Ce sont les « sudistes » qui me l'ont dit. Les sudistes vivent face au continent, et les nordistes sont établis en haut de la sorte de combe qui partage l'île en deux dans le sens de la longueur. Chacun de ces groupes occupe une bande de terre qui ne dépasse pas deux kilomètres de large (sur à peu près sept de long). Il ne faut pas plus de deux cents pas pour franchir la frontière, mais ceux qui vivent de part et d'autre ne s'en attribuent pas moins des caractères et des comportements distincts. Les nordistes jugent ceux d'en bas inconséquents, hâbleurs et peu laborieux ; les sudistes parlent de ceux d'au-delà de la ligne comme de gens âpres au gain, froids, facilement dissimulateurs. Il n'est pas rare que les uns ou les autres empoisonnent les moutons au piquet des autres ou des uns pour des raisons déraisonnables, mais qui seraient résumées par de vastes considérations sur l'irréductible opposition entre Septentrionnaux et gens du Midi. Cela m'a rappelé une conversation à Pékin avec le jeune interprète qu'on m'avait affecté. Au bout de quelques jours, nous avions bien sympathisé. Je m'enhardis donc à lui demander pourquoi il ne ratait jamais une occasion de vilipender les Japonais. Était-ce à cause de leur cruauté pendant la dernière guerre ? Sa famille en avait-elle souffert directement ? « Non, mais je ne les aime pas », répondit-il avec conviction, avant d'ajouter — je le jure : « Tu comprends, ces Orientaux sont fourbes... »

Le musée des Pharcs et Balises est fier de toutes ses démonstrations techniques et de son étalage d'instruments de toutes sortes. Dans une petite salle close, il présente un diaporama sur les phares. Quatre écrans permettent de jouer avec l'esthétique de la lumière et des dispositifs qui la réfractent. Mais des hommes qui vivaient dans ces tours au diable vauvert, il en est à peine question. Les seuls exploits pris en considération sont ceux des ingénieurs. Dieu sait pourtant qu'il ne manque pas, dans les archives de Radio-France, par exemple, de récits enregistrés par ces gardiens de phare qui, au plaisir de Dieu, ont parfois passé seuls quatre-vingt-treize jours d'affilée (dont combien de tempête ?) à veiller sur le bon fonctionnement d'appareils menacés sans cesse par les vents et l'humidité. On n'a pas pensé à placer leur. vie, leur travail et leur mémoire au centre du musée, mais on a songé à préciser que le générateur début de siècle qui trône, si magnifiquement propre et astiqué, à la sortie du diaporama a été si bien conçu pour durer qu'aujourd'hui encore on pourrait le mettre en marche en quelques minutes... Mieux vaut sortir et, dans le dernier soleil de l'après-midi, regarder les dentelures des rochers et se laisser impressionner par leurs formes rudes, leur apparence revêche et le quelque chose d'hostile qui semble souder leur agglomérat. La mer est le plus calme possible, plate. Et pourtant, en bas, elle claque, gronde et forme des gerbes dont la succession hypnotise presque. Lorsqu'il y a gros temps, on imagine le bruit et les éclats des vagues... L'île en est en permanence toute salée...

Le Bassar breton a consacré l'après-midi à fraterniser avec les quelques socialistes de l'île et leurs sympathisants. Puis il a disparu avec son principal collaborateur. Ses troupes l'attendent depuis un moment au bar de l'hôtel-restaurant où se tiendra, ce soir, à 20 heures, le dîner-débat autour du ministre-candidat. (Ici, on ne dit pas 20 heures, mais 8 heures du soir. Dans l'île voisine de Molène, on a crânement gardé l'heure solaire, et les touristes sont invités sans concessions à déjeuner lorsque leur montre leur fait croire qu'il est 10 heures du matin.) La montre de l'équipe Yamgnane marque 7 heures passées, et l'on s'agace et s'inquiète. Il était prévu que Kofi effectuerait une tournée des bars avant la grande réunion. Au train où ça va, il aura à peine le temps d'en « faire » un. Enfin, voilà le taxi qui le ramène. Où était-il ? Cela vaut la peine d'être conté.
Un journaliste de la télévision dont la moitié de l'emploi du temps est consacrée à être l'ami des ministres qui peuvent avoir de l'avenir et l'autre moitié à expliquer ses échecs successifs par les persécutions politiques dont il serait la victime, un journaliste de la télévision, donc, a vivement recommandé à Kofi Yamgnane de profiter de son voyage à Ouessant pour rencontrer un spécialiste du marketing qui y possède depuis peu une maison. « C'est le genre de type parfait pour fabriquer une cam-

pagne », a soutenu l'ami des ministres. La rencontre a eu lieu. Le marketingueur a expliqué la bretonnitude et l'insularité, puis il a égrené des suggestions « modernes », dont la moins importante n'était pas que le ministre enregistre des messages sur cassettes audio et vidéo et que ses affidés aillent les faire voir et entendre dans les coins reculés de la circonscription. En somme, il s'agit d'inverser le travail des missionnaires de jadis qui parcouraient l'Afrique (le Togo ?) avec un gramophone dont la démonstration devait les aider à convertir. Le ministre n'a pas retenu cette suggestion, mais il a été ébranlé par le bagou du marketingueur. Étant lui-même passé de la mairie de Saint-Coulitz à un fauteuil au Conseil des ministres par la grâce tintamarresque des médias, il a mesuré leur puissance — et il aimerait bien savoir comment on dompte cette cavale et comment on la domestique. Il est clair que, de temps en temps, il se sent trop petit dans son costume et que, parfois, il croit le costume trop étriqué pour lui. « D'ici là, répondra-t-il à l'un de ses copains qui l'interroge sur un renouveau possible du Parti socialiste, je serai président de la République. » Sans doute n'y pense-t-il pas tout le temps, mais, quand il le fait, c'est sérieusement...

En attendant d'être le premier nègre à s'asseoir dans le fauteuil de Mac-Mahon, il lui faut conquérir son siège de député. En route, donc, pour les bistrots. Nous en ferons quatre en trois quarts d'heure. L'accueil est ici aimable, là indifférent, mais, dans chaque établissement, l'arrivée du ministre provoque chez un ivrogne l'irrépressible besoin de payer un verre, de s'en faire payer un et, entre les vidanges de ces deux tournées, de refaire tout ou partie du monde ou de la théorie sociale dans une ratatouille de phrases désarticulées. L'entourage du ministre n'ose pas s'interposer ; les clients observent, l'œil morne, cette distraction imprévue qui leur est offerte. Au café-tabac, c'est un dénommé Alfred qui s'empare du ministre et, se balançant d'avant en arrière, entreprend de lui adresser une déclaration d'amour. Une proclamation, plutôt, où entrent un hommage aux droits de l'homme, un discours sur l'égalité des races, quelques rots à la bière, deux ou trois malédictions dont les objets sont indistincts mais comprennent les curés et Le Pen... Yamgnane est groggy. Ni lui ni son entourage ne trouvent le moyen de se dépêtrer de l'ivrogne. Alfred le sent-il, jouit-il de ces quelques minutes d'importance, pense-t-il qu'il y a encore une tournée à gagner avec ce visiteur de marque ? On tire le ministre, Alfred suit. On pousse le ministre, Alfred recule. Toujours proclamant son affection, guidé par le dieu-fil à plomb des buveurs, il ne décroche pas : on ne badine pas avec l'amour d'Alfred. En s'étirant, la comédie perd son sel. On attend la chute. Un collaborateur de Kofi la trouve en offrant un verre à tout le monde. Pendant qu'Alfred lève le coude, Kofi lève le camp.

Dans la salle « noces et banquets » de l'hôtel de l'Océan, il y a près de 10 % de la population d'Ouessant. Une centaine d'habitants qui ont chacun versé 50 francs pour partager une assiette de charcuterie, un poulet froid, de la salade de pommes de terre, du taboulé et une tarte. Le vin est en sus, et le produit de sa vente arrondira, n'en déplaise à Claude Évin et à ses lois picratophobes, la caisse locale du PS. C'est une bibine infâme, comme souvent en Bretagne, toxique et gastricide. Dans les années soixante-dix, un médecin de Rennes avait publié une étude sur le vin de table vendu dans sa province et démontré qu'il s'agissait d'un parfait venin. Vingt ans après, on en a encore les boyaux tordus.

A vue d'œil, il y a trois ou quatre femmes pour un homme dans la salle. Toutes se sont mises sur leur trente et un, et plus d'une est passée par « chez le coiffeur ». Filles, femmes ou veuves de marins du commerce ou de la Royale, anciennes exilées sur le continent revenues dès la retraite dans leur île, elles ont voulu ne pas manquer l'événement. Parmi elles, le ministre a une alliée : l'ancienne serveuse du restaurant universitaire de Brest où il a connu Anne-Marie. Embrassades. « Vous voyez, il m'a reconnue tout de suite », s'exclame, l'œil frisé, l'ancienne cantinière que ses copines regardent avec respect.

Le Breton de la brousse prend la parole une fois que les estomacs sont apaisés. On l'écoute dans un silence général. Il lit son texte, pas très adroitement, mais sa maladresse semble plutôt gager sa sincérité, montrer qu'il n'est pas un vieux crocodile de préau d'école. Il évoque la crise de confiance dans la politique, le rejet des socialistes, mais, quand même, leurs réalisations ; il rappelle qu'il a été docker occasionnel, chômeur même ; il souligne qu'il est chrétien, dresse l'inventaire de ce qui a été fait par la gauche pour la Bretagne (pas tant que ça, d'ailleurs), s'attarde sur le Capes de breton... Il insiste : il ne cherche pas des clients, mais veut discuter avec des citoyens. Il espère que tous n'attendent pas tout de l'État, en appelle à la capacité de chacun à agir. On applaudit. Une militante locale demande que l'on pose des questions. Silence. Embarras. Enfin, une dame se lance : « Est-il vrai que l'on garde une paie de ministre toute sa vie ? » Il répond en riant d'un bon rire, d'un rire que l'on n'ose plus qualifier de Banania, mais, sûrement, tout le monde y pense, et chacun trouve rassurant que ce nègre soit si conforme à la bonne image du nègre, celui qui s'est francisé, contrairement à tous ces *blacks* que l'on voit à la télé, qui ne rient pas, qui ne sourient pas, qui ont toujours l'air d'être en colère, qui chantent du rap, dont les femmes portent des boubous, qui paraissent toujours nous en vouloir, alors que celui-là, il ne cesse de dire merci et en plus c'est sincère — on le sent bien — et on est venu le photographier et le téléviser depuis New York, depuis le Japon, depuis partout et c'est sur nous qui avons civilisé la brousse que cet honneur rejaillit. Il répond que la paie de ministre, on la garde seulement six mois après son licenciement, le temps de trouver un job, et que lui, arrivé au gouvernement, il a demandé à pouvoir continuer à cotiser à la caisse de retraite de l'Équipement, dont il est ingénieur.

La salle s'est décoincée. Les questions se succèdent. Va-t-on parler des affaires ? De Patrice Pelat et de ses protections et initiations ? De Pierre Bergé ou de Bernard Tapie et de leurs sociétés rachetées par des entreprises nationales ? Du prêt à Bérégovoy ? Va-t-on préférer l'interroger sur un programme de gouvernement ? « Pouvez-vous faire rétablir le tarif insulaire et non demi-insulaire sur le bateau de Pen ar bed pour les jeunes qui vivent sur le continent ? » « Combien l'État donnera-t-il pour la future maison de retraite ? » « Nous donnerez-vous davantage de bateaux ? il n'y en a pas assez souvent. » « Allez-vous interdire que les marins à la retraite puissent exercer un emploi ? » « Allez-vous interdire que les emplois de matelots puissent être occupés, sur les bateaux français, par des Philippins ? » Pendant près de deux heures, il n'y aura que cette litanie de réclamations catégorielles, sectorielles, segmentielles, groupusculaires. « Des privilèges pour tous », telle est la formule par laquelle on a autrefois caractérisé la grande revendication française. Elle peut être aujourd'hui, à Ouessant, précisée ainsi : « Des privilèges pour tous, sauf pour les autres qui en ont déjà trop. » Tout à l'heure, des dames s'indigneront que leur pension de veuves — la fameuse pension de réversion — ne représente, dans la marine marchande, que la moitié de la retraite du défunt mari. Il faudra toute la puissance de conviction de l'ancien élève des missions pour les persuader que c'est pour tout le monde la même chose. L'île se croit persécutée.

Mais, hier au soir, sur le continent, à Crozon, où le ministre tenait le même type de réunion devant deux cents personnes, les questions n'étaient pas différentes. « Que ferez-vous pour les écoles Diwan, les écoles en breton ? » demandait un enseignant d'une école Diwan. « Abaisserez-vous l'âge de la retraite dans la marine marchande ? » interrogeait un marin marchand. « Quand autoriserez-vous les aquaculteurs à accéder au domaine public maritime ? » s'inquiétait un aquaculteur. « Comment peut-on aménager la plage de Tresbellec ? » questionnait un propriétaire de camping à Tresbellec. « Pourquoi les cheminots peuvent-ils partir si tôt à la retraite ? » s'indignait un non-cheminot.

A Ouessant, l'un des instituteurs était parti pour poser une question d'intérêt général, mais elle a fini par un vœu étrange, une demande de sacralisation des catégories. « Ici, ce n'est pas un problème d'intégration que nous avons, mais de désintégration, du fait des jeunes qui partent en masse. Est-ce qu'il ne faudrait pas nommer au gouvernement un secrétaire d'État à la désertification ou même un ministre du monde rural ? » Kofi Yamgnane, qui avait fait de son mieux pour répondre aux précédentes questions, botte en touche : « Vous savez, j'aurais préféré avoir la charge du dossier du monde rural, que je connais bien, plutôt que celle de l'intégration, dont les problèmes fleurissent dans les banlieues, que je connaissais mal. » La salle rit, et les catégories reposent leurs questions catégorielles. A quelques semaines d'un scrutin annoncé comme devant mettre un point final à l'« expérience socialiste », ce qu'il y a de pire dans le socialisme, c'est-à-dire la démission dans les mains de l'État et l'appel incessant à l'assistance publique, semble ancré profond et pour longtemps dans les esprits et même dans les nerfs. Avant de venir ici, j'ai lu ces vers de Georges Perros :

> Plus loin vers le nord, Ouessant
> Et ses pupilles dans le noir
> Le Stiff, Créac'h et la Jument
> Nividic, Men Tensel, et d'autres,
> Ouessant dont les hommes et les femmes
> Passent pour avoir été les meilleurs du monde...

Tout le monde se croit orphelin de l'État et chacun aspire à porter l'uniforme de l'Assistance. Peu de quilles éclatent. Peu aspirent à la mer...

Comme la jeune fille de tout à l'heure, Martin est bu. Il traverse la salle, s'adosse à un pilier et demande au ministre : « Cosse y vô far por Thomson ? posse queue les syndicôts, y v'z ont écrit et vô, vô zyavez même pas répondu. » Le ministre n'a pas seulement répondu, il a reçu les représentants syndicaux. Il le dit. Mais Martin — qui travaille, faut-il le préciser, chez Thomson — ne s'en laisse pas conter. « Vô les avez pt'ête reçus, mais vô leur y avez pas répondu. C'est t'jours pâreil avec vous autres. » Le Bassar a du mal à rentrer dans la logique du Breton. La salle chahute un peu Martin, mais Martin est mort de trouille. Il a à peine trente-cinq ans, et il voit venir la charrette des licenciements. Alors il s'accroche. Il veut une bonne parole. Il lui faut rentrer chez lui avec un mot d'espoir. Il n'arrive pas à s'expliquer. Il est fin saoul, mais ce n'est pas parce qu'il ne sait pas dire ce qu'il veut qu'il ne veut rien. Finalement, le directeur de l'école, qui l'a eu comme élève, le calme et l'entraîne à l'écart. Le ministre se lève, appelle les présents à voter pour lui, à faire voter pour lui et à sortir le sortant. On applaudit et l'on se débande.

Les supporters de Kofi ont prévu un dernier verre chez l'un d'entre eux. On s'y rend à pied, dans la belle nuit froide. Les bars du bourg sont pleins et bruyants. Il est 11 heures et demie, 23 h 30 sur le continent, 10 heures et demie à Molène. Le champagne est débouché chez le militant. La réunion a paru bonne. Les gens avaient l'air contents. Kofi a fait bonne impression. « On fera mieux qu'aux dernières législatives. On est plutôt heureux. » On arrache au ministre quelques confidences sur le Conseil des ministres, sur le Président... Le téléphone sonne. C'est Martin. Il veut venir tout de suite et avoir une réponse à sa question. Le militant lui dit d'accord, et, à Kofi : « Faut que tu lui parles. On ne peut pas le laisser comme ça. » Cinq minutes plus tard, Martin est dans la cour de la maison. Le ministre et le militant descendent. Dix minutes se passent, les voilà de retour. « Je crois qu'il va mieux », dit Kofi, et, *a parte*, à mon intention : « C'est fou, ce que les gens ont besoin de rencontrer un ministre... » Eh oui, monsieur le ministre... Le pouvoir, qui guérissait des écrouelles, guérit aujourd'hui de l'inquiétude. Le tout est de se placer sur le chemin de sa grâce. Et d'ailleurs, vous-même... « Oh, moi, si je raconte comment je suis devenu ministre, on ne me croit pas. J'étais rentré du travail. Le téléphone sonne : " Bonjour, monsieur le maire, ici le cabinet du Premier ministre. Le président de la République et Mme Cresson ont pensé que vous pourriez vous charger de l'Intégration comme secrétaire d'État dans le prochain gouvernement. — Mais pour quoi faire ? — Monsieur le maire, le président de la République pense que vous pourriez vous charger de ce dossier... — Mais j'ai le temps de réfléchir ? — Oh oui, j'ai une autre personne en ligne, je finis avec elle ; pendant ce temps, réfléchissez... " Quand l'émissaire de Matignon est revenu à moi, j'ai répondu d'accord, plus par réflexe que par réflexion. " Merci, a-t-il enchaîné. Pouvez-vous m'épeler votre nom ? Merci. Au revoir, monsieur le ministre. " »

Nous rentrons à l'hôtel à pied. Je fais part à Kofi Yamgnane de mes impressions, de cette désespérante demande d'assistance. « C'est pire que vous croyez. Dans ma commune, tout le monde voulait avoir l'eau courante. En 1989, nous étions le seul village des environs de Châteaulin dont la majorité des maisons pompaient leur eau au puits, par des pompes électriques. L'une de mes premières décisions a été de faire voter les installations d'adduction et d'emprunter l'argent nécessaire. Chaque logement est aujourd'hui équipé. Cela nous coûte 190 000 francs par an, ce qui, pour une commune de moins de 400 habitants, n'est pas peu. Mais, quand ils ont eu l'eau de la ville, la plupart de mes concitoyens se sont aperçus qu'elle était payante. Du coup, beaucoup n'utilisent que l'eau — gratuite — de leur puits, comme avant, et la Compagnie générale des eaux me fait les gros yeux parce que nous n'avons pas une consommation suffisante. Et voilà, vous avez vu : les Ouessantins voudraient plus de liaisons avec le continent, et nous sommes venus ici sur un bateau de 350 places presque vide. »

Au bar de l'hôtel, il y a toujours un alignement de buveurs devant le comptoir. Mauvais pied, mauvais œil. Filons au lit.

Le lendemain, le temps est assez beau pour que l'avion de Finist'air décolle pour Lorient. Kofi Yamgnane y a rendez-vous avec une délégation du Mouvement contre le racisme, l'antisémitisme et pour la paix. Quant à moi, je dois prendre le vol de Paris. Nous atterrissons à l'extrémité est de l'aéroport, loin de l'embarcadère des vols d'Air Inter. Le ministre m'offre de m'y déposer. Sa voiture de fonction est garée au parking. Il se met au volant et laisse un peu tourner le moteur. Arrivent une demi-douzaine de personnes dont un homme qui s'approche de l'auto et cogne à ma vitre. Je la baisse. « Vous venez d'Ouessant ? — Oui. — Nous avons rendez-vous avec Kofi Yamgnane. Il n'était pas dans votre avion ? Vous ne l'auriez pas vu ? » Je montre du doigt mon chauffeur qui éclate de rire. L'homme du MRAP blanchit. C'est la première fois que je vois le Bassar de Saint-Coulitz regardé comme un nègre.

Sète, ailleurs et maintenant
(Vivace)

Aux avant-postes de Sète, lorsque l'on vient de Montpellier, le quartier des pêcheurs d'anguilles est un mélange de pavillons, de bicoques et de maisons coupé de la ville et du monde par la route et la voie ferrée. Une sorte de presqu'île où le visiteur intrigue et où on le dévisage sans s'en cacher. A l'extrémité de la presqu'île, une courte jetée en ciment, à peine large d'un mètre cinquante. Un cabanon vert la termine, occupant toute sa largeur, à moitié suspendu au-dessus de la mer. Son toit est en plastique ondulé, ses parois en bois. Sur sa porte en fer, on peut lire, en lettres inégales et tracées à la main : W-C. Sous cette inscription, en capitales parfaitement moulées et alignées comme à la parade, on a précisé : KAGATORIUM. Ce clin d'œil gréco-romain, cette solennification d'un édifice à la fonction modeste (mais utile), évoque immédiatement le sourire dissimulé sous la moustache et les yeux moqueurs de Georges Brassens lorsqu'il chantait, sur la scène de Bobino, une gauloiserie qu'il avait ennoblie par une métaphore, une litote ou une référence. (Le gardien du cimetière marin a placardé à l'entrée de son domaine un écriteau qui précise que l'auteur de la *Supplique pour être enterré sur la plage de Sète* n'y repose point. Il a choisi une nécropole plus banlieusarde, un champ de navets conforme à son dédain de la renommée et de ses trompettes, le cimetière dit ici « des pauvres », où ses parents occupaient déjà leur dernière demeure.) Ce qui réjouit, dans ce « kagatorium », c'est qu'il s'agit d'une plaisanterie uniquement destinée aux indigènes : été pas plus qu'hiver le touriste ne parcourt ce capharnaüm de bâtisses où les pêcheurs d'anguilles vivent « entre soi ». Même les Sétois y sont rares. Aucun pittoresque ne justifierait leur déplacement et, sur l'autre rive de l'étang de Thau, le panorama n'offre que des cuves de pétrole vides et des cheminées de raffinerie inactives. Dans ce hameau, rien ne change. Un industriel de l'agro-alimentaire a tenté d'intéresser les pêcheurs à la transformation du produit de leur pêche. Il leur a paru la parfaite incarnation du *fada*. De mémoire d'homme, l'activité journalière a toujours été limitée à la pose des filets, à leur relevée et à leur goudronnage à terre. Lorsque les filets imputrescibles en Nylon sont arrivés sur le marché, ils ont rendu inutile cette dernière occupation. Cependant, les pêcheurs s'y étaient habitués : ils l'ont poursuivie pendant dix-huit ans, badigeonnant quotidiennement des filets qui n'en avaient nul besoin. Personne ne se souvient de la raison pour laquelle ils ont cessé. Quelques-uns le regrettent : c'était inutile, mais ça favorisait les retrouvailles entre hommes et le bavardage.

Pour les autres pêcheurs, ceux du port, à quelques kilomètres de là, le bavardage, dès le retour des bateaux, cela constitue une faute professionnelle grave. Sur les ponts, les marins en sont encore à opérer un tri approximatif « selon grosseur » et à répartir les poissons par espèce sur les plateaux de bois. Déjà, sur le quai, les mareyeurs et leurs agents ont sorti leur téléphone cellulaire et lancent Dieu sait où de brèves informations. Les plateaux quittent les navires et s'entassent en palettes que happent des chariots élévateurs. Mouettes et goélands crient et volent en cercles étroits. Leur nombre s'accroît à chaque instant. Rien ne permet de comprendre comment ces oiseaux qui se précipitent à la rencontre des bateaux, puis les rasent lorsqu'ils sont à quai ne se télescopent jamais. Chacun semble parcourir un couloir aérien, à lui attribué de temps immémoriaux. Aucun n'a besoin d'infléchir sa trajectoire de vol pour éviter un congénère qui amorce un mouvement de plongée, un autre qui arrive en sens inverse, un troisième qui glisse latéralement, les ailes provisoirement immobiles. A vrai dire, les chariots élévateurs dansent un ballet comparable et enlèvent à toute allure des palettes de sardines noir et bleu dont pêcheurs et mareyeurs viennent de fixer le prix en dix coups de langue. Une partie des véhicules frigorifiques qui encerclent le port commence à se remplir alors que le dernier bateau est encore à l'horizon. Le pavillon de la criée va ouvrir ses portes et les affaires sérieuses commencer. Les téléphones cellulaires sont calés au creux de la main des mareyeurs, comme des revolvers de western avant l'arrivée des *outlaws* ou des Indiens. Il est environ 5 heures de l'après-midi.

Il y a un moment, rien, dans cet aimable décor, ne laissait présager cette flambée d'activité. Le bassin qui prolonge le port et coupe la ville en deux paraissait attendre que l'été y amène des flottilles de plaisanciers. Pour accentuer la couleur locale, les façades d'un nombre croissant de maisons sont repeintes « à l'italienne » ou, du moins, à l'idée que l'on se fait de la manière italienne : des ocres si soutenus qu'ils tirent sur le rouge, des jaunes safranés, des bleus perruche. Ça claque, ça en jette, ça doit impressionner très favorablement le touriste septentrional, batave ou germain : c'est propre et gai. Peut-être, aux yeux des Sétois, cette palette criarde efface-t-elle les conséquences de la dernière guerre, qui n'a pas été tendre pour leur ville. Quoi qu'il en soit, ce décor façon Châtelet voit d'un seul coup une foule de figurants sortir de partout. Les rues s'engorgent, les klaxons piaillent, les bistrots se vident : c'est la marée.

La criée commence. Les acheteurs ont pris place dans l'amphithéâtre. A chaque place correspond un numéro et un bouton-poussoir. Face aux gradins où l'on doit pouvoir tenir à deux cents, un tapis roulant que l'on charge incessamment, depuis le quai, de bacs en plastique emplis de poisson. Un écriteau indique le nom du bateau d'où ils proviennent. Lorsque le bac arrive au centre de l'amphi, un commis l'attrape, l'incline vers l'avant le plus possible afin que chacun, de son gradin, puisse voir de quoi les poissons ont l'air. Puis le bac atteint un plateau de pesée. Entre alors en transe un personnage aux nerfs d'acier. Assis en retrait du tapis roulant qui convoie les bacs, installé devant un clavier et une console d'ordinateur, il tape avec une vélocité de prestidigitateur des données qui s'inscrivent au-dessus de sa tête, sur un écran à cristaux liquides.

D'abord, le numéro de code du poisson : 25 pour le loup, 64 pour la raie, 57 pour la lotte. Puis le poids. Puis le prix au kilo, proposé en fonction d'un tas de données complexes à assembler : le cours de la veille, le cours sur les autres marchés, la quantité ramenée à cette marée-ci, le jour de la semaine, les prétentions du patron de pêche... Si le lot et le prix conviennent à un mareyeur, une pression sur le bouton-poussoir incorporé à l'accoudoir de son siège suffit à le faire savoir. On enchaîne alors sans perdre un instant et on présente le bac suivant. On passe du loup à la raie. Un nouveau prix est annoncé. Si, dans la seconde, aucun acheteur n'a appuyé sur son bouton, le prix affiche 10 ou 50 centimes de moins. De seconde en seconde, le lot proposé devient un peu moins cher. Les mareyeurs se surveillent sans perdre l'écran des yeux : il ne s'agit pas de dépenser 10 centimes de trop au kilo, mais il ne faut pas non plus manquer l'affaire. Sur tel poisson, la demande espagnole est forte ; sur tel autre, on sait que les Italiens sont preneurs. Oui, mais de combien ? Un œil sur le défilé des chiffres, un autre sur le voisin de gradin, le cigare barreau de chaise mâchouillé plus que fumé, le gros acheteur qui semblait tout à l'heure avoir du mal à digérer un repas d'affaires montre une vivacité de mérou. Derrière lui, on parle en espagnol. Dans les travées, un serveur d'un bar voisin apporte de la bière. Content, voire ravi, ou déçu, voire furieux, aucun des mareyeurs ne manifeste de la voix ou du geste. Même les visages ne changent pas d'expression. Il serait exagéré de dire qu'il y a de la tension dans l'air. Seulement une concentration intense et une certaine parenté avec l'ambiance des tables de poker. Sans désemparer, deux heures de rang, l'homme aux nerfs d'acier tape sur son clavier des chiffres qu'avale l'écran. Sans répit, le commis soulève un bac après l'autre ; sans repos, les acheteurs surveillent les lots et les prix. Il passe dans cette salle une respectable quantité de gros sous. Parfois de très gros : il arrive que la cérémonie dure jusqu'à 10 heures du soir. Derrière le pavillon de la criée, les bateaux se vident et s'en vont au bassin prendre l'amarre. Les marins-pêcheurs retrouvent leur bar familier. Plus tard, ce sera au tour du claviste d'aller vider un verre de pastis. Il a une trentaine d'années. Il était venu après son diplôme d'informaticien, pour un stage. Le côté acrobate du crieur électronique l'a amusé — excité, même. Il est resté. Il gagne bien. L'ambiance est forte. L'impression d'appartenir à un monde à part donne du prix à son métier. Et c'est tellement plus agréable de travailler intensément quelques heures par jour que de travaillotter de 8 heures à midi et de 2 heures à 6 heures.

L'accès du port est interdit « à toute personne ne disposant pas d'une carte professionnelle ». La vente directe de poisson est prohibée. Rigoureusement. Enfin, avec cette rigueur qui caractérise les Méridionaux : une trentaine de ménagères emplissent leur cabas après des conciliabules discrets mais nullement clandestins. Un grand barbu coiffé d'un bonnet de laine leur prépare le poisson en échange d'une pièce. Il habite une cabane, quelque part sur le haut de Sète. Il a atterri — ou échoué — là après des années de vagabondage, ou de cloche. Il s'est fait sa place au soleil. On lui fout la paix. C'était son idéal. Il lui manque un lot de dents. Il a une voix de basse qui gronde contre l'Électricité de France qui lui réclame une somme extravagante. Tout en jouant du couteau à toute allure et en découpant le poisson à la perfection sans même le regarder, il prend à témoin les ménagères : « Pour devoir une somme pareille, il faudrait que j'aie au moins cinq radiateurs électriques ! » Puis il développe des variations sur le thème : « Les administrations ne savent pas quoi inventer pour enquiquiner l'honnête homme. » Passent des chariots élévateurs, des hommes à téléphone, des marins-pêcheurs à la retraite qui sont revenus humer l'ambiance de la marée. On emmène des enfants regarder le requin qu'exposent avec plaisir sur le pont de leur embarcation ceux qui l'ont attrapé. Les marins en sont maintenant au nettoyage de leur bateau. Commencée dans la nuit, leur journée de travail tire à sa fin. Demain, ils espèrent une aussi belle mer.

A quelques kilomètres de là, en direction de Frontignan, il existe un autre port. Tout neuf. Les blocs de pierre qui l'endiguent sont si nets qu'ils paraissent sortis d'une usine. C'est un grand port, rectangulaire, dessiné par des ingénieurs pleins de diplômes pour un coin de côte désert, en bordure de l'autoroute. Légèrement en arrière, on a bâti des entrepôts frigorifiques. A côté des entrepôts, on a construit des bureaux et des ateliers réfrigérés pour transformer le poisson. Aucun bateau n'entre dans le port. Aucun n'en sort. Aucun n'est à l'amarre. Pas un navire, pas un rafiot, pas un canot pneumatique n'a jamais pénétré ici. La Région, la Communauté européenne et quelques autres financiers ont pensé que Sète avait besoin d'un nouveau « site portuaire ». Pour consacrer le haut niveau d'activités de ses pêcheurs et pour désembouteiller la ville qui, tous les jours, à l'heure de la criée, s'engorge à cause des camions des mareyeurs. Monsieur A. les a laissés faire, mais, quand tout a été terminé, il leur a dit qu'à son avis personne n'avait l'intention d'utiliser ces nouveaux équipements et que personne ne l'aurait jamais. Monsieur A. ne détient pas de mandat électif, il n'est dépositaire d'aucune autorité. Si on lui demande de se présenter, il dit sans forfanterie qu'il est le « parrain » des pêcheurs. Il est d'origine italienne, sicilienne même. Ses bateaux sont les plus beaux, les plus modernes, les mieux équipés pour le thon. Les Japonais discutent avec lui. Il a appris d'eux qu'un thon perd toute sa valeur marchande s'il présente le moindre hématome : les Nippons qui viennent l'acheter, le transformer et le congeler en Méditerranée le mangent cru, et sa belle couleur rouge ne doit être altérée par aucun « bleu ».

Un jour, lorsque le nouveau port et tout son tintouin ont été terminés, monsieur A. a dit, comme ça, qu'il croyait que les marins-pêcheurs de Sète se trouvaient bien dans l'ancien port. Qu'ils avaient pris l'habitude d'amarrer leur bateau sur le quai du bassin dont les eaux reflètent les immeubles où ils habitent. Que les bistrots qui entourent le vieux port seraient difficilement transportables sur ce bout de côte pelée, au diable vauvert, où les ingénieurs avaient dessiné et construit leur belle rade orthogonale, leurs utiles entrepôts et leurs bureaux et ateliers bien pensés, avec l'argent des technocrates soucieux de rationalité et de performance. Voilà ce que monsieur A. a dit, comme ça. Et, de l'avis général, cela suffit à condamner le nouveau port plus sûrement que si l'armée de l'air l'avait choisi pour cible d'un exercice de bombardement à bombes réelles.

Donc, dans les entrepôts frigorifiques à poisson, il y a des tomates. Pas beaucoup, d'ailleurs. Dans les bureaux et ateliers réfrigérés, il y a une entreprise qui ne compte pas moins de deux salariés permanents et deux occasionnels. L'un des deux permanents, Fabrice, a longtemps couru le monde — et surtout le nord du monde — pour son plaisir et à pied. Il a eu l'idée de se faire guide de randonnées et a baladé en Islande ou en Norvège une clientèle de touristes plutôt intellectuels et désireux de vacances à sensations. Dès qu'il avait trois sous, il repartait vagabonder à son compte. Aux îles Féroé — quelque part du côté du Danemark —, il a gagné sa vie en préparant et en fumant le poisson des pêcheurs locaux. Un jour, il a rencontré une jeune femme, professeur de français dans une région de Chine où l'on ne laisse presque pas entrer de visiteurs. Il l'a épousée. La conduite de touristes l'a moins intéressé. Des Japonais cherchaient, à Paris, un connaisseur en transformation du poisson. Le vagabond s'est initié à la vie de bureau. Il a beaucoup apprécié ses collègues nippons. Il vante leur sérieux, leur loyauté, la qualité humaine des relations dans l'entreprise. (Comme tout est relatif, je me demande si c'est par rapport aux indigènes des îles Féroé ou à ses anciennes bandes de touristes marcheurs. Je crois comprendre que les Japonais ont, à ses yeux, les qualités que nous attribuons généralement aux protestants.) En peu d'années, il a fait sa pelote. L'idée lui est venue de transformer du poisson à son compte. Des vacances l'ont conduit près de Sète. Il a entendu parler du nouveau port ; il a rédigé un projet d'atelier de fumage du poisson et a cogné aux portes des pouvoirs publics, en quête de soutien. La Région l'a accueilli à bras ouverts. « Combien faut-il pour monter cette affaire ? — Tant. — De combien disposez-vous ? — Du sixième de tant. — Qu'à cela ne tienne, voici le reste. »

Évidemment, il y a un peu d'approximatif dans cette relation télescopique du commencement de la saga d'un jeune investisseur plus riche d'énergie et d'idées que d'écus, mais la Région a été si contente de voir arriver quelqu'un qui pourrait mettre un peu de vie et d'activités dans ce port désert qu'elle aurait accepté de repeindre les entrepôts frigorifiques en jaune fluo s'il le lui avait demandé. Au demeurant, elle a bien placé sa confiance. L'anguille sauvage, le thon rouge, l'espadon, la truite de montagne et les filets de rouget sont fumés de main de maître. Pas une once de sel en trop et, surtout, pas ce goût... de fumée qui uniformise, surcharge et dénature la plupart des produits conservés ainsi. Des chairs fines et goûteuses, une physionomie appétissante : toutes les conditions du succès sont réunies. Un succès dont la recette est étrange : il demande des machines onéreuses et modernissimes, et un savoir-faire d'artisan pour les régler, choisir la température, définir la durée de l'opération et savoir corriger tous ces paramètres en fonction des particularités de chaque arrivage. (Puis-je préciser que l'anguille et l'espadon m'ont laissé un souvenir heureux et persistant ?)

Tandis qu'un ouvrier prépare le poisson du prochain fumage, Fabrice et Régine, son épouse, s'occupent de strictement tout : achat, paperasse, prospection, vente, vente directe, etc. Au début, les pêcheurs sétois ne leur faisaient pas de bons prix et leur refilaient une marchandise souvent peu conforme à la qualité convenue. Un jour, Fabrice s'est rebellé bruyamment. Peu après, on lui a fait savoir que monsieur A. serait heureux de le rencontrer dès que possible. Dès que possible, ce fut très vite. Monsieur A. s'est montré d'une grande courtoisie. Il a posé beaucoup de questions ; il a goûté aux produits que Fabrice avait pensé à apporter avec lui ; il a exprimé sa satisfaction par quelques brèves phrases et signifié au jeune homme qu'il le tenait pour de la bonne graine. Depuis, il n'arrive dans les fumoirs de Fabrice et de Régine que du poisson de premier choix. Ils ne le paient jamais plus qu'il ne le faut. « Je crois qu'il a bien vu que nous sommes travailleurs et que transformer le poisson sur place, en faire un produit alimentaire " haut de gamme ", cela pourrait être l'avenir de la pêche sétoise. Il a fait en sorte qu'on nous laisse tenter l'expérience. » Travailleurs, c'est peu dire. Deux ans sans vacances, au travail de très tôt à très tard : Fabrice et Régine sont peut-être les seuls habitants du nouveau « site portuaire », mais ils l'habitent intensément. « Ce n'est pas trop pénible cet isolement ? » J'oublie, en posant cette question, que Régine a été longtemps, à peine sortie de l'adolescence, la seule Européenne dans un fin fond de Chine et que Fabrice, très jeune homme, parcourait, souvent seul, pendant des mois, des paysages désertiques et passablement nordiques. C'est d'ailleurs pourquoi il répond à ma question par un sourire — en ajoutant quand même : « L'autre jour, il y a eu une alerte dans les entrepôts frigorifiques : un court-circuit. On a appelé les pompiers. Une heure plus tard, c'est eux qui nous téléphonaient : ils ne parvenaient pas à trouver l'entrée du " nouveau port "... Heureusement, le commencement d'incendie avait vite été maîtrisé avec les moyens du bord. »

J'espère que quelqu'un a pensé à raconter cet incident à monsieur A. (Mais tout n'est-il pas rapporté tout naturellement au parrain ?...)

On m'a vanté les charmes d'une promenade sur le mont Saint-Clair (qu'on appelle parfois « la montagne », nonobstant ses cent soixante-quinze mètres de hauteur). C'est à son pied que Sète a été bâtie et sur son flanc qu'a été construite sa citadelle. Peu à peu, la ville s'est hissée sur les pentes, observant cette règle non écrite de l'urbanisme local qui veut que demeures bourgeoises et pavillons populaires se côtoient et forment une mosaïque architecturale dont le soleil fait oublier les étrangetés pas toujours gracieuses.

Il ne faut pas se moquer de cent soixante-quinze mètres : c'est bien assez haut pour apercevoir, au nord, les contreforts de la Lozère ou la ligne très bleue du causse du Larzac. Pour laisser le regard se perdre vers les plages interminables qui s'étendent vers Narbonne et où, l'été, les groupes se répartissent selon des règles immuables et tacitement convenues. Les familles s'installent le plus près possible de la ville. Les couples sans enfants occupent la bande côtière suivante, du moins s'ils sont « textiles ». S'ils sont naturistes, ils installent leurs pénates un peu plus loin. Plus loin encore, on trouve les nudistes. Le nudiste se distingue du naturiste en ce que sa nudité est offerte à la concupiscence et consommable sur place, derrière une dune. Certains guides recommandent particulièrement certaines bandes de sable aux affamés de rencontres « du premier type ». Voilà pour l'ouest. A l'est, c'est Palavas, Aigues-Mortes, Arles et les Alpilles, la Camargue, les étangs, les salins.

Pour permettre à ses assujettis de jouir de ce panorama sans équivalent (on chercherait en vain un autre mont sur cette côte), l'administration (celle des Eaux et Forêts, en l'occurrence) a aménagé un parc public, le parc des Pierres blanches. Curieusement, il est signalé au visiteur par des panneaux qui portent l'inscription « Invitation au voyage ». Dès l'entrée du parc, la menace suggérée par cette poésie pédagogique se précise.

Accroché à un beau mur de pierres sèches, un grand cartel bleu marine et bleu ciel lance un appel en très gros caractères : DESSINE-MOI UN VOYAGE. Et il précise, en lettres dont la taille va décroissant : *Nous voici sur le site des Pierres blanches. C'est un endroit magique, plein de fleurs et d'oiseaux pour qui sait les voir, plein d'histoires et de légendes pour qui sait les entendre.* **C'est un pays à voyager,** *et nous voyagerons ensemble, au rythme de notre insularité avec les arbres et les herbes, avec l'eau, avec le vent, avec le sable et les coquillages, avec les gens du passé et les gens d'aujourd'hui.* Et moi qui croyais me promener ! Il faut dire que l'endroit y incite : une vaste et odoriférante garrigue plantée de petits chênes, de quelques oliviers et de cette végétation de maquis au milieu de laquelle affleurent

73

quantité de rochers. J'ai déjà dit l'ampleur et la diversité de la vue. On les goûte d'autant mieux que « les Pierres blanches » occupent un terrain bosselé, étendu, dénivelé, ce qui fait que le même paysage apparaît à l'arrière d'un premier plan qui ne cesse de changer. On se laisserait donc aller à une douce rêverie si, derrière un rocher ou au versant d'une bosse, des panneaux d'information ne se tenaient en embuscade, disposés pour nous instruire à chaque moment de notre parcours.

Mouillée par la mer et l'étang, battue par tous les vents, lieu de rencontre des marins et des ouvriers, des gens de la Méditerranée et des montagnards, Sète, à la fois, change et demeure. Dès les cent premiers pas, nous voilà avertis que nous foulons une terre de culture. Il n'en faudra pas effectuer cent autres pour que cela nous soit confirmé, avec un brin de gravité : *Pris dans le tourbillon des eaux, des airs et des hommes, ce lieu résume en son tour d'horizon l'histoire locale et universelle, contemporaine ou engloutie dans la profondeur de la mémoire.* Miséricorde ! Et moi qui suis venu ici vêtu avec négligence, sans même une cravate et avec à peine de quoi prendre des notes... J'essaie de ruser avec les panneaux. Peine perdue ! on m'a deviné. Derrière un ancien puits, un cartel fait le point des convoitises dont cette langue de terre fut l'objet. Plus loin, on m'y rappelle que Barberousse y trouva, un temps, l'abri propice à la conception de ses déshonnêtes entreprises de flibuste. Derrière un bosquet, on m'informe ; derrière un buisson, on m'instruit.

Me voilà sur un méplat, un terrain découvert à la végétation pauvre et anarchique. Un dernier panneau l'ennoblit et l'exhausse au rang de symbole :

Volontairement ou non, l'homme a, depuis des siècles, introduit des plantes étrangères au milieu de la végétation autochtone des Pierres blanches. Certaines ont leur implantation si ancienne qu'on les croit du pays depuis toujours. D'autres, au contraire, se sont installées plus récemment.

On raconte que, chaque année, de nouvelles immi-grées tentent de s'installer.

Entre les **plantes d'ici** *et les* **plantes d'ailleurs,** *entre celles de la garrigue et celles qui viennent d'autres paysages, le dialogue s'installe!*

Moralisé autant — et même plus — qu'oxygéné, je redescends au port. Entendons-nous : je ne suis pas ennemi qu'on m'exhorte. Sans doute même en avons-nous tous besoin, mais, pour nous sortir de nous-même, pour nous élever jusqu'à quelque médi-tation, Sète n'a-t-elle pas enfanté au moins un poète dont les vers auraient fait meilleure figure que cette prose emphatique et mielleuse ?

> *Le vent se lève!... Il faut tenter de vivre!*
> *L'air immense ouvre et referme mon livre,*
> *La vague en poudre ose jaillir des rocs!*
> *Envolez-vous, pages tout éblouies!*
> *Rompez, vagues! Rompez d'eaux réjouies*
> *Ce toit tranquille où picoraient des focs!*

Allons donc, pour nous remonter le moral, faire un pèlerinage jusqu'à la maison natale de l'auteur du *Cimetière marin.* La voici, à l'entrée du port. Une plaque le confirme : *Ici est né Paul Valéry.* Au-dessous figure l'enseigne du commerce qui occupe désormais le rez-de-chaussée de la bâtisse : *Setafêtes, Farces et attrapes!*

> *Allez! Tout fuit! Ma présence est poreuse...*
> *La sainte impatience meurt aussi!*

Intermezzo 1
(Minuetto)

La faculté de droit de Montpellier, presque aussi orgueilleuse de son ancienneté et de ses écoles de pensées que sa collègue, la-faculté-de-médecine-la-plus-vieille-d'Europe, devra bientôt quitter le « cœur de ville ». Les technocrates de l'autocrate local, Georges Frèche, lui ont assigné une nouvelle implantation, à l'intérieur de la ville, dans l'une de ces zones que l'on aime ici baptiser de noms martiaux ou mythologiques, « Polygone » ou « Antigone », maquillage destiné à donner à la volonté des bureaux une apparence d'humanisme. En ce mercredi de février ensoleillé et glacial, la faculté de droit n'a cure de son avenir. Elle se conforme à ses traditions, elle va élire son doyen. A l'entrée, un panneau proclame également que cette semaine est celle de « la ruée vers l'art ». Cela signifie que les espaces communs de la fac sont voués pour quelques jours à l'exposition des œuvres de ses occupants habituels. Dans l'entrée, des tableaux d'étudiants. On y remarque surtout l'influence de Jean-Michel Basquiat, des tentatives de « tags », des dominantes noires et grises, des banalités. Au premier étage sont exposées des photos de chats et de chevaux. Les chats sont traités façon sentimentale, les chevaux figurent la liberté. Plus loin, on montre une collection de plumes à écrire disposées en éventail. A côté, l'œil est uppercuté par de criants chromos de paysages, dans un style pompier-pyromane. Ils sont l'œuvre d'un appariteur (on dit « agent de service ») dont on ne peut que regretter qu'il ne consacre pas ses loisirs à la pétanque. Personne ne s'arrête devant l'une ou l'autre de ces réalisations, sans doute essentiellement destinées à grossir les statistiques du ministère de la Culture.

L'amphithéâtre D, d'un rose pâle et sale, est plein aux trois quarts. Sur les gradins, les membres du conseil — professeurs, étudiants, personnel administratif — et des spectateurs curieux et dissipés. A la tribune, quatre candidats, dont deux se présentent en équipe. (« C'est Defferre et Mendès, murmure ma voisine. Ils devraient avoir le même succès qu'eux. ») Le prétendant qui a pris la parole lorsque j'arrive est un historien du droit, déjà candidat — et déjà battu — lors de la précédente élection. Il rend hommage « au doyen vivant ». La faculté de droit de Montpellier aurait-elle un doyen mort, dont le sarcophage est exposé quelque part ? Pas du tout. Il ne s'agit pas du doyen vivant, mais du doyen Vivant, le sortant, qui ne se représente pas et occupe le centre de la tribune, d'où il préside le débat. Pour l'heure, l'historien du droit développe son programme, ou plutôt désenveloppe ses intentions. « Il faut redonner vie au décanat, en faire une force d'arbitrage, une autorité morale. Si nous ne sommes pas capables de dire qui nous voulons être, je me demande si nous ne devons pas nous poser des questions. » Cette formule ayant été frappée, il ne dit pas qui il veut être et en appelle toutes les trois phrases à un projet commun. Lequel ? Sur la table derrière laquelle je suis assis, au dernier gradin de l'amphi, un étudiant a écrit : *Simple minds left many people brainless*. Un prophète. Le candidat pérore depuis dix minutes. Je ne vois plus que son costume. Un costume gris, Bodygraph Belle Jardinière. « Il y a des petits dossiers importants et qui sont innombrables. » La salle est plombée d'ennui. Même les chahuteurs ne chahutent plus. « Si nous restons dans le *statu quo* sans en préciser les contours... », dit-il. (Ah ! Dieux immortels ! que l'on se hâte de préciser les contours du *statu quo*, on est si mal assis sur ces bancs...) « Il faut étudier très sérieusement les différents systèmes qui permettraient de renforcer notre rôle dans l'université de Montpellier. » Que ne s'est-il livré à cette étude avant de prendre la parole ! N'a-t-il donc rien à proposer ? Ah ! si : « Il faudrait publier un annuaire qui assure une lisibilité individuelle de chacun. » Emporté par cette audace, l'historien du droit s'emballe. « Et aussi publier chaque année un rapport disant ce qui compte pour nous. » Quel homme ! Mais je n'ai pas encore tout entendu : « Enfin, il faudrait que le doyen s'entoure d'une petite équipe pour devenir une force de proposition. » En a-t-il fini ? Oui. Le doyen Vivant (et, comme nous tous, il a du mérite à ce qu'un souffle de vie soit encore perceptible de sa part après cette harangue assommante), le doyen Vivant, donc, donne la parole à la salle. Un professeur manifeste son intention d'intervenir. On lui passe le micro. L'amphi s'ébroue, puis se réveille. L'orateur frise la soixantaine ; il est chauve et marron (de costume) ; il porte des lunettes aux formes arrondies. Sa voix est celle d'un baryton Martin : « Là où j'espérais un souffle, énonce-t-il en forçant sur les graves et en soignant son articulation, je n'ai entendu que des propos de boutiquier. » La salle se réveille tout à fait. « J'ai entendu trois candidats... » (Deux ont donc parlé avant mon arrivée, pendant que j'admirais les croûtes du pyromane ; sans doute reparleront-ils. Quelque chose dans l'air me persuade que nous ne sommes pas au bout des discours.) « J'ai entendu trois candidats qui prétendent conduire un morceau de banquise vers l'équateur. » Il a proféré cette phrase avec une telle satisfaction, en la mâchant si ostensiblement que je jurerais qu'il l'a déjà essayée sur ses étudiants, sur sa famille, sur sa concierge... Peut-être même l'a-t-il déjà utilisée lors des élections précédentes ? La voix s'enfle et prend encore de l'assurance, si c'est possible. « Les candidats ont ajouté le contresens à l'erreur. » (Va-t-il préciser : « Ils devront donc se représenter à la session de septembre et, d'ici là, nous allons écrire à leurs parents » ?) « Je tiens à dire que le doyen Vivant... » (Je perds le fil ; je le reprends.) « ... quelques rares projets nous ont été présentés. [Silence.] Je les appellerai des projets " Pepsi ". [Silence un peu plus marqué.] J'entends par là " projets éducatifs particulièrement sans intérêt ". [Silence bref. Il détache les lettres de son sigle :] PEPSI [puis les rassemble :] Pepsi. » Silence appuyé. La salle, si évidemment sollicitée de rire, est gênée. Des regards se détournent ; quelques sourires s'esquissent. Un auditeur applaudit sous la table en détachant bien les « claps », qui résonnent comme les battements d'un glas. L'orateur ne s'embarrasse pas de l'incompréhension de son public. Son ton devient de plus en plus hautain ; son élocution, détachée. Il souligne encore sa déception, puis rend le micro au doyen (Vivant). Un jeune homme lève la main : « Les étudiants représentent dans cette assemblée une trentaine de voix. Qu'avez-vous à leur proposer ? » demande-t-il aux trois candidats plus un. Cette forme brutale de lobbysme primitif ne semble choquer personne. Le doyen Vivant informe l'assemblée qu'il sera répondu par chaque candidat à toutes les questions à la fois, « à la suite d'un accord entre tous ». Ciel ! A l'issue de quel sommet ? « Quelqu'un demande-t-il encore la parole ? — Oui, moi ! » déclare un petit homme sec qui semble avoir la bouche pleine de points d'exclamation. L'amphi s'agite. Des auditeurs se rapprochent pendant que le nouvel orateur savoure les effets de sa survenue dans le débat. C'est un professeur de droit commercial connu pour ses anciens engagements du côté de l'Algérie française. La légende veut qu'il ait participé avec vigueur aux affrontements des années soixante. On lui propose le micro. « Je n'ai pas besoin de cette prothèse », dit-il comme si l'on avait eu le désir de l'offenser. « Thèse, antithèse, pro-thèse », lâche, dans les gradins supérieurs, un homme d'un âge à être maître de conférences. « Je voudrais... » La voix est de celles qui sont habituées à ce que l'on note leurs paroles. Elle pose et elle se pose. Elle marque des temps. Elle a coutume de n'être point interrompue. « ...je voudrais rectifier un point d'histoire. Je m'étonne, d'ailleurs, que, dans une maison qui affiche un si grand intérêt pour cette science, on puisse la traiter avec tant de légèreté. » Allons bon ! Il va pleuvoir des corrections marginales, tendez vos rouges tabliers. Peut-être va-t-il demander que l'on rétablisse les châtiments corporels dans l'enseignement et qu'on en étende l'usage au supérieur ?... « On a dit, en effet, que la question de la place des économistes ne s'était posée qu'une seule fois dans l'histoire de la faculté. Or [le ton se durcit], à ma connaissance [on entend que cette connaissance ne saurait être qu'exhaustive], cette question s'est posée *deux* fois... » Il laisse le reproche planer sur l'assemblée, tel le faucon *quae-rens quem devoret*. Il rappelle le faucon, fait sentir à la salle le poids de son indulgence, puis consent à enchaîner : « Dans les ménages, il existe plusieurs cas de figure. Certains font lit commun ; d'autres, lits contigus ; d'autres, chambres séparées ; d'autres encore, résidence à part. C'est de cela qu'il faut discuter... » Pause. Cette éloquence d'avocat est toute d'enflure, de pouces passés dans le gilet, de ventre en avant, de mouvements de menton. Sans doute accablée par la contemplation de l'un de ces exercices, une main a écrit sur le bois de la table voisine de la mienne : « Soyons désinvoltes : n'ayons l'air de rien. » « ... Mes responsabilités présentes et passées m'incitent... », poursuit le rhéteur, d'un ton qui laisse entendre que lesdites responsabilités se situaient dans l'échelle des importances entre celles du regretté Charles Quint et celles du regrettable Mao Zedong. En tout cas, ses responsabilités l'inci-tent à penser que « ce n'est pas l'élection du doyen qui va régler quoi que ce soit. Le problème n'est pas qui sera doyen, mais que sera la faculté ». Il dit, et se rassied sur son banc, tandis que je m'attends à ce qu'une batterie entonne quelque fanfare.

Après cette harangue, nul ne demande plus la parole. Le doyen Vivant s'en assure et déclare le moment venu de répondre aux questions. En fait, il n'y en a pas. Sauf celle du représentant étudiant. L'historien du droit déclare que toutes les catégories seront représentées dans l'équipe dont il s'entourera. Le duo d'économistes-candidats rappelle : « Cela fait dix-sept ans que, dans notre unité d'enseignement et de recherche, nous travaillons avec les étudiants. Il y a eu un projet de tutorat pour les premières années... — Ça n'a pas marché, lâche un anonyme. — Ça n'a pas marché, mais ce n'est pas de notre fait. *Nous* avons créé une cafétéria que *vous* gérez. Et, comme directeur de mon UER, je rends publiques, chaque semaine, toutes nos dépenses, y compris celles de représentation. »

Se lève enfin le dernier des prétendants, un professeur de droit public, le premier à parler avec l'accent montpelliérain. A force d'écouter les pontifications des uns et les boutiquages des autres, la moutarde lui est montée au nez : « 80 % du budget de cette faculté est bouffé par les services communs. Il faut remettre de l'ordre là-dedans, s'atteler à la création d'un institut d'études politiques et développer les projets d'échanges internationaux d'étudiants... » « Achève, Petit Jean, c'est fort bien débuté », se prend-on l'envie de lui crier. Il achève assez vite, après avoir développé ses deux propositions. Le doyen Vivant annonce que l'on va procéder au vote dans les salles des professeurs. Je sors. Je m'enquiers des toilettes. On m'indique un petit escalier après lequel je devrais tourner deux fois. M'y voilà. Je pousse la porte, qui porte l'inscription authentifiant la destination des lieux. Derrière elle, un ouvrier finit d'enlever un tuyau. Au mur, on voit encore la marque de l'urinoir, mais l'urinoir a été emporté, tout comme la cuvette de cabinet, derrière une autre porte. « Ce n'est plus ici, me renseigne l'ouvrier. Ici, on transforme en bureau. »

Trois tours de scrutin et trois heures plus tard, avec sept voix d'avance, le professeur de droit public est déclaré élu. Le doyen Vivant lui remet symboliquement les clefs de sa voiture de fonction. C'est une 205 avec chauffeur. Une 205 avec chauffeur ! Le nouveau doyen déclare qu'il la conduira lui-même et que le chauffeur sera affecté à une tâche plus utile à la collectivité.

La Corse, l'envie, la mort
(Andante misterioso)

Christian a vingt-deux ans. Dès qu'il l'a pu, il a
quitté l'école et vécu de petits boulots à Bastia, où il
est né et où il vit dans sa famille : la mère à la
maison, le père et le frère chauffeurs, une sœur
caissière. Il n'est jamais sorti de Corse. Il n'en parle
ni n'en comprend la langue. Depuis un an, il est
vendeur dans une librairie de la ville, sur la base
d'un contrat du genre apprentissage dont le libraire
a généreusement doublé le montant du salaire. Ce
travail, il l'a voulu avec une ardeur dont rien ne le
laisse croire capable : timide, plutôt gauche, d'ordinaire la mine sombre, se tenant naturellement en
retrait, parlant peu et d'une voix nouée, Christian ne
ressemble pas à un conquistador, à un « gagneur »
ou à l'un de ces jeunes gens pleins d'allant à qui
l'avenir est censé ouvrir les portes de la fin du siècle.
Pourtant, Christian s'est battu à sa manière : obsti-
née, par petites touches. Avant d'occuper son emploi
actuel, chaque jour, il se rendait à la librairie. S'il y
avait des cartons de livres à déplacer, il se proposait
pour le faire. S'il fallait réaménager la vitrine, il
donnait un coup de main. Si l'on avait besoin d'une
course, il se trouvait toujours disponible. Cela a duré
un an. De temps à autre, il demandait à Ernest, le
libraire, s'il n'avait pas quelque chose de plus
régulier à lui confier. Même à mi-temps, même mal
payé. Ernest n'était pas contre, mais pas tout à fait

pour. Difficile de comprendre pourquoi Christian tenait tant à travailler dans une librairie. Les seuls livres qu'il ait lus et qu'il lise spontanément, c'étaient, ce sont des romans policiers, avec une prédilection pour Agatha Christie. Cependant, si on lui recommandait un roman d'un autre genre, il s'y lançait et pouvait, après l'avoir lu, exprimer des impressions peut-être naïves, mais en tout cas sincères et personnelles. Parfois, Ernest lui remettait, un bref moment, la garde de la boutique, aux heures creuses. Si un client entrait, Christian se sentait toujours la mission de le faire patienter. L'un d'entre eux, pressé, lui demanda, un jour où il était de garde, où se situait le rayon des classiques. Christian regretta de ne pouvoir entrer sous terre. Le client finit par comprendre qu'il lui fallait chercher lui-même.

Chaque fois que la librairie accueillait un auteur pour une séance « de signature », Christian s'efforçait d'en lire toute la production, en demandant conseil à Isabelle, la femme d'Ernest. On peut d'ailleurs soupçonner Isabelle d'avoir fait pencher la balance en faveur du jeune homme et d'avoir convaincu Ernest de lui donner une chance. Ensemble, ils ont essayé de lui faire suivre la formation de libraire dispensée par une association professionnelle. Mais cela se passe à Paris et, en plusieurs fois. Il aurait fallu trouver environ 40 000 francs pour financer cet apprentissage. Beaucoup plus que ne peut se le permettre une librairie qui ne verse à ses gérants qu'une rémunération très faible et doit affronter la mévente générale des livres. Dans six mois, à l'automne, Christian partira pour le service. L'armée le transplantera directement de la Corse aux Vosges. Ernest et Isabelle se creusent la tête pour trouver le moyen de le réembaucher une fois son temps fini.

Dans un café du port, Christian me parle du Québec, sur lequel j'ai écrit un livre. C'est le pays qu'il voudrait visiter en priorité. Les raisons de cette attirance, il les livre pêle-mêle : la nature, les gens qu'il a vus à la télévision et qui lui paraissent doux et amusants, leur accent, qui lui plaît beaucoup. Ernest m'a confié les soucis que lui cause l'avenir de son vendeur. Je demande à Christian comment il voit l'après-service national. Pense-t-il retourner à la librairie ? Non, répond-il immédiatement et avec une assurance qui tranche avec sa timidité. Cueilli à froid, je dis que j'avais cru comprendre qu'il souhaitait travailler « dans le livre ». « Je n'y arriverai pas. Je suis trop nul. Je ne sais rien. C'est trop tard pour apprendre. » Il marque un temps. « De toute façon, je me suis engagé. » Engagé ? A quoi ? « Engagé dans l'armée. J'ai fait la demande pour cinq ans. Personne ne le sait. N'en parlez pas. » Bon Dieu ! Je n'arrive pas à croire que l'on puisse passer volontairement des rayons d'une librairie et du travail avec des patrons qui vous aiment bien aux exercices d'une caserne et aux ordres des adjudants. Est-ce qu'au moins Christian va me dire pourquoi ? « Pour partir d'ici. » Il répète : « Pour partir d'ici. »

A l'heure où ces lignes paraissent, Christian porte l'uniforme. Plus vite que d'autres et à la façon abrupte de celui qui décide de se confier à un inconnu qui ne reviendra sans doute pas, ou pas avant longtemps, il m'a donné à comprendre que la Corse est d'abord un endroit d'où il faut partir. D'une rencontre à l'autre, d'une conversation à une autre, d'une allusion à une autre, d'une histoire racontée à une autre, il me restera à saisir l'immense difficulté de partir, de se départir de cette île, et la difficulté immense d'y revenir et d'y être reconnu.

Longtemps après mon retour de ce pays où je n'étais jamais allé, l'image qui m'en reviendra d'abord à l'esprit sera celle des tombeaux disséminés dans la montagne, non loin de la plupart des villages. Des mausolées cossus, des sépultures opulentes, des caveaux huppés, surmontés d'un dôme ou, parfois, d'une flèche, quelque chose comme une réduction fastueuse des mastabas de l'ancienne

Égypte sous lesquels on imagine une crypte rupine (que dis-je, une crypte, un hypogée!), un château funéraire sur le porche duquel est gravé dans la pierre le nom de la tribu du considérable cadavre. Bâtis dans le maquis plutôt que dans le cimetière local, dominant une vue magnifique, ces tombeaux sont ceux de Corses partis gagner leur vie et parfois faire une fortune ailleurs. Ils sont revenus mourir chez eux ou ils y sont rentrés morts. Leur dernière demeure témoigne qu'ils n'ont jamais oublié le pays et que, faute d'avoir pu s'y faire une place de leur vivant, ils s'y sont préparés, pour leur mort, un chez-eux dont ils sont les maîtres inexpugnables, et ils l'ont situé de telle manière que l'on ne puisse pas les oublier, passer à côté d'eux sans les voir. Contre qui, cette ultime vengeance? Contre l'île? Contre ses habitants? Contre tout ce que la Corse pèse? Contre ce pays du non-dit où la parole trop longtemps rentrée explose par moments de manière hystérique? Dont on ne s'accommode ni de près, ni de loin?

Ou contre l'histoire qui s'est arrêtée, qui a vidé cette terre de sa substance, mais en y laissant partout des traces de l'ancienne vie, du temps où l'on n'avait rien à envier, ici, à bien des provinces italiennes?

Les morts, donc, pèsent. Les vivants ne sont pas en reste. Ernest et son ami Jean-Marie ont accepté d'être mes cicérones autour du cap Corse. Nous nous arrêtons au hasard des paysages, des églises baroques, des maisons au toit de lauzes parfois acrobatiquement posées sur un piton. Si nous avons un renseignement à demander, je les laisse faire. Manifestement, ces choses-là obéissent à un protocole. Ne pas adresser sa demande d'entrée de jeu. Dire quelques mots sur la couleur du ciel ou sur la température. Les dire en corse, afin de signifier que l'on appartient à la partie de l'humanité qui peut légitimement prétendre à fouler cette terre et à interrompre la méditation de ses habitants. Approuver le commentaire qui arrive en retour. Ayant ainsi constaté que l'on est d'accord sur le temps qu'il fait, poser sa question : le vieux monastère que l'on aperçoit un peu plus bas et qui ressemble à un fortin, mais avec des contours arrondis, peut-on le visiter ? Attendre la réponse. Elle ne vient pas sans être précédée d'une introduction historico-déplorative. « Ah ! le monastère !... Quand les moines sont partis, il a été racheté par un Bastiais qui y a commencé des travaux. Puis il a cessé d'y venir. Il a été question que la mairie le reprenne, mais ça ne s'est pas fait. Ça tient encore, mais jusqu'à quand ? » Bref, on ne visite pas. Bien que dûment renseignés, on ne prend pas congé. Il va en effet falloir maintenant, en guise de remerciements, satisfaire la curiosité de celui qui nous a obligeamment répondu. Elle a un objet simple : d'où sommes-nous ? Mes deux cicérones indiquent leur village d'origine. Leur interlocuteur réfléchit. Dans le village du premier, il connaît Untel ; dans celui du second, Telautre. Untel est justement parent avec Ernest. Parent éloigné (on dit ici « petit parent »), mais membre de la famille quand même. Pour Jean-Marie, on ne trouve d'abord pas trace d'une connaissance commune. L'interlocuteur indique alors qu'il n'est pas, lui-même, originaire du bourg où nous nous trouvons, qui est celui de sa femme. Il vient d'un autre village, à une trentaine de kilomètres, plus haut dans la montagne. Jean-Marie connaît. C'est là que vivait le regretté Antoine, un cousin de sa grand-mère. La grand-mère de Jean-Marie ? Comment se nomme-t-elle ? Autretel ? De la famille du marchand de légumes ? Oui. Donc, Jean-Marie est le neveu de Paul Chose ? Il l'est. Voilà chacun logé, rattaché, marqué. Pas moyen, en Corse, d'être ce que les Américains appellent un *maverick*, une bête sans troupeau qui ne porte le fer d'aucun propriétaire. On commence à exister si l'on se situe dans une lignée et si l'on reconnaît son appartenance. On n'est pas Jean, on est le fils d'Antoine, le cousin de François, le neveu de Paul. « Ne donner à l'individu que la position d'un chiffre, lequel vient dans la série d'un nombre, c'est lui contester la valeur absolue qu'il possède. » Voilà une maxime de Chateaubriand qui n'a pas cours dans cette île. Tout Corse n'a qu'une valeur relative.

Est-ce pour cela que tuer est moins grave, beaucoup moins grave ici qu'ailleurs, et tire bien moins à conséquence ? A Corte, la semaine dernière, un homme d'une soixantaine d'années a été abattu devant sa porte alors qu'il rentrait chez lui. On me brosse son portrait, il n'est fait que d'éloges. Les uns et les autres insistent sur sa serviabilité, sa bonté, même. « C'était un monsieur. » Qu'est-ce donc qui a pu causer sa mort ? Il me faudra plusieurs jours pour apprendre la version officieuse-officielle de cet assassinat. Il n'y a aucune raison de parler à un étranger, mais il faut bien donner à sa curiosité un peu de grain à moudre. C'est la passion du jardinage qui aura été à l'origine de cette mort violente. L'homme était à la retraite et cultivait hors de la ville un potager magnifique et un jardin béni des dieux. Il y aurait coulé des jours de bonheur si, en Corse, la tradition n'avait pas autorisé la divagation des animaux, quoi qu'en dise le code pénal. Vaches, cochons, chèvres, moutons ont droit à la libre circulation au hasard de leur inspiration, et tous les lieux se valent pour eux. Un jour, le jardinier en a eu assez de voir ses plantations abîmées par des animaux vagabonds dont il connaissait le propriétaire. Il a demandé qu'on fasse un effort pour surveiller les bêtes, pour qu'elles épargnent au moins son petit royaume, le paradis de sa retraite. Ce fut en vain. Alors, il s'est laissé aller à menacer : « Si je retrouve tes bêtes dans mon jardin, je les abats. » Huit jours plus tard, c'est lui qui était mort. Chacun célèbre aujourd'hui sa valeur absolue, mais, en tant que valeur relative, il n'aurait pas dû se rebeller contre la coutume de la divagation des animaux ni se risquer à lutter contre cette loi de la gravitation universelle qui, en Corse, ramène tout, tire tout vers la soumission à ce qui est non écrit et, donc, non discutable.

Faute de pouvoir nommer ce par quoi on se sent coincé, étouffé, brimé, on la ferme. A moins que l'on n'explose à propos d'autre chose, dans une colère hors de proportion avec sa cause. Un soir, Ernest et Isabelle organisent un dîner. Ils y ont convié une consœur bastiaise, la créatrice d'un festival d'été surtout consacré aux arts plastiques, accompagnée de son professeur de mari, et une Alsacienne devenue corse par mariage et l'étant restée par choix après son divorce. Elle enseigne à l'université de Corte, dont l'un des vice-présidents, professeur de droit public, franc-maçon et proche de Pierre Joxe, est également du dîner, avec l'un de ses collègues. L'ami Jean-Marie, représentant de commerce après avoir été prof de maths (mais sur le continent), complète, évidemment, la liste des convives. Un jeune juge s'est joint à ce groupe, qui débarque de Quimper et a demandé une affectation en Corse pour satisfaire son goût de la randonnée.

Les élections législatives viennent à peine d'avoir lieu. La déroute de la gauche a été cuisante pour une majorité des convives. (Le juge garde le silence. Jean-Marie affiche un barrisme souriant et magnanime.) Très vite, on évoque les différents candidats. C'est un catalogue des petitesses et des ridicules de la campagne électorale. Il culmine avec une anecdote d'anthologie : FR 3 avait réuni pour un débat le candidat de l'UDF et celui du MRG. Le second reproche au premier de ne « même pas » habiter la circonscription où il se présente : « C'est faux, je vis ici. Voilà mon téléphone. » Et l'apostrophé donne un numéro... qui n'est pas le sien et qu'on le soupçonne d'avoir choisi au hasard. Le hasard n'est pas moins malicieux en Corse qu'ailleurs : ceux qui composent les huit chiffres donnés par le candidat de la droite aboutissent chez un militant indépendantiste qui, pour tout arranger, porte le même prénom. Comme l'usage est ici de s'adresser aux gens par le nom de baptême plutôt que par le nom de famille, il lui faudra un moment pour comprendre ce qui lui arrive.

Le vice-président de l'université de Corte se montre le plus acerbe dans sa critique des politiciens. C'est un quadragénaire replet, de petite taille, dont la voix, naturellement aiguë, atteint facilement des hauteurs de sopraniste. Je l'interroge sur son université. Il tempête contre les professeurs continentaux qui s'y font nommer pour obtenir une promotion, n'y viennent que pour donner leurs cours et n'ont de cesse d'obtenir un autre poste, dans un établissement plus prestigieux de la mère patrie. Il n'a pas de mots assez durs pour fustiger ces « profiteurs ». Le mari professeur de lycée de la créatrice du festival suggère placidement qu'il existe aussi des Corses qui ont bénéficié, grâce à l'université de Corte, d'affectations inespérées dans l'enseignement supérieur. De fâché, le vice-président devient furieux. Il se lève, se dresse, semble faire des pointes. Sa voix escalade les octaves.

Une série d'associations d'idées dont je suis mal le fil le conduit à évoquer la catastrophe du stade de Furiani, il y a un an. Il entre alors dans une véritable vocifération, pareille, précisément, aux lamentations hurlées et gesticulées pour lesquelles on convoque, dans le sud de l'Italie, des « vociféatrices » au pied du lit d'un mort. Sa colère devient bourrasque. Il en joue comme d'un instrument, ne réduisant le volume de sa voix que pour préparer un terrible *crescendo*, alternant fureur et douleur, malédiction et menace. Il devient impossible de savoir à qui, à quoi il s'en prend. Il ne s'adresse plus à personne. Il est entré en transe. Chacun attend la fin de l'orage. Elle arrive. La conversation, qui, jusqu'à cette explosion, avait été générale, se scinde désormais en échanges entre voisins. Tous essaient de recomposer une convivialité qui a volé en éclats, mais ces efforts sont vains.

Deux semaines plus tard, je recevrai à Paris une

lettre signée de la créatrice du festival des plasticiens. Elle se présente comme un poème en prose.

> *Je « me » dois ces paroles...*
> *A vous d'apprécier*
> *de bien loin maintenant*
> *si je vous les devais...*
> *Cette île qui demeure,*
> *où, autour d'elle,*
> *tout bouge, bondit et tremble,*
> *cette île... tout autre qu'un « lieu commun »*
> *méritait mieux*
> *que les banalités définitives et caricaturales*
> *dont une soirée (un jeudi...) à Bastia*
> *fut hélas encombrée...*
> *Engagée dans une « artivité »*
> *qui me porte — et me transporte! — ailleurs*
> *en tous sens du terme,*
> *j'ai pu ressentir, ce soir-là*
> *— une fois de plus! serait-elle coutume? —*
> *que la « normalité » politique*
> *a bien du mal à s'ouvrir,*
> *à donner et à partager...*
> *Comment auriez-vous pu, Philippe Meyer,*
> *un instant soupçonner*
> *sous certaines arrogantes inflations verbales*
> *les délicieuses impostures...*
> *La Corse*
> *— autre chose qu'un décor —*
> *n'aurait-elle pas dû vous être contée*
> *au fil de toutes les volontés en archipel*
> *qui l'irriguent en beauté.*
> *Leur œuvre, de quelque nature qu'elle soit,*
> *est là pour les porter...*
> *Ce savoir-faire authentique*
> *est ignoré d'un « faire-savoir » souvent factice*
> *dont notre société ne cesse de s'abreuver..*
> *Un souriant bonjour ô combien îlien!*

Quelque temps après la soirée à Bastia, après cette litanie de reproches acrimonieux adressés aux grands leaders du nord de l'île, invoqués — bien sûr — par leurs prénoms : François (Giacobi), Émile (Zuccarelli), Léo (Battesti), Edmond (Siméoni)..., après le spectacle de cette *furor brevis* et après cette lettre « artivistique », je suis tombé par hasard sur cette phrase de Jacques Lacan : « L'hystérique est un esclave qui se cherche un maître à dominer. » J'ai eu l'impression de mieux comprendre contre quoi Ernest, Isabelle et Jean-Marie se battent.

Rien n'est plus éloigné de l'hystérie, plus contraire à elle, que l'entreprise d'Ernest et des siens. Lycéen à Bastia, étudiant sur le continent, cadre d'une banque où on lui confie des responsabilités de plus en plus importantes, d'abord en province, puis à Paris, au siège, la Corse l'a rattrapé au milieu de la trentaine. « J'avais envie d'un métier de contact », dit-il pour expliquer son choix d'ouvrir une librairie. Oui, mais d'un métier de contact à Bastia et d'une librairie qui deviendrait un point de passage pour tous ceux qui veulent d'une Corse sans clans, sans fraude, sans assistance sociale, sans bombes, sans politique du pire, sans résignation. Une Corse qui trouve son identité dans autre chose que le partage de la douleur, comme à l'occasion de Furiani, ou dans celui de la récrimination contre la métropole, récrimination qu'entretient l'immense majorité des politiciens insulaires, et qui leur sert de fonds de roulement. « Paris ne veut pas. Paris refuse. Paris ne nous écoute pas. Paris ne comprend pas. Paris ne nous aime pas. Paris nous laisse tomber... Élisez-nous, nous vous protégerons contre ce désamour, nous demanderons en votre nom jusqu'à ce que l'on donne... » Ceux qui, à Paris, font les antichambres ministérielles en se prévalant d'être les garants du maintien de la Corse dans la République prospèrent dans l'île en excitant les rancœurs contre la métropole. Ils ont tout fait pour éviter ou pour limiter les transferts de responsabilités, qu'il s'agisse du « statut Joxe » ou d'autres projets. Aujourd'hui qu'ils ont une Assemblée et un exécutif territoriaux, ils se plaignent que le manque de moyens les empêche de les faire fonctionner. La pérennité de leur puissance repose sur l'entretien — et, parfois, l'exacerbation — d'une mentalité de frustrés. Et sur l'exercice de la fraude.

La fraude, plus d'un Corse refuse qu'elle soit assimilable à un élément du folklore insulaire. Regroupés en une « Association pour le respect du suffrage universel », ils traquent les doubles inscriptions, les électeurs *post mortem* et ceux qui, ne résidant plus depuis belle lurette dans leur village, continuent d'y exercer leurs droits civiques — le plus souvent par procuration. Cette bagarre-là est une des plus difficiles à mener. Même à l'autre bout du monde, un Corse se considère toujours comme « de son village », en fait celui de son père ou de son grand-père. Ainsi, ceux qui sont sur place dépendent de ceux qui n'y sont pas et apportent presque mécaniquement leurs suffrages au maire en place, lequel se trouve bien souvent l'un des maillons du système des caciques, des clans et des clientèles. Donc, pour que quelque chose change dans l'île et que ce changement soit conforme aux vœux de ceux qui l'habitent, il faut nettoyer les listes des noms qui y figurent pour la forme. Des commissions venues de Paris s'y sont employées plutôt efficacement. Mais, ici et là, des maires réinscrivent les électeurs éliminés par elles. L'Association pour le respect du suffrage universel doit alors saisir un magistrat local pour qu'il rétablisse une situation conforme au droit. Le juge de Corte a ainsi « ressorti », à un mois des législatives, une centaine d'électeurs non résidents réinscrits à la hâte par le maire d'un chef-lieu de canton. Il a rendu son jugement le mardi. Le vendredi, la Cour de cassation lui donnait intégralement tort, sans l'avoir informé qu'elle allait examiner sa décision ni l'avoir invité à faire valoir son point de vue, sa

« défense ». La cour compte quelques conseillers corses. L'un d'entre eux est lié au maire qui avait besoin de cette centaine de voix pour les porter dans la corbeille de son suzerain, candidat à la députation. Devant une tasse de café, à une terrasse de bistrot où le soleil d'entre deux saisons commence à permettre le séjour, je tente d'obtenir un commentaire du juge d'instance de Corte. Il prend un air *british* : « Disons que tout cela n'est pas absolument conforme à ce que l'on enseigne à l'École nationale de la magistrature... »

Une amie d'Ernest, venue s'asseoir à notre table, a moins de raisons d'être laconique : « Tout le monde sait qu'il y a à Paris, et jusqu'au plus haut niveau, des magistrats corses qui peuvent arranger certaines affaires de l'île. Ils ne s'en privent pas. Cela entretient ici l'idée que l'État est un gogo que l'on peut toujours rouler dans la farine. C'est " l'exception corse ". Tout se passe comme si chaque loi comportait un codicille non écrit précisant : " Ce texte est applicable à l'ensemble du territoire national, sauf à la Corse, où il peut être tourné. " Vous pouvez ajouter à cela que le recours aux tribunaux, chez nous, c'est aussi rare que possible. » Je demande son commentaire au juge : « Il est vrai que les audiences sont beaucoup moins chargées à Corte que dans mes deux postes précédents. Il est vrai aussi que mes décisions ne semblent pas trop impressionner. Il y a quelques mois, j'ai constaté que la libre circulation du bétail rendait certaines routes très dangereuses, notamment en montagne. Au premier accident — heureusement léger —, j'ai prononcé l'amende prévue par les textes en cas de " divagation d'animaux " : 600 francs. J'ai sermonné le contrevenant, qui m'a écouté l'air contrit. Il n'a pas payé l'amende, et nous savons tous qu'il ne la paiera jamais. »

Peu après cette conversation, le procureur de la République de Bastia publiera une déclaration : les dernières statistiques judiciaires font apparaître que le taux d'acquittement par les cours d'assises a battu, en Corse, un nouveau record. De plus de 50 % il est passé à 71,4 %! Sans compter cette sorte d'acquittement préventif qui consiste à tenir les gendarmes à distance et à ne pas porter les affaires devant les magistrats. Ainsi tout le monde connaît-il le nom de l'assassin du retraité jardinier de Corte, y compris, bien sûr, la famille de l'assassiné, dont l'un des très proches parents est auxiliaire de justice dans l'un des tribunaux de l'île. Mais puisque ici la valeur d'une vie est relative...

Cette affaire ne me quitte pas. Elle m'indigne, m'obsède et aussi m'agace. Elle me paraît presque trop corse, trop conforme au lieu commun. D'autant plus qu'à Paris une amie m'avait mis sous les yeux quelques pages extraites des *Mémoires* de Dumouriez. Avant d'être le vainqueur de Valmy, le général avait, au début des années 1770, tâté de la diplomatie secrète. On l'avait envoyé inspecter la Corse et se renseigner à Gênes. Que faire de cette île ? Comment traiter ses habitants ? A Gênes, Dumouriez fréquente beaucoup un « homme de grand sens », Lomellini, qui lui déclare qu'« on serait trop heureux si on pouvait faire un grand trou au centre de la Corse pour la submerger ». Une fois sur place, Dumouriez diffère radicalement d'avis. Tout lui paraît de nature à assurer à l'île un avenir prospère, tranquille et digne. L'excellence de ses ressources agricoles, les avantages de sa position géographique et la qualité de ses habitants, dont le général en vient à admirer la vaillance, l'amour de la liberté, la capacité de travail, l'hospitalité, la générosité et même « cet esprit de résignation qui élève l'homme ». Mais il y a un mais : « Ils ont un vice national qui s'opposera toujours à leur bonheur, c'est la haine et la vengeance. Ce vice les caractérise depuis un temps immémorial. Sénèque le leur reprochait déjà. »

Quoi qu'il en soit de l'autorité d'un observateur de l'âme humaine aussi averti que Sénèque ou de celle d'un explorateur aussi ouvert que Dumouriez, « la haine et la vengeance » me paraissent des explications trop fortes pour l'assassinat d'un homme qui n'avait fait que proférer une menace en l'air à l'encontre de quelques animaux. « Détrompez-vous, m'explique au téléphone un Corse depuis longtemps en exil à Paris. Renseignez-vous plutôt sur le degré de réussite sociale de votre assassiné, et traduisez *haine* par *envie*. Et laissez tomber les animaux. »

Moitié Poirot, moitié Burma, je m'informe sur l'état de fortune du défunt. Ce n'est pas qu'il ait été considérable, mais c'était un homme qui avait bien réussi sur le continent. Rentré chez lui, il avait fait bâtir et acheté de la terre à la sortie de la ville pour s'y livrer à sa passion des fleurs et des légumes. Je rappelle ma « Gorge profonde ». « Ne cherchez pas plus loin, vous avez trouvé le mobile. Renseignez-vous sur l'envie, chaque fois que vous en aurez l'occasion. C'est un mal bien plus corse que la *vendetta*. Pourquoi pensez-vous que je ne rentrerai jamais dans mon île ? Voilà un peu de La Rochefoucauld pour compléter votre général et votre philosophe : " L'envie est une fureur qui ne peut souffrir le bien des autres. " Bonne continuation... »

« L'envie ? me dira Ernest, l'*invidia*, c'est ce qui tue la Corse. C'est un mal tabou dont on ne parle pas. Il y a quand même eu quelques tentatives d'études anthropo-ethno-sociologiques. Anne, le professeur de l'université de Corte que vous avez rencontrée chez moi, les connaît mieux que personne. » Anne habite un village haut perché, une maison dont les petites pièces semblent avoir été posées de guingois, les unes au-dessus des autres, par un enfant qui aurait joué à l'architecte. Son ex-mari, corse, lui a interdit de conserver son nom, même si elle avait, au moment de leur divorce, déjà signé quantité de publications de son patronyme de femme mariée. C'est la nouvelle épouse de son ex qui l'a exigé. Petit exercice pratique d'*invidia*, dont les conséquences espérées étaient sans doute de rendre

Anne à son statut de « non-Corse », de continentale, d'Alsacienne au nom imprononçable. Anne a tenu bon quand même. Cette chèvre de M. Seguin qui écrit sur son bout de terrasse aime la Corse avec une irréductible obstination. Elle ne croit pas plus qu'Ernest à une malédiction attachée à l'île, sinon à celle que certains Corses eux-mêmes entretiennent pour s'épargner l'effort de sortir du système des clans et de l'assistance nationale. « Regardez les vignerons de Patrimonio. En quelques années, ils ont tellement tiré vers le haut la qualité de leur vin qu'ils ne parviennent pas à satisfaire la demande. Et ceux qui ont travaillé les procédés de fabrication de la farine de châtaigne traitent aujourd'hui avec le Japon ! »

Pour Anne, donc, la maladie des Corses est *cosa mentale*, et, en effet, l'envie en est l'un des composants principaux. Elle montre, en bas de son village, les murs de pierre qui délimitaient et retenaient les innombrables terrasses artificielles sur lesquelles on cultivait jadis le blé à flanc de montagne. « Pour un peuple qui a la réputation d'être paresseux !... » La question est que rien de ce qui bougeait, évoluait, apparaissait sur le continent n'est arrivé ici. L'île n'était qu'un vivier de fonctionnaires, de coloniaux, de militaires, de douaniers, de gardiens de prison. Il s'est passé ce qui se passe dans toutes les îles, dans toutes les terres d'émigration. Ceux qui sont restés reprochent, sans le dire, à ceux qui sont partis de les avoir abandonnés. Ils peuvent supporter leur réussite, mais si elle a lieu sur le continent. Pas s'ils la rapatrient. Il y a eu pire : les « néo-ruraux ». « Ceux qui sont rentrés au pays pour tenter de gérer autrement le patrimoine », ceux-là ont refusé une identité corse qui ne se définissait plus que par rapport aux autres : les morts et les continentaux. Ils sont considérés comme des traîtres : « Le projet de leur groupe familial était qu'ils réussissent en dehors du territoire », pas qu'ils leur adressent le reproche implicite d'avoir baissé les bras, laissé passer les occasions de développer l'île. D'autant que le seul élément de modernité, le seul levier de développement économique, le tourisme, les Corses sont passés à côté. Ils ont vendu à bon marché les terres de bord de mer, parce qu'elles étaient impropres à l'agriculture. Ils n'ont pas cru au tourisme, dont l'essentiel profite aujourd'hui à d'autres. Faute d'avoir réussi, faute même d'avoir entrepris, la majorité des Corses souffre d'un accès aigu de cette *invidia* chronique. (Je me demande si l'envie ne serait pas une maladie insulaire. Je me souviens que dans une autre île, l'Irlande, il existe une expression proverbiale qui dit : « Ici, une bonne action ne reste jamais impunie. » Or, comme le souligne Anne, la Corse est une île que les montagnes divisent en vallées qui sont autant d'îles dans l'île. Le royaume de l'envie ? Son paradis ? Sa terre d'élection ?)

Qu'est-ce qui différencie le jaloux de l'envieux ? Le premier voudrait conserver quelque chose qu'il estime lui appartenir ou obtenir le bien d'autrui. Le second considère la réussite de son prochain comme une insulte, une démonstration publique que lui, il n'est pas capable. Et après Sénèque, Dumouriez et La Rochefoucauld, voilà Ronsard convoqué pour m'éclairer : « L'envieux est rendu extrêmement tourmenté, car, se défiant de ses forces et de ses facultés, il entre en désespérance de pouvoir égaler, passer ou atteindre aux bons succès et heureuse prospérité de son compagnon et s'oppose tant qu'il peut à son avancement. » Comme d'autres pour les boîtes d'allumettes, Anne possède une éclairante collection d'écrits sur l'envie : « Il n'y a aucun vice qui nuise tant à la félicité de l'homme que celui de l'envie, car, outre que ceux qui en sont entachés s'affligent eux-mêmes, ils troublent aussi de tout leur pouvoir le plaisir des autres. » (Descartes.) « Il se crée ainsi une sorte de ligne de force de l'envie où chacun est envié pendant qu'il est lui-même envieux. » (Fontenelle.) Et savez-vous que c'est en Corse que les psychiatres ont établi que la proportion de paranoïaques par habitant est la plus élevée ? « Pourvu que vous n'écriviez pas ça, dit Jean-Marie en riant. Plus personne ne voudra vous avoir rencontré. Il vaut mieux être paranoïaque et vivant que sain d'esprit et plastiqué... »

Je raconterai ces conversations à « Gorge profonde », qui les commentera ainsi : « Mes compatriotes ont le génie d'avoir toujours quelque chose à reprocher aux leurs. A ceux qui sont partis, d'être partis ; à ceux qui sont restés, d'être restés ; à ceux qui sont revenus, d'être de retour ; et à ceux qui ont secoué la semelle de leurs chaussures sur notre île, de les avoir abandonnés. Et le pire est que l'on ne parvient jamais à rompre réellement. Aujourd'hui encore, près de quarante ans après que j'ai vu Bastia pour la dernière fois, si un " petit parent " m'écrit pour me demander un service, je me sens tenu de le lui rendre. Croyez-moi, la Corse, c'est une maladie mentale. On peut s'en accommoder, on n'en guérit pas. Simplement, certains sont, comme moi, en cure ambulatoire ; d'autres sont hospitalisés à domicile. Enfin, maintenant, vous savez de quoi est mort votre retraité du jardin. Chez nous, pour résoudre une affaire criminelle, il vaut mieux s'adresser au sociologue qu'au gendarme. »

Est-il vrai que le Corse soit cet individu sans individualité, pris dans les rets d'une famille, véritable soviet de morts et de vivants, condamné au silence ou à l'emphase, à la dépression ou à l'hystérie, miné par cette impuissance qu'exprime l'*invidia*, tenu en minorité par un personnel politique dont l'arrogance sert de masque à la mendicité cupide et au clientélisme ?

Le juge ne voit pas les choses de cet œil. « Je resterai ici aussi longtemps que je le pourrai. Pas seulement pour la beauté de cette île. J'ai déjà occupé deux postes, l'un dans l'Ouest, l'autre dans l'Est de la France, et je viens du Nord. Je n'ai trouvé nulle part des gens aussi hospitaliers, aussi curieux de ce qui n'est pas eux-mêmes, aussi capables de soutenir une conversation sur les sujets les plus variés. » « Il a attrapé la maladie », commente Ernest pendant que nous visitons cette espèce de gros lycée qu'est l'université de Corte, dont les murs sont « bombés » de slogans nationalistes.

Pourquoi est-on allé fourrer un établissement d'enseignement supérieur dans la montagne, dans un gros bourg de 6 000 habitants, et non à Bastia ou à Ajaccio ? Parce qu'il était impossible de trancher entre les prétentions de ces deux villes, entre la Corse du Nord et la Corse du Sud, entre le pays des seigneurs et le pays des communes, entre l'en deçà et l'au-delà des monts, comme on disait du temps des Génois ? Pas seulement. On a mis l'université à Corte parce que Pascal Paoli y avait établi sa capitale. Les autonomistes n'auraient pas toléré qu'elle soit installée ailleurs. Une telle localisation la condamne sans doute à n'être jamais qu'un établissement d'enseignement supérieur d'énième catégorie, mais, du moment que le symbole a été honoré...

On annonce, sur diverses portes, la prochaine conférence d'un Corse du continent qui s'est fait un nom, depuis quelques années, en publiant plusieurs livres et en paraissant fréquemment à la télévision. Il entretiendra son auditoire des rapports entre démocratie et pluralisme. « C'est la dixième fois qu'il vient dans l'île en quelques mois, me précise Ernest. Il doit avoir l'arrière-pensée de jouer ici un rôle, un de ces jours. Périodiquement, l'idée vient à un Corse de Paris qu'il pourrait devenir le sauveur de sa petite patrie. Nous le laissons se monter le bourrichon, nous en tirons ce que nous pouvons en tirer — sans compter l'amusement — et puis, un beau jour, nous le douchons à l'eau froide. Ce n'est jamais méchant, mais cela peut être cruel. Disons qu'on le charrie. C'est une vieille tradition de plaisanterie : cela s'appelle la *maganna*. Ça tombe bien, le terrain est libre, le dernier sauveur de la patrie s'est fait remettre à sa place il y a moins d'un an. »

Si je doutais des propos du juge sur l'hospitalité

des Corses, Ernest m'en convaincrait par l'exemple. Il y a quelques jours, nous ne nous connaissions pas. Pour me promener dans l'île, il s'est mis en congé et devra rattraper, après mon départ, le retard dans son travail dont ma venue aura été la cause. Longtemps familier, à cause de ou grâce à un oncle, des courses et des rallyes automobiles, il conduit sur les routes de montagne avec un calme, une précision et une douceur qui m'épatent. Nous avons quitté Corte pour rejoindre Porto et y faire étape, non sans saluer au passage, à Calacuccia, un ami menuisier. Lui aussi est « revenu ». Comme Ernest, Isabelle ou Jean-Marie, il a achevé des études supérieures sur le continent et tâté d'un métier de col blanc. Puis, un jour, sa femme et lui ont décidé de rejoindre l'île et de se lancer dans la menuiserie artisanale. Artisanale et sérieuse. Pas trace de romantisme du retour au pays et à la nature ou du travail du bois. En ce moment, ils fabriquent une série de volets pour des immeubles en construction à Ajaccio. Ernest interroge le menuisier et ses deux ouvriers sur la marche des affaires. Ils ne se plaignent pas. Autour d'un café servi dans la cuisine du « patron », chacun multiplie les manifestations de bienvenue. Eux aussi devront travailler plus tard pour « rattraper » notre visite, mais ils nous donnent l'impression que le temps ne leur est pas compté. Ils interrogent Ernest sur le sort d'une librairie ajaccienne, que l'on dit menacée, disputent avec lui de l'intérêt de tel ou tel emplacement pour un négoce de livres, comparent l'agencement d'une librairie et celui d'une autre, analysent les raisons du succès de celle d'Ernest...

Le menuisier, qui a fait des études, et ses deux ouvriers, qui en ont fait moins, s'avèrent être des connaisseurs du réseau de librairies de l'île. Si l'on en vient à parler de ce qui s'y vend le mieux, ils ont fait le tri entre ce qui mérite de figurer dans une bibliothèque et ce qui ressort du feu de paille allumé par les médias. Daniel Pennac devient le centre de cet après-midi littéraire improvisé. Je laisse chacun dire pourquoi il en pense tant de bien et, quand l'atmosphère atteint un pic d'enthousiasme, je prends ce que j'espère être l'air de rien pour lâcher : « Vous savez qu'il est corse ?... » La satisfaction grimpe de plusieurs crans, et même on me fait répéter mon information. Pas pour la mettre en doute, pour la savourer une deuxième fois. (Pennac, pardon. Si la Corse vous a rattrapé, ce dont je ne suis pas sûr que vous ayez eu grande envie, vous ne le devez qu'à ma vanité. Mais, si vous aviez vu comme ils étaient contents, vous me l'auriez pardonnée.)

Nous voilà arrivés à une discussion sur les mérites de Bernard Pivot. (Je me retiens de prétendre que lui aussi est corse, il est de plus en plus clair que ces menuisiers montagnards insulaires constituent un public averti.) On juge les vertus de « Bouillon de culture » à l'aune d'« Apostrophes ». Autrement dit, on aime que « l'oncle Bernard » s'intéresse aux livres, on ne juge pas utile qu'il se penche sur le cinéma, le théâtre ou d'autres disciplines artistiques. D'abord, parce que ces autres disciplines, ici, on n'en a pas ou presque l'usage ; ensuite, parce que les artistes qui ont, comme on dit aujourd'hui, une « actualité », de toute façon, on les voit sur toutes les chaînes pendant la même période ; enfin, parce que autour de cette table on place le livre au-dessus de tout. J'allais écrire « au-dessus de tout autre instrument de culture ». C'est que quelque chose de la cuistrerie de l'époque a fini par me manger un bout du cerveau ou du cœur (et/ou du cœur, comme on écrit maintenant). On se fiche bien, dans cette menuiserie, de paraître cultivé. Pour éblouir quel public ? On se soucie d'être libre et, par l'expérience, on s'est forgé la conviction que le livre est l'outil et le protecteur de la liberté. Pas de phrases sonores pour exprimer ce que je viens de transcrire. Une addition de détails. La relation de pair à égal entre chacun des commensaux de ce goûter improvisé. Les questions adressées par tous à Ernest sur les prochaines publications qu'il recommande. L'évocation du

Métier de lire, dialogue entre Bernard Pivot et Pierre Nora publié par Gallimard après la fin d'« Apostrophes » ; l'excitation à l'annonce de la prochaine parution d'un roman dont le sujet doit être la vie et les désabusements d'un militant de l'indépendance ; la bibliothèque, dans la pièce voisine, dont débordent des piles de livres qui attendent... que le menuisier leur construise des étagères et où ses deux compagnons jouissent du droit de puiser jusqu'à satiété. Et puis, après un tournant de la conversation, l'expression d'un souci nouveau et désagréable : depuis quelques mois, il y a des voleurs à Calacuccia. Ils pillent les résidences secondaires et revendent en ville leur butin. Nos trois interlocuteurs n'aiment pas ça. D'abord, parce que, ici, on ne volait pas ; ensuite, parce que tout le monde sait qui sont les cambrioleurs. Une petite bande d'adolescents et de jeunes adultes que plus rien ne « tient », ni parents, ni famille, ni tradition. Cela, c'est plus que nouveau : c'est inquiétant. Les gendarmes ont mis le nez dans ces affaires. Évidemment, personne ne leur a rien dit et, si nécessaire, chacun a fourni une fausse piste ou confirmé un alibi fabriqué. La tradition reste la tradition. Mais, justement, elle permettait jusqu'à présent de régler entre soi ce que l'on tenait à l'abri de l'œil de la loi. Pour la première fois — la première fois à Calacuccia —, ce mécanisme ne fonctionne pas.

Le moment est venu de partir. On se sépare avec les mots exacts et le ton juste pour manifester qu'on s'est revus avec plaisir, qu'on est contents d'avoir fait connaissance. A quoi tient que je sois sûr d'avoir passé deux heures avec des hommes libres ?

De Calacuccia à Porto, la route grimpe jusqu'à mille cinq cents mètres et traverse deux forêts, celle de Valdo-Niello et celle d'Aitone. Ernest négocie la succession des courbes avec sa maîtrise placide. Je le sens détendu, heureux. La lumière à travers les sapins, la tranquille majesté du paysage, le sentiment d'un temps comme allongé que donne ce morceau des Alpes tombé dans la mer, l'extrême rareté des voitures, le silence que nous goûtons à chaque arrêt, le je-ne-sais-quoi de vif dans l'air, tout cela rend aussi paisible que les plages peuvent rendre nerveux. Nerveux ou abruti, mais le calme d'ici est un calme éveillé, une tranquillité propice aux projets ou à n'importe quel examen détaché, à des confidences discrètes. Dans un virage, la vue s'étend loin au nord : une succession de montagnes, roses, grises, mauves ou vertes, selon que la pierre ou la forêt y domine. Ernest sourit. « Comme le dit à peu près Lampedusa : comment songer à entreprendre une grande œuvre lorsque l'on ne cesse de contempler celle que la nature a réussie ? » Pourtant, Ernest est sur tous les fronts. Pour monter sa librairie, Isabelle et lui n'ont pas seulement tout lâché, ils ont vécu deux ans avec deux fois le smic. Toute la besogne que leur a donnée leur projet ne les a pas empêchés de se mouiller jusqu'au cou dans ceux des autres. L'Association pour le respect du suffrage universel, mais aussi le Parti socialiste, le plus grand chagrin d'Ernest, qui sait à quel point la gifle que viennent de lui donner les électeurs est aussi justifiée qu'elle fut violente. J'avais déjà appris que la gauche corse ne manquait pas plus de leaders douteux que la droite. L'un d'entre eux, lié à Dieu sait quel trafic, a même essayé de rouler ses associés. Ils lui ont d'abord fait le coup de la « promenade » : on enlève celui qui s'est mal conduit, puis on le balade les yeux bandés pendant quelques heures, avant de l'abandonner sur une route. Comme le promené n'en avait pas tiré les conclusions attendues, il a eu droit à la « bastonnade » : de solides caresses qui conduisent droit à l'hôpital. Les affaires en sont là, et le déshonneur sur l'homme. S'il persiste à ne pas comprendre, il sera sous peu au cimetière, troisième étape traditionnelle — et définitive — de cette justice sans juges. Comment être cru lorsque l'on prétend, au nom du parti dont le promené-bastonné est une figure, rénover les mœurs politiques de l'île ?

Peu importe ! Ernest persiste et fait feu des quatre fers. Quelques Bastiais nourrissent-ils le projet de tourner des courts métrages pour exprimer ce qu'ils ressentent de la Corse, Ernest accepte d'en être le régisseur, le directeur de production, le chauffeur, l'accessoiriste et, s'il le faut, l'acteur. *Soleil de novembre*, leur film, l'histoire d'un jeune homme pris entre les rets de sa mère et l'appel de la mer, recevra la première récompense au Festival du film méditerranéen. Chroniqueur, à l'occasion, sur Radio-France Corse-Frequenza Maura, Ernest se consacre pour le moment à rassembler les fonds et les énergies nécessaires à la création d'une galerie d'art qui permettrait d'exposer à Bastia des peintres et des sculpteurs qui travaillent dans l'île. Avec son air de douter de tout, l'ami Jean-Marie est du projet.

Pour ne laisser perdre aucune heure ouvrable, Ernest s'est également lancé dans l'édition. Il attend beaucoup d'un roman, dont il est en train de retravailler le manuscrit avec l'auteur, une jeune femme qui, s'inspirant de la vie d'un des leaders les plus connus des nationalistes corses, assagi depuis quelques années, brosse un tableau sévère et documenté des indépendantistes. En interrogeant Ernest sur ce livre à paraître comme sur le court métrage auquel il a participé, j'ai l'impression qu'il fonde davantage d'espoir, pour transformer son île, sur le pouvoir de la fiction que sur celui de l'action politique. La semaine prochaine, il n'en participera pas moins à des réunions entre socialistes, et à d'autres encore, entre socialistes et autonomistes « raisonnables », au milieu desquelles il rencontrera le modèle du héros du livre qu'il s'apprête à éditer... Rien de tout cela ne lui donne le moindre accès de fébrilité. Il mène ses activités comme il conduit sa voiture et comme on imagine que, naguère, il gérait les affaires de la banque où il pourrait aujourd'hui occuper un poste éminent.

Si on lui demande pourquoi ses activités et pourquoi tant, Ernest n'a pas de longue réponse à fournir : à un moment de sa vie, il a éprouvé l'intime conviction qu'il fallait rentrer à Bastia et entreprendre d'y bâtir le genre de vie qu'il aurait aimé y vivre. Isabelle partageait le même sentiment. Mariés depuis longtemps (à les voir, on dirait depuis toujours), c'est seulement rentrés dans l'île qu'ils ont mis en route un enfant. Ils savent déjà que ce sera un garçon, Louis, car le grand-père paternel d'Ernest s'appelait Louis, et la règle (non écrite) veut que le premier-né mâle porte le prénom de son aïeul paternel. Le second devra être inscrit à l'état civil sous le prénom du grand-père maternel. Ensuite, si suite il y a, on prendra dans les prénoms des oncles. Il n'y a pas de révolte dans la volonté d'Ernest de voir changer les choses, mais pas non plus de romantisme du retour à Dieu sait quoi : la « modernité », il y a eu ses pénates quand il vivait à Paris et il en garde un excellent souvenir, tout comme il en maîtrise les techniques, les machines, le langage. Simplement, il est rentré. Son énergie tranquille, méthodique et égale est rentrée. C'est pareil pour Jean-Marie, qui ne répondra pas à mes « pourquoi » autrement qu'en me disant que l'évidence du retour lui est apparue un matin. Ce sera pareil, un autre jour, pour Antoine, vigneron à Patrimonio, dont les parents, eux-mêmes viticulteurs, s'étaient saignés aux quatre veines pour que leur fils possède un diplôme d'enseignement supérieur et trouve une bonne situation sur le continent. Contrairement à Ernest et à Jean-Marie, Antoine n'a pas eu la patience d'achever ses études. Il est revenu et a repris les vignes. Elles donnaient un vin qui ne valait pas qu'on en parle. Antoine s'est associé à d'autres vignerons de son âge ou de son état d'esprit. Ils ont fait venir des œnologues. Des œnologues anglais, ô mânes de Napoléon ! Les œnologues anglais ont accompli avec leurs clients un travail remarquable. Antoine produit aujourd'hui un muscat admirable où le fruit domine le sucre, un rouge charpenté auquel un morceau rôti de sanglier permettra de rendre justice et un blanc sec et pierreux sans la moindre acidité. Avec ses vins et ses collègues, Antoine a parcouru la France, concouru dans les foires, rencontré les meilleurs cavistes et quelques-uns des restaurateurs les plus cotés. Un Anglais — encore un —, qui eut naguère son heure de gloire à Paris pour y avoir ouvert une « Académie du vin », leur a consacré un livre. Leurs vins figurent dignement dans les boutiques les plus sérieuses et sur certaines cartes parmi les plus exigeantes. Antoine me montre la liste des uns et des autres. Il rit. Sa femme rit. Les tire-bouchons s'activent. Il fait un soleil aimable, un soleil de nouvelle saison, un soleil qui encourage et donne aux vignes, devant nous, et aux montagnes qui nous séparent de Bastia une lumière suave, charmante, évidente. Antoine entasse les bouteilles dans un carton, disparaît pour en rapporter d'un millésime et puis d'un autre. Il espère que j'ai une bonne cave. Pendant que je proteste des remerciements, je pense qu'il n'est pas une goutte versée de ces bouteilles que je n'aurai envie de boire à la santé d'Antoine, de son rire, du rire de sa femme et du sentiment qu'ils donnent, cet après-midi-là, que les choses peuvent aller de soi.

J'associerai à ce toast le plaisir retenu mais visible d'Ernest à me regarder découvrir le golfe de Porto, à me raconter la vie des bistrots, à souligner que l'on y parle des affaires quotidiennes en corse, mais du football, chose sérieuse, en français, à me faire remarquer l'effronterie des oiseaux qui se posent à deux pas de nous pendant que nous marchons dans le maquis vert, jaune, bleu et parfumé, à me raconter, un autre jour, l'histoire de Calvi, de sa colonie russe venue avec le prince Pierre et restée autour de la citadelle, à me vanter l'atmosphère de son festival de jazz... Calvi, nous y serons demain, et je serai frappé par l'élégance de la ville, comparée à l'aspect napolitain décati de certains quartiers de Bastia ou à l'insignifiance de Corte — sauf la petite haute ville —, élégance rendue encore plus sensible par la beauté de son écrin de montagnes. Jean-Marie nous y a rejoints, accompagné d'une femme, la sienne, à la beauté pensive, un peu mélancolique, silhouette souple qui semble tirée vers le haut, visage ovale d'une douceur sans mièvrerie, œil noisette aux lueurs vives, longs cheveux aux reflets de châtaigne.

Ensemble, à la nuit tombée, alors que dégringole une pluie lourde et épaisse, nous irons dans les caves de la citadelle assister au travail de ceux qui répètent la Passion qu'ils donneront dans quelques jours. Sous une voûte en pierre, des garçons costumés en citoyens de l'antique Jérusalem s'exercent à la polyphonie *a cappella*, et l'on est saisi par l'âpreté d'un chant qui semble exprimer des sentiments très au-dessus de leur âge. Quand ils font une pause, qu'ils échangent des blagues ou bavardent de Mobylette ou de voitures, de filles ou de football, ils ont l'air de dadais de seize ans déguisés pour une fête de quartier. Dès qu'ils chantent, leur mine devient spectaculairement sérieuse, et même grave. Tout leur corps se concentre et, de leurs gorges d'adolescents, sortent des voix d'hommes étonnamment contrastées dont l'harmonie semble toujours au bord de la rupture.

Il paraît que c'est au tourisme et à son cortège d'uniformités que l'on doit le réveil de cette tradition corse du chant polyphonique. L'invasion — puisque c'est ainsi que l'on parle souvent du flux estival de visiteurs —, l'invasion stimule l'affirmation de l'identité. Il est vrai que les 200 000 Corses ont dû accueillir en 1990 1 500 000 touristes, soit trois fois plus qu'en 1965 (et 1 490 000 de plus qu'en 1925). Si j'en juge par le plaisir avec lequel le petit groupe de garçons n'en finit pas de répéter sous sa voûte, se lançant des défis, s'amusant à se distribuer les différentes voix selon des règles changeantes, la stimulation a bel et bien eu lieu. (Un peu plus loin, dans une sorte de vaste cave, il y a à boire, à manger et un piano. Un légionnaire romain s'y installe et joue un prélude de Bach. Il a l'âge de ceux qui répètent leur polyphonie. Je lui tourne un compliment, lorsqu'il a fini. Il se lève, me montre le tabouret et le clavier, et déclare : « Jouez du Mozart. Moi, mon prof ne m'apprend que Bach. Elle dit que je dois attendre pour jouer Mozart. » Je remercie Dieu que, parmi les quatre pièces qui composent l'intégralité de mon répertoire, figure l'andante de la sonate K 545 en *do* majeur. Pour la première fois de ma vie, je « l'interprète » devant un public de légionnaires portant pilum, de publicains, de prêtres du Sanhédrin et de pharisiens mangeant du saucisson et buvant du Coca-Cola.)

Parce qu'ils ne le sont ni l'un ni l'autre, Ernest et Jean-Marie ont voulu me faire discuter avec un autonomiste. Nous le rencontrerons un après-midi, à L'Ile-Rousse, où il tient avec ses parents une importante supérette. Comme suppléant d'Edmond Siméoni, l'un des leaders historiques des nationalistes, il vient de prendre une veste aux élections législatives. François Acquaviva n'a pas quarante ans. Il a déjà connu la prison, et l'un de ses proches cousins est mort au cours d'une « action » conduite par les « clandestins », dont il était. Peu de gens dégagent aussi fortement que François une impression de droiture ; peu entraînent aussi facilement la sympathie ; peu donnent autant le sentiment d'être prêts à conformer leur vie à leurs convictions affichées ; peu paraissent aussi placides, et pourtant, après plusieurs heures de conversation, j'aurai l'impression d'avoir parlé avec un homme qui n'a pas sa raison. La vraie question du moment est celle de l'évolution d'une partie des pratiquants de la lutte armée vers le grand banditisme maquillé d'idéologie nationaliste. L'inconscience avec laquelle ceux-là et même d'autres, plus honnêtes, distribuent des armes à des jeunes gens que la violence divertit ou fascine est, dans l'île, un grave sujet d'inquiétude. La manipulation des nationalistes « légalistes » par les fractions armées avec lesquelles ils sont en relation est un problème soulevé par tous les observateurs. A l'évocation de chacun de ces sujets, François oppose sa bonne foi. Si le gangstérisme devait devenir la règle et non l'exception (comme il croit que c'est encore le cas), il le désavouerait ; si des jeunes gens étaient armés à tort, il condamnerait ceux qui les arment ; si les légalistes devaient servir de façade à des activistes désireux qu'aucune solution n'aboutisse, il ferait connaître son désaccord. Café après café, Ernest et Jean-Marie multiplient les exemples, précisent leurs objections, citent des faits. Calme, souriant, soucieux que les tasses soient toujours pleines, faisant venir des petits gâteaux, caressant la tête d'un enfant éclatant de santé qui passe, François réaffirme inlassablement sa bonne foi, sa foi tout court et le fond de sa vision des choses. C'est l'État français colonialiste qui cause le malheur de la Corse. Cette proclamation est douce et lancinante comme une litanie. Et, comme une litanie, sa musique compte bien davantage que ses mots. Il y a quelque chose de glaçant dans le décalage entre l'évidente honnêteté de cet homme, l'inconsistance de ses propos et le fait de savoir que, derrière lui, se cachent de plus en plus de brigands de grand chemin qui prélèvent un prétendu « impôt révolutionnaire » sur les banques ou qui le soutirent à des propriétaires de résidence secondaire en échange de la promesse de s'abstenir de plastiquer leur maison. J'ai entendu d'ailleurs soutenir que les plasticages ou leur menace étaient la seule raison de la préservation — très réelle — du magnifique littoral de l'île. Je crains trop les reproches que me vaudront les lignes qui précèdent pour suggérer que l'on pourrait aussi y voir une forme de fiscalisation sauvage de l'*invidia*...

Chateaubriand remonte à la surface :

Jamais le meurtre ne sera à mes yeux un objet d'admiration et un instrument de liberté. Je ne connais rien de plus servile, de plus méprisable, de plus borné qu'un terroriste. N'ai-je pas rencontré en France toute cette race de Brutus au service de César et de sa police ? Les niveleurs, régénérateurs, égorgeurs étaient transformés en valets, espions, sycophantes et, moins naturellement encore, en ducs, comtes et barons : quel Moyen Age !

Le lendemain, avant mon départ, Ernest et Isabelle me proposent de consacrer l'après-midi à « leur » Corse et de grimper vers le mont San Petrone pour redescendre vers la Casinia, riche plaine au sud de Bastia dont les villages ont été bâtis en retrait, sur des promontoires à flanc de montagne, pour qu'ils soient plus faciles à défendre. La route, qui vire et revire dans les châtaigniers, traverse de petits bourgs qui donnent une impression d'abandon et de tristesse. On est donc saisi, à la sortie d'un tournant, par la vue de lampadaires dignes de figurer sur le Prater et dont on se demande quel service ils rendent aux sangliers qui doivent être plus nombreux à passer par là que les automobilistes. Quelques centaines de mètres plus loin, on entre dans un gros village dont l'église baroque, modeste mais charmante, a été fraîchement repeinte dans un ton jaune foncé ou ambre clair. C'est ici la patrie d'une bande de hors-la-loi connue sous le nom de « La Brise de mer » et responsable d'un bon peu de hold-up fructueux. Officiellement, chacun de ses membres est berger. Il est arrivé que l'un ou l'autre de ces pasteurs roule en Ferrari. Des aînés plus professionnels ont mis fin à ces dépenses qui attiraient trop l'attention et empêchaient chacun de jouir paisiblement des fruits de son labeur. Dans leur village, les associés de « La Brise de mer » peuvent se vanter de l'estime générale. « Ils ont été très gentils. Ils ont fait rénover l'église, ils ont financé deux tennis et payé la piscine municipale. L'éclairage aussi, c'est eux... » Non loin de l'église, sur des bancs neufs, les anciens du village se livrent à de murmurants conciliabules. A quelques pas de là, leurs femmes, élégantes et coiffées du jour, le cheveu légèrement bleu, déambulent à pas menus sur la place. Plusieurs d'entre elles portent un caniche récemment toiletté. Soufflant sur le village des siens, « La Brise de mer » lui a conféré une touche bon chic, bon genre, une allure de Neuilly-sur-Châtaignes qui fait autant écarquiller les yeux que ces lampadaires majestueux dont nous allons passer la double haie en revue pendant quelques centaines de mètres lorsque nous quitterons ce bourg improbable... La Corse, ses bandits, son pâté de merle, son fromage de brebis...

Près de l'aéroport, il y a une prison ultramoderne. Elle a été officiellement inaugurée, mais elle est vide. Elle le restera sans doute longtemps. On continue d'utiliser la vieille prison de Bastia, au cœur de la ville. En fin d'après-midi, les mères et les compagnes des détenus vont se poster à un certain endroit d'où elles peuvent converser avec leur fils ou leur compagnon derrière les barreaux. Ainsi la prison, loin d'être reléguée dans une périphérie inhabitée, se tient-elle au milieu de la vie de tous les jours. Comme si la Corse sans bandits ne devait plus être la Corse. Ernest et les siens s'efforcent de soulever la fonte de ces habitudes qui essaient de se faire passer pour des traditions. La génération qui les précède n'apprécie guère qu'ils tentent ce qu'elle n'a pas tenté. La génération qui les suit, à quoi ressemble-t-elle ? Aux adolescents de Calvi, sous la voûte de la citadelle ? A ceux qui trépignent d'impatience de participer à leur premier plasticage ? A la troupe de gamins qui prennent le même avion que moi pour Paris ? C'est leur première sortie de Corse : un voyage de classe qui durera quarante-huit heures. Un voyage à Euro Disney.

Intermezzo 2
(Bene trovato assai)

Le journal municipal de Fécamp (Seine-Maritime) fait part, dans son édition de mars-avril, de 42 décès et de 54 naissances. Les décédés se prénommaient : Léopold, Luce, Marie (4), Rolande, Marcel, Jules, Alice, Charles, Fernand, Roland, Antoinette, Jean-Pierre (2), François, Flore, Jeanne, Marthe (2), Huguette, Édith, Albertine, Louise, Gérard, Georges (2), Raymond, André, Thérèse, Albert, Louis, Madeleine, Roger, Denise, Henri, Jean, Fernande, Renée, Lucien et Michel.

Les nouveau-nés s'appellent : Alex, Amandine, Maximilien, Samy, Galle, Jade, Élodie, Jonathan (2), Claire, Ghislain, Tony, Clémence, Jordan (2), Nicolas, Jessy, Vincent, Faustine, Cécile, Laure, Évye, Florian, Camille, Jérémie, Margaux, Mandy, Édouard (2), Steven, Brian, Marion, Stephen, Julien, Jason, Mary, Rémi, Guillaume, Jérémy, Virginie, Pauline, Elphège, Cindy, Pierre, Émeric, Alexis, Muhammed, Stanislas, Marie, Déborah, Émeline, Marie-Charlotte, Maxime et Maureen.

Le Haut-du-Lièvre,
ou le métier de pauvre
(Doloroso)

La première barre de douze étages mesure huit cents mètres de long. C'est le record d'Europe. La deuxième ne s'allonge que sur cinq cents mètres. Perpendiculairement à ces deux géantes, une demi-douzaine de « petits » bâtiments dont les façades avoisinent quand même la centaine de mètres. A l'ouest, deux édifices en forme de croix de Saint-André comptent chacun une vingtaine d'étages. Dans la proximité immédiate de cet ensemble qui domine Nancy et fait partie de sa commune, on trouve un assortiment assez varié d'immeubles. Certains — une minorité — rappellent les constructions des faubourgs de Moscou ou de Saint-Pétersbourg. Cela tient à leur grisaille autant qu'à l'impression qu'ils dégagent de n'avoir pas été terminés, sans que l'on puisse désigner précisément ce qui n'a pas été fini. D'autres ont une allure banale et ne sont remarquables que par leur nombre. Le quartier ne s'appelle pas Bétonville, mais « Le Haut-du-Lièvre ». Les immeubles ou les tranches d'immeubles ont été baptisés « Le Hêtre pourpre », « Les Lilas », « Les Tamaris », « Le Tilleul argenté » ou même « Le Blanc Sycomore ». Est-ce intentionnellement, avec une arrière-pensée de symbole, que le centre social dont « dépendent » (je ne vois pas d'autre mot) leurs habitants a été dénommé « La Clairière » ? A l'extrémité est de la plus longue des barres, l'église en béton a choisi, elle, d'annoncer la couleur : elle est placée sous l'invocation de « Notre-Dame-des-Pauvres ».

Ce ne sont pas toujours des pauvres qui ont occupé les appartements du Haut-du-Lièvre. A l'origine, ce furent de jeunes ménages de la moyenne et de la petite bourgeoisie. Nancy manquait de logements. L'industrie tournait bien. Beaucoup de salariés des aciéries de Pompey trouvèrent ici une habitation spacieuse, des pièces mal insonorisées, sans doute, mais vastes et exposées au sud. Les balcons courent tout le long de la façade. On peut y contempler Nancy et, bien au-delà, la ligne bleue — mais oui — des Vosges. Pour beaucoup, ce fut d'abord la découverte du luxe. C'était la fin des années soixante. On commença alors à rénover et à réaménager le centre-ville. Fuyant les inconvénients de la proximité qui commençaient à ternir leur bonheur, de plus en plus d'habitants du Haut-du-Lièvre reprirent le chemin de ce centre rénové. D'autres, encore plus nombreux, préférèrent un pavillon dans un village voisin et accédèrent à la propriété. Dans les appartements ainsi libérés, l'office des HLM installa... ceux que la transformation du cœur de la ville venait de chasser. Il en résulta une baisse de « standing », qui précipita le mouvement des départs. Au milieu des années soixante-dix, c'est à des réfugiés latino-américains et asiatiques que furent proposés les logements. Dès qu'ils trouvaient un travail stable et qu'ils s'estimaient intégrés, eux aussi partaient s'installer ailleurs. Au début des années quatre-vingts arriva le tour des Maghrébins, des Marocains surtout. Ils occupent aujourd'hui plus du tiers des appartements. Le « niveau social » de la population blanche n'a cessé de baisser. Le chômage a provoqué une sorte de déchéance sur place. Beaucoup de logements sont restés vides. En 1990, alors que certaines banlieues connaissaient des heures chaudes, on a craint que Le Haut-du-Lièvre ne soit victime à son tour d'un « effet

118

ghetto ». On a donc décidé de mélanger des étudiants à la population des barres. Certaines cages d'escalier leur sont réservées. On y a aménagé les appartements en studios où l'on a mis des serrures aux chambres de certains F 3 ou F 4, proposés ainsi à la « multilocation ». Le résultat de cette décision montre qu'elle n'était viable que sur le papier. En fait de mélange, chacun reste chez soi et, lorsqu'il n'ignore pas l'autre, le regarde sans aménité. Les étudiants considèrent Le Haut-du-Lièvre comme un pis-aller, un palliatif, un dortoir bon marché que l'on occupe le temps de trouver une solution plus attrayante, plus près des facs, plus *cosy*. Ils ne s'inscrivent ni ne prennent de responsabilités dans les activités sportives, sociales, distrayantes ou culturelles qu'organisent les associations, le centre social, le curé ou la maison des jeunes. De leur côté, les habitants des tranches d'immeubles contiguës à celles réservées aux étudiants ne comprennent pas pourquoi ceux qui ont déjà la chance de profiter de l'enseignement supérieur paient des loyers trois ou quatre fois inférieurs aux leurs, pourquoi leurs cages d'escalier sont les seules à être gardées par un concierge, et l'accès à leurs logements protégé par des interphones. Bref, on ne cohabite pas, on coexiste, avec quelques heurts réguliers mais sans violence, provoqués par les classiques problèmes de voisinage, aggravés ici par les différences d'horaires et de rythmes de vie, et par la mauvaise qualité de l'isolement phonique.

Le « noyau dur » du Haut-du-Lièvre compte environ 8 000 habitants. Un gros tiers de familles maghrébines, le plus souvent nombreuses ; un deuxième gros tiers de familles « françaises de souche », le plus souvent « monoparentales » ; et un dernier tiers où l'on range les étudiants, le plus souvent en court séjour, et ce qui reste de la population qui, il y a près de trente ans, vint occuper les premiers immeubles et n'a pas eu l'occasion de transporter ses pénates ailleurs. On estime à 35 % le nombre des chômeurs. Encore que personne ne tienne de statistique sûre, complète, ou les deux. Pour quoi faire ? Chacun de ceux qui y vivent sait, comme le savent ceux qui exercent ici une mission sociale, que Le Haut-du-Lièvre est un autre monde, un monde à part.

Contrairement à l'image des banlieues dont raffole la télévision, ce monde à part est sans violence particulière. Les policiers qui travaillent dans le quartier, et dont le poste est installé au rez-de-chaussée de la plus grande barre, n'ont à signaler que de la délinquance ordinaire. Vols de Mobylette, d'autoradios, d'accessoires ; bagarres sans effusion de sang ; problèmes liés à l'alcoolisme — violences ou voies de fait —, petite vente de mauvais « hasch » : rien ne permet de parler d'un quartier « à risques ». Il y a, bien sûr, quelques loustics à avoir à l'œil, ne serait-ce que parce qu'ils feraient volontiers des descentes en ville avec l'idée d'en ramener du butin, mais, parole de flic, il n'y a jamais eu, depuis que le poste de police est ouvert, la moindre difficulté à en pourvoir tous les emplois. C'est un signe qui ne trompe pas. L'an dernier, on a connu le premier vrai problème. Un viol collectif : douze garçons entre treize et seize ans ont coincé une adolescente dans une cave. Tout le monde a été d'accord pour régler l'affaire dans la discrétion, y compris la police, la justice et la presse. Si la réputation du quartier devient mauvaise, c'est alors que commencera le risque de la violence.

Le directeur de la maison des jeunes partage-t-il le même diagnostic ? D'abord, il grimace : « En fait, il y a une grande violence dans la cité. — Comment se manifeste-t-elle ? — Elle ne se manifeste pas. C'est un mouvement sourd, mais il y a des conflits verbaux très importants et, parfois, des passages à l'acte comme des crevaisons de pneus. — Est-ce qu'il n'est pas un peu abusif de mettre sur le même plan une violence latente et une violence réelle ? — Si, en effet. Disons qu'il y a une forte potentialité de

120

violence. Par exemple, au moment de la guerre du Golfe, certains jeunes beurs voulaient créer une association anti-blancs. Ils ne l'ont pas fait, mais ils en ont parlé pendant plusieurs jours. En fait, la seule vraie explosion à laquelle j'ai assisté s'est produite lorsque des gens de SOS Racisme sont venus de Paris. C'était avant qu'ils ne changent de position et ne deviennent intégrationnistes et " républicains ". Ils ont tenu un discours plutôt arrogant sur le différencialisme. Ils seraient repartis complètement à poil si nous n'avions pas été quelques-uns à nous interposer à temps ! Quant au viol collectif, c'est vrai que c'était une exception. Nous avons tous pensé que, pour que ça le reste, il fallait étouffer l'affaire. »

« Ça n'a pas été trop difficile de convaincre le journal local ? — Le journal local, c'est moi. Je suis leur correspondant. Contrôler ce qui peut se dire sur Le Haut-du-Lièvre est sûrement une des choses utiles que je peux faire. Ici, sur la base du seul " sentiment " d'insécurité, le Front national récolte entre 20 et 30 % des voix. Si la télé était venue faire mousser une affaire certainement dégueulasse, mais encore plus certainement exceptionnelle, nous devenions la cité des violeurs. Je continuerai à filtrer les faits divers tant que la télé ne s'intéressera pas moins à eux qu'au travail que nous faisons avec les organismes de formation permanente. Tant qu'elle ne saura pas parler des cours de remise à niveau qui se donnent ici, ou de nos activités sportives, ou des groupes de musique auxquels nous fournissons des locaux, ou des " Restos du cœur ", dont nous avons accueilli chaque jour de cet hiver les 700 à 800 " clients ", ou de nos ateliers de préqualification. Disons que je ne suis pas sûr que la violence puisse exploser, alors que je suis certain que je peux minimiser les risques. »

Les assistantes sociales ne pensent pas davantage que l'on puisse caractériser le quartier par un haut niveau de délinquance : « En plus de ce que l'on vous a déjà décrit, on pourrait parler de la dévastation des appartements inoccupés, mais, pour nous, c'est lié aux difficultés que rencontrent les familles qui demandent à bénéficier d'un logement plus vaste et qui se heurtent à la bureaucratie et à la méfiance des HLM. La délinquance, c'est une étiquette commode à coller à un quartier de ce genre. Et puis il est plus facile de filmer des jeunes qui se bagarrent ou qui mettent le feu à des pneus que des gens qui ne font rien, qui n'ont plus de travail et qui n'en espèrent pas. Le Haut-du-Lièvre, c'est le chômage et les problèmes de familles monoparentales. »

Si personne ne considère comme explosif le quartier de la plus longue barre d'Europe, tout est fait pour que son isolement ne lui soit pas pénible, pour qu'il ne se sente pas enfermé, ghettoïsé. Les pouvoirs publics en poussent le souci jusqu'à l'obsession. La ligne d'autobus qui relie le centre-ville de Nancy et Le Haut-du-Lièvre fonctionne jusqu'à minuit. La municipalité a installé une mairie annexe, non loin du local attribué à la police. La poste a un bureau, situé au pied de l'une des « tranches » de la barre. A l'opposé, en direction du collège, le dispensaire médico-social. Non loin de là, de l'autre côté de la route, la maison des jeunes a prêté une pièce pour qu'elle serve de mosquée. L'Office des HLM a mené à bien une opération de rénovation des bâtiments, qui a surtout porté sur les façades, les cages d'escalier, les parties communes. On a utilisé des matériaux « indestructibles » ; on a ajouté de la couleur, des céramiques, du jaune vif, du rouge, du bleu ciel ; on a veillé à rendre moins impersonnelles, moins « angoissantes », les longues travées entre les immeubles et les parkings ; on a créé des « lieux de vie », c'est-à-dire des minijardins avec des toboggans et des tourniquets, de petits squares avec des bancs. Une enquête auprès de la population avait montré qu'elle souhaitait que ces « lieux de vie » soient installés devant la façade nord de la barre, entre l'immeuble et la route. Les décideurs ont estimé que ce vœu était mal fondé : c'est le sud qui convenait aux « espaces conviviaux » ; au nord, on bâtirait des parkings couverts. Ainsi fut fait, et les « lieux conviviaux » sont déserts, tandis que le toit des parkings sert de place publique... Le régisseur de l'Office des HLM a une consigne stricte : pas de dégradations, pas de tags, pas d'inscriptions. On ne lui demande pas d'empêcher leur apparition, mais seulement de les faire disparaître dans les vingt-quatre heures. Il s'y emploie avec succès. Pour le reste, il doit veiller à une répartition judicieuse des familles dans les différentes cages d'escalier. Les Maghrébins s'en partagent certaines, on tente de cantonner dans d'autres les familles « à pro-blèmes ».

S'il fallait une ultime preuve que la paix sociale règne au Haut-du-Lièvre, c'est la visite des deux centres commerciaux qui la fournirait. Tous les commerces sont ici représentés, souvent en plu-sieurs exemplaires. Boucheries, boulangeries, épice-rie-supérette, coiffeurs, auto-école, tabac-journaux-papeterie-fournitures scolaires, mercerie, magasins de cassettes vidéo, pharmacies, prêt-à-porter pour enfants, électroménager, pressing, fruits-légumes-produits exotiques, sans oublier les plaques de dentistes, d'infirmières ou de kinésithérapeutes. Sans doute deux ou trois boutiques n'ont-elles pas trouvé preneur (ou, plutôt, elles l'ont perdu). Leurs devantures vides font un peu l'effet de chicots dans une denture, mais, comme le dit la mercière, instal-lée dans la cité depuis les origines, « ils ont trop accordé de crédit, c'est ça qui les a tués. Ici, il faut être prudent à partir du 15 du mois et connaître son monde. Il m'arrive de dire à une femme qui vient acheter des dessous que je n'ai plus sa taille, qu'elle revienne dans deux semaines. La plupart du temps, elle revient. Ici, peu de gens vont en ville pour leurs courses. Ceux qui ont une voiture vont au super-marché pour l'alimentation, mais ce n'est pas le genre d'endroit où on leur fait crédit ».

Dans les deux centres commerciaux du Haut-du-Lièvre, le jeu de l'économie de marché se joue à trois partenaires : l'offre, la demande et l'assistance sociale. Avec ou sans travail, l'immense majorité des familles ne pourrait pas subsister sans les allocations, les aides et les secours de toutes sortes. Certaines de ces ressources sont « de droit », comme les allocations familiales ; une entente entre l'Office des HLM et la Caisse d'allocations fait qu'elles servent directement à payer les loyers et les charges : 3 500 francs, chauffage compris, pour un « F 5 », 2 400 francs pour un F 3. Les familles ainsi court-circuitées n'ont pas, dit-on pour justifier ce dispositif, la tentation de dépenser pour le superflu et d'oublier de payer le nécessaire. A l'origine, cette mesure « dans l'intérêt des allocataires » ne fut pas très contestée. Aujourd'hui, les travailleurs sociaux constatent qu'elle entraîne une déresponsabilisation générale. On ne se loge pas : on est logé. S'il y a la moindre réparation à effectuer dans un appartement, on s'adresse à l'assistante sociale pour qu'elle obtienne des HLM qu'« ils » effectuent le travail. Évidemment, « ils » se retranchent derrière une stricte interprétation de la notion de « réparation locative », et les appartements se dégradent d'autant plus que l'effort de rénovation n'a porté que sur les parties communes des immeubles.

Le centre social a été installé dans l'un des deux centres commerciaux. Quel que soit le jour de la semaine, la semaine du mois, le mois de l'année, il ne désemplit pas. On vient ici demander à « l'assistante » l'une ou l'autre des aides « facultatives » ou « conditionnelles » : l'aide personnalisée au logement, l'allocation de parent isolé, l'accès au revenu minimum d'insertion, l'allocation de chaussures ou de vêtements pour les enfants, les bons alimentaires... On vient pour que « l'assistante » négocie les dettes à la boulangerie, à la supérette, parfois même au bureau de tabac... qu'elle se porte garante des remboursements, gagés sur les aides à venir. On vient obtenir son appui ou solliciter son entregent pour trouver un CES, un contrat emploi-solidarité : six mois à mi-temps payés un demi-smic et renouvelables trois fois. Théoriquement, légalement même, ce genre de travail, que ne peuvent fournir que des administrations, des collectivités publiques ou des associations, doit s'accompagner d'une formation. Pratiquement, ce n'est presque jamais le cas. On vient pour obtenir la carte-santé, qui permet de ne payer ni le médecin ni les médicaments et qui représente 80 % des recettes des pharmacies de la cité. On vient pour faire valoir ses droits ? Plutôt pour faire valoir qu'on a droit à des droits.

« Les femmes qui s'adressent à nous, confie " l'assistante ", connaissent remarquablement la liste des aides possibles. Certaines se sont fait une spécialité et même une sorte de gloire locale d'expliquer aux autres en quoi ces aides consistent et quels sont les meilleurs moyens de les obtenir et de les conserver. Pour beaucoup, c'est leur seul revenu. Comme dit le langage administratif, et si l'on excepte les Maghrébins, les " familles monoparentales " sont de très loin les plus nombreuses. Entendons par là que dans chaque cage d'escalier vit une majorité de femmes seules ou avec un compagnon provisoire.

« L'histoire est à peu près toujours la même. Elles ont été mariées, ont eu un premier enfant et se sont trouvées un jour avec un mari sans travail, qui leur a rendu la vie infernale. Elles l'ont mis à la porte, à moins qu'il ne soit parti. Elles ont cherché un nouveau compagnon. Elles en ont déniché un, qui avait l'air gentil. Il est venu s'installer. Elles ont voulu un enfant de lui. Un jour, elles se sont rendu compte qu'il ne s'intéressait qu'à leur appartement, à la nourriture à l'œil, aux affaires lavées et repassées, aux billets de leur porte-monnaie. Elles l'ont éjecté, à moins qu'il n'en ait trouvé une autre mieux installée, mieux pourvue en allocations ou, tout simplement, nouvelle. Un peu plus tard, elles ont recommencé avec un troisième. Elles aiment leur enfant, elles s'en occupent jusqu'à ce qu'il ait l'âge d'aller à l'école et de jouer dehors avec ses copains. A ce moment-là, elles baissent les bras, reportent leur affection sur le nouveau venu et n'assurent plus, tant bien que mal, que le gîte et le couvert. De leur côté, certains hommes " font " les cages d'escalier. Il y en a dont nous pouvons retracer l'itinéraire, de tranche d'immeuble en tranche d'immeuble, en fonction des enfants qu'ils y ont laissés. Eux sont entretenus, leurs compagnes sont assistées. Nous, nous tenons le guichet des aides que viennent exiger des gens qui exercent un nouveau métier, celui de pauvres, et qui se sont résignés à n'avoir pas d'autre perspective que celle-là, celle de ce que l'on n'appelle plus l'assistance publique, celle du grappillage et, si possible, de l'addition des allocations de toute nature. Pendant six mois de l'année, nous bénéficions du renfort des restaurants du cœur. L'hiver dernier, alors qu'ils avaient abaissé le niveau de revenus qui donnent droit à leurs repas gratuits, ils ont eu plus de " clients " que pour la " saison " d'avant. Il y a de moins en moins de travail, et, ici, c'est le bout du monde sans travail. »

L'assistante sociale est de la région. Elle a débuté dans le métier quand les aciéries de Pompey tournaient encore joliment. Elle se souvient qu'à cette époque son travail consistait à aider. Aider l'un à traverser une mauvaise passe, l'autre à acquérir une formation, le ou la troisième à changer d'emploi ou à améliorer ses conditions de vie. Aujourd'hui, elle se sent un peu comme la gardienne d'une réserve, la distributrice des rations de survie. « Au fond, le ressort de notre action, c'était l'espoir, l'espoir qu'avaient les gens d'améliorer leur existence. Aujourd'hui, c'est la résignation qui domine. On ne voit pas comment il pourrait en être autrement. » L'assistante sociale n'en veut à personne. En tout cas, pas assez pour espérer un changement. Elle a déjà passé quatre ans au Haut-du-Lièvre. Elle est fatiguée. Elle a demandé une autre affectation.

126

Le directeur de la maison des jeunes a plus de chance : ce sont les Maghrébins du quartier qui ont investi ses locaux et qui se sont inscrits à ses activités. Derrière eux, ils ont encore une famille. Même si le père a perdu son emploi, elle tient le coup, vaille que vaille. Cela leur donne une base, un cadre, quelque chose qui permet d'imaginer des projets, même à court terme ; de suivre des cours de quelque chose, de pratiquer régulièrement un sport, de monter un groupe de rock ou de raï, d'organiser des voyages, d'éviter l'alcoolisme et la drogue, bien que, sur la cité, il y ait de plus en plus de petit trafic. Le patron de la maison des jeunes n'entretient pas trop d'illusions. S'il repère un garçon capable de prendre des responsabilités, il se débrouille pour qu'on lui en confie une. (Les filles ne viennent pas ici, les garçons n'en veulent pas ; à la rigueur, à certains cours.) Il participe à toutes les commissions possibles sur l'emploi, l'école, la gestion de tel ou tel projet des pouvoirs publics. Il tient sa maison ouverte tous les jours de l'année, sauf le 25 décembre. Il emploie deux personnes et demie pour les programmes de formation et encore deux et demie pour faire vivre son établissement. Entre l'appartement familial et le parking, il offre simplement un endroit qui, parfois, avec beaucoup de chance, pourra peut-être servir de sas entre Le Haut-du-Lièvre et le monde où l'on vit de son travail. Sinon ? Sinon, ce sera la violence ou la résignation.

Bernadette penche pour la résignation. Elle connaît intimement Le Haut-du-Lièvre depuis dix-huit ans. Elle y a d'abord été institutrice. Aujourd'hui, elle dirige la section d'éducation spécialisée du collège Claude-Le Lorrain, à quelques centaines de mètres des barres. La SES, précisent les enseignants qui, depuis quelques lustres, se sont habitués aux sigles, regroupe les adolescents dont on disait jadis qu'« ils n'arrivaient pas à suivre » et dont un professeur préfère dire maintenant qu'« ils sont complètement largués ». Bernadette vient d'aborder la cinquantaine. Elle n'est pas grande, porte un pantalon gris et un chandail noir rehaussé d'un dessin brodé au fil d'argent. Ses cheveux courts sont noirs, ses yeux, son regard sont noirs, et tout ce noir est intense. Sa voix est de cendres chaudes ; son ton est égal. Seul un mouvement des mains, un froncement de sourcils ou un silence soulignent une idée à laquelle elle tient, une observation qu'elle souhaiterait particulièrement transmettre ou un fait qui la peine ou la met en colère. Son père était un immigré italien, venu et resté dans l'est de la France comme manœuvre. Elle a travaillé comme arpette, les bourses de la République lui ont permis d'être institutrice. On lui a d'abord confié une école à classe unique dans un village qui s'éteignait doucement. Puis elle s'est « spécialisée » pour travailler avec des handicapés moteurs. Enfin, elle est arrivée au Haut-du-Lièvre, « à l'époque, dit-elle, où l'on pouvait encore parler de population ouvrière. Maintenant, faute de mieux, on dit que c'est le " quart monde " ».

Bernadette est d'accord pour dire que les Maghrébins ont moins de problèmes que les Français de souche. Il y a 56 % d'enfants d'immigrés au collège et « seulement » 10 % dans la section d'éducation spécialisée. « Mais je vois bien que, pour eux aussi, c'est le commencement de la fin. De plus en plus de pères marocains sont au chômage. Leur place dans la famille, leur rôle de chef, est lentement fragilisé par leur incapacité à ramener une paie, mais surtout à avoir un rôle social. L'émancipation des femmes fait le reste. Les tensions deviennent plus nombreuses, plus fortes. Les fils se rebellent, passent de moins en moins de temps dans leur famille et de plus en plus avec des copains de leur âge. C'est vrai qu'ils ont encore le réflexe de chercher un endroit où pouvoir se structurer, à condition qu'il demande un minimum de régularité et qu'il impose un minimum d'efforts. Pour le moment, beaucoup d'entre eux profitent de la maison des jeunes. Les filles agissent différemment : elles s'en tirent en acceptant, chez elles, quelques règles, le moins possible, mais elles ont décidé qu'elles ne vivraient pas comme leurs mères. Elles ne sont pas sûres d'avoir l'avenir qu'elles souhaitent, mais elles ont compris qu'il passait obligatoirement par l'école. Elles cravachent de leur mieux et, bien sûr, nous sommes avec elles. Quand l'une d'entre elles parvient à entrer en faculté, le père et les frères le supportent très mal. Souvent, nous l'aidons à trouver une bourse et une aide pour qu'elle puisse s'installer seule en ville. A partir de là, elle est le dos au mur. Il n'y a pas de retour en arrière possible. Et si elles ont un " fiancé " non musulman, c'est comme si elles étaient mortes. »

Tout à l'heure, le téléphone sonnera. Au bout du fil, l'un de ces fonctionnaires des administrations « sociales » que Bernadette connaît tous. Elle lui a demandé, justement, de dégoter un studio dans une HLM du centre-ville pour l'une de ses anciennes élèves et de voir s'il n'y aurait pas moyen de lui procurer un contrat emploi-solidarité. Pour le studio, les nouvelles sont bonnes ; pour le contrat, elles sont incertaines. Bernadette insiste, « fait l'article », énumère des pistes que son interlocuteur pourrait suivre, lui annonce qu'elle le rappellera à la fin de la semaine. Son bureau est clair, décoré de dessins d'enfants. Sa table est encombrée de dossiers, dont elle souligne en souriant l'accumulation désordonnée : « On a déjà dû vous dire que, dans nos métiers, ce n'est pas la paperasse qui a diminué. On m'a offert plusieurs fois un poste au rectorat. J'ai été tentée. Je me disais que j'arriverais peut-être à leur faire comprendre que, dans les établissements, les profs et les directeurs ont besoin de plus de souplesse administrative pour que leurs initiatives ne soient pas découragées. Et puis j'aurais sans doute eu moins de soucis, mais je n'arrive pas à quitter " le terrain ", les enfants, les collègues. »

Quelques instants plus tôt, l'un des enseignants

m'avait dit : « J'ai demandé une mutation ici parce que c'est elle qui dirige. Si elle part, je m'en vais. Faudrait pas croire qu'on vient enseigner en section d'éducation spécialisée pour les 500 francs par mois que le ministère ajoute à nos salaires. »

« On vous a dit qu'il n'y avait pas beaucoup de délinquance au Haut-du-Lièvre, poursuit la directrice, en fait, il y en a même nettement moins qu'avant. Pour former une bande, voler ou casser, il faut être rebelle, refuser quelque chose, désirer quelque chose. Aujourd'hui, ce qui domine chez nos adolescents, c'est la dilution de la personnalité. Plus de la moitié d'entre eux sont des enfants de chômeurs. Il n'y a plus rien, ici, qui rappelle la classe ouvrière. Les parents ont intériorisé l'assistanat. Les gosses vivent dans des morceaux de famille qui se mettent plus ou moins ensemble, pour un temps plus ou moins long. Rien ne permet aux enfants de se construire une personnalité : autour d'eux, tout est flou et rien n'est stable. A neuf ans, ils sont convaincus qu'il n'y a pas de place pour eux, même si ce n'est pas si fatalement vrai. Ils s'emmerdent, ils n'ont pas d'imagination, pas de désirs. Ici, on est dans une pauvreté extrême. La culture de ces quartiers est un mythe, il y a du désarroi constant, épais, pas de culture. La culture suppose une analyse, une volonté. Même ce qu'on raconte sur le rock est un mythe : ils n'écoutent pas " du " rock, ils écoutent inlassablement un ou deux des airs que matraquent la télé et la radio, mais ils ne choisissent pas, ne marquent pas de préférence. Le foot aussi, c'est un mythe : beaucoup s'inscrivent dans un des clubs, mais, à partir du moment où il y a continuité, régularité, durée et effort, ils arrêtent. Où trouveraient-ils un modèle qui leur donne le sens de ces valeurs-là ?

« Dans une population où la majorité ne travaille pas, comment croyez-vous que les gens vivent ? Sans horaire, sans structure. Les adultes se lèvent tard, traînent à la maison, sortent voir " l'assistante " et faire leurs courses au jour le jour, parfois pour un repas, puis pour un autre. L'après-midi, ils regardent la télé qu'ils ont allumée en se levant, ou alors des cassettes vidéo. C'est fou ce qu'ils peuvent consommer de vidéos. Beaucoup de porno, qu'ils regardent le soir, la nuit, tard. Ils boivent beaucoup, de la bière. Autant qu'on le sache, par les enfants ou par les mères, les concubins ont la main lourde. Si on leur demande quelque chose, ils n'ont jamais le temps — c'est toujours le cas des gens qui ne font rien. Ne serait-ce que pour aller à l'école, la plupart des enfants doivent être des héros ! Personne ne les réveille, puisque personne n'est réveillé dans l'appartement. Aucun adulte ne leur prépare le petit déjeuner, ils s'arrangent. De toute façon, ils ont pris l'habitude de trouver leur repas directement dans le réfrigérateur. Les hommes se débinent, les femmes se débrouillent. Elles en ont ras-le-bol, elles ne peuvent plus supporter aucune contrainte, puisque les contraintes ne mènent à rien. Leurs gosses sont des contraintes. D'un autre côté, elles se raccrochent à eux, parce que, au moins, avec eux, elles ont quelque chose. Les hommes n'ont plus rien. »

On cogne à la porte. Entre un grand et jeune balèze, habillé en pantalon de jogging et blouson kaki : « Excuse-moi, Bernadette, mais Nouasseur, il n'est plus possible. Est-ce que je peux le virer pour quelques jours ? Il répond à tout ce que je lui dis, il m'insulte, il ne fout rien, et en plus il excite les autres. Et je ne te dis pas les insultes : pédé, enculé et le reste. — Écoute, dis-lui d'abord de venir me trouver. Je vais un peu parler avec lui. Qu'il vienne en fin d'après-midi. Quand dois-tu le revoir ? — Dans deux jours. — Bon, on va voir s'il peut se calmer. » Le balèze sort. C'est un volontaire qui effectue son service national comme cadre d'appoint de la section d'éducation spécialisée. Il aide à certaines activités sportives ou manuelles. Bernadette apprécie beaucoup sa bonne volonté, mais il vient d'un milieu à des années-lumière du Haut-du-

Lièvre. Chez lui, il s'occupait d'une troupe scoute. Quant à Nouasseur, la directrice de la SES connaît bien sa famille. Une sœur a réussi le bac, le père est au chômage depuis six mois, et la vie familiale cul par-dessus tête. « Ça va lui faire du bien de parler. Je ferai la paperasse demain. »

« Vous savez, la télé, il ne fallait pas la laisser devenir ce qu'elle est. Pas seulement parce qu'elle fait vivre tous ces gens dans un monde magique, mais parce qu'elle parle d'eux d'une manière qui les méprise et les enfonce. Ça me donne froid dans le dos : Le Pen et la télé parlent d'eux de la même manière, comme des " facteurs d'insécurité " ? Les commentaires qui accompagnent des images comme celles de Vaulx-en-Velin ou des tensions dans les banlieues parisiennes, cela leur donne l'impression que, pour être valorisé, il faut être violent ou au moins tenir le discours de la violence. Cela les ancre dans l'idée que, pour être mis en valeur, il est inutile, tout à fait inutile d'être responsable ; il suffit de la ramener et de dire au journaliste ce qu'il attend. Ça va mieux avec la télévision régionale, mais les " 20 heures " nationaux... c'est tellement destructeur. On a le sentiment que tout ce que nous essayons d'instaurer est fichu en l'air en moins d'une minute. »

On frappe de nouveau à la porte. C'est le prof avec qui j'ai déjà parlé : « Dis, Bernadette, je t'apporte le rapport sur le stage d'insertion professionnelle. Il faudrait fixer une réunion d'évaluation, sinon des problèmes comme celui avec Jean-Pierre, on en aura d'autres. » Pendant quelques semaines, certaines classes de la SES sont accueillies par des entreprises pour un stage de prise de contact avec le monde du travail. Dans la serrurerie industrielle, où était la classe de Jean-Pierre, ça s'est bien passé au début. « Tout nouveau, tout beau », dit le prof. Mais Jean-Pierre ne réussissait pas à réaliser les pièces, pourtant faciles, que lui demandait un contremaître, pourtant patient. Le troisième jour, il a tout envoyé promener et n'a plus voulu remettre les pieds à la serrurerie. Le prof a parlé avec lui, a tenté de le raisonner : « Si tu ne peux pas supporter qu'on critique ton travail, comment veux-tu apprendre un métier ? — Je m'en fous, a répondu Jean-Pierre, de toute façon, je serai médecin. » Il a bientôt seize ans, sa classe est une cinquième aménagée. Il lit sans établir de rapport entre les mots qu'il déchiffre et ce qu'ils décrivent ; il écrit en transcrivant des sons. « Ne croyez pas qu'il ait dit ça comme ça, ajoute le prof. Il pense qu'il sera médecin comme vous pouvez penser que vous gagnerez au loto. » « Un monde magique, reprend Bernadette. Les adultes et les enfants y ont les mêmes réactions. »

Dans un tel contexte, quels objectifs peut-on poursuivre dans la section d'enseignement spécialisé d'un collège ? A quel niveau scolaire espère-t-on conduire ces garçons qui ont de la barbe, qui ne savent pas même déchiffrer une bande dessinée et qui pensent que, quand ils seront grands, ils seront Superman ou, à la rigueur, pompier-cosmonaute ? Bernadette me regarde en hochant la tête. Autour de ses yeux qui jettent soudain encore plus de lumière, les plis s'accentuent. Sa bouche forme une moue moqueuse, et elle secoue légèrement la tête de droite à gauche et de gauche à droite. Je jurerais que, tout à l'heure, c'est ainsi qu'elle regardera Nouasseur et qu'elle lui fera entendre deux ou trois vérités premières.

« Qui parle de niveau ? Qui le mesure ? Avec quels instruments ? Quels étalons ? On ne peut plus mesurer scolairement une mosaïque. De surcroît, il leur arrive de savoir des choses compliquées et d'en ignorer d'élémentaires. Nous ne savons pas pourquoi ils savent ; s'ils ne savent pas, nous ne savons pas davantage pourquoi. Et cela n'a aucune importance, car ils ne possèdent que des bribes de connaissances qu'ils ne peuvent pas utiliser parce qu'ils n'ont pas acquis la faculté de les relier entre elles. Vous devez comprendre cela : le problème central qui nous est posé, c'est celui-là, celui de leur donner les moyens d'établir un lien. Non pas de leur faire apprendre que l'on n'additionne pas des carottes et des pommes de terre, mais de le leur faire admettre, concevoir, comprendre. Non pas de leur enseigner qu'il y a eu une dynastie mérovingienne, mais de les persuader que le passé n'est pas une période indistincte et molle où se côtoyaient leurs grands-parents et des guerriers à tresses et à casque cornu. Voilà où nous en sommes. Notre travail n'est pas scolaire, il est psychologique : instaurer des mécanismes de compréhension, de mise en rapport, parfois de simple appréhension. Avec des gaillards qui se trouvent plus près du service militaire que de leurs dernières culottes courtes. Ils sont comme des crabes : durs à l'extérieur, mous à l'intérieur. Ils ignorent, pour beaucoup d'entre eux, s'ils appartiennent à une famille, et si oui, à laquelle. Les hommes ont défilé à côté de leur mère ; je ne connais pas un de nos garçons qui n'ait de doutes sur sa filiation. Ils baignent dans une anxiété permanente. Quand ils traversent une période de répit, ils apprennent. Quand ils passent par une phase aiguë, vous ne leur ferez pas retenir la table de multiplication par deux. Voilà ce que j'ai vu arriver, en dix-huit ans, dans cet établissement. Voilà ce qu'est devenue notre " clientèle ".

« Le malheur est que, pendant que la décomposition du monde du travail entraînait cette " évolution ", l'Éducation nationale a multiplié les bêtises et nous a rendu la tâche encore plus difficile. Prenez simplement la question des Maghrébins, dont le milieu commence à se rapprocher de celui que je viens de vous décrire. La plus grande erreur de l'Éducation nationale aura été de mettre en valeur la différence. C'est de ça que les immigrés peuvent nous en vouloir. Il y a huit ans, pour marquer la fin du ramadan, l'un d'entre nous a eu l'idée d'organiser une petite fête autour d'un couscous. Les Maghrébins ont été furieux. Les filles sont même parties.

C'est le contraire d'un couscous qu'il aurait fallu leur servir : une quiche, une potée lorraine... Cela aura été le drame de ces dernières années. Plus ces enfants souhaitaient nous ressembler, religion mise à part, plus nous les avons renvoyés à leur différence par conformisme, par peur de passer pour racistes, pour ne pas déplaire... Je crois que, maintenant, c'est fini. C'est en grande partie grâce aux beurs et surtout aux beurettes. Elles montrent les dents chaque fois qu'on leur joue du violon sur le thème du droit à la différence. Et, comme ce sont des femmes, leurs coups de gueule sont écoutés. Au nom de l'idéologie de la différence...

« Vous voyez, nous n'avons pas tellement besoin de davantage de moyens. Bien sûr, nous pourrions être mieux payés. Bien sûr, notre budget pourrait nous permettre d'avoir des classes à effectif plus réduit. Mais nous avons surtout besoin que l'on nous comprenne. Pas que l'on dise de nous que nous sommes de braves petits soldats de l'alphabétisation qui méritons bien de la patrie. Que l'on nous comprenne, c'est-à-dire que l'on veuille bien voir le problème que nous devons affronter comme il se pose. Y compris dans notre propre administration et chez les penseurs de la pédagogie. Ici, nous ne nous occupons pas des exclus, nous avons affaire à des gens que rien n'inclut nulle part. »

En me raccompagnant, Bernadette montre l'une des cours de récréation : « Tout le monde parle aujourd'hui de la France à deux vitesses. Ils ne vont pas à une autre vitesse que nous, ils vivent sur une autre planète. » Nous sommes arrêtés sur le seuil du collège. Silence. Ce que j'aimerais dire sonnerait ridiculement. Je me réfugierai donc dans les politesses conventionnelles. Le lendemain, le prof qui s'inquiétait pour Jean-Pierre me dira : « Bernadette m'a téléphoné chez moi hier soir. Elle m'a dit qu'elle avait dû vous ennuyer abominablement et qu'elle n'avait pas tant parlé avec un étranger depuis très longtemps. Il faut dire, ajoute le prof en riant, que des étrangers, ici, il n'en passe pas. Et des gens du ministère, pas plus. Elle était très soucieuse. — De ce qu'elle m'a dit ou de l'usage que j'en ferais ? — Ni l'un ni l'autre. Elle ne se souvenait plus si elle avait pensé à vous remercier d'être venu... »

Le Havre-de-Grâce,
ou l'orphelinat de la culture
(Drama giocoso)

Ni la mère Nature ni mon éducation ne m'ont donné le caractère d'un animal de meute, et la recommandation que j'espère suivre le mieux me fut ainsi formulée par mon très kantien professeur de philosophie : « Pas d'allégeance ! » Cela ne porte guère à « prendre sa carte » de quelque ligue, club, cartel ou parti que ce soit. Pourtant, j'ai toujours ardemment désiré être membre de la société des « Chiche-Capon ! », créée par trois pensionnaires d'un collège minable, Beaume, Sorgue et Macroy, sous la présidence du squelette de la classe de sciences naturelles, Martin, afin d'organiser le départ de ses membres pour le Nouveau Monde, conformément à l'article premier de ses statuts...

Paroles de Jacques Prévert, images de Christian-Jaque, roman de Pierre Véry, rencontre inattendue de Michel Simon et d'Erich von Stroheim : qui peut oublier *Les Disparus de Saint-Agil* et cet univers d'enfance en jachère et d'adultes faillis ? A l'issue d'une réunion secrète des « Chiche-Capon ! », Beaume a été enlevé. Puis c'est Macroy, joué par Mouloudji, qui s'est évanoui dans le paysage. Sorgue mène l'enquête. Il retrouve Beaume, mais ce sont les gendarmes qui ramènent leur compère. « Alors, où qu't'étais ? — J'étais en Amérique. — T'étais en Amérique ? ! — Pas tout à fait, mais presque. J'étais au Havre. »

137

J'appartiens à la dernière génération pour qui Le Havre pouvait être « presque l'Amérique », puisque c'en était la porte. Et encore, je n'avais pas atteint dix-huit ans qu'à peu près plus personne ne passait par cette porte-là... N'empêche, on peut rêver et punaiser aux murs de sa chambre des lithographies de paquebots fièrement publiées par des revues de constructeurs de navires. Et puis on découvre la poésie de Mac Orlan, la musique de Victorien Marceau, la voix de Germaine Montero ou celle de Catherine Sauvage — la *Chanson de Margaret* :

> *C'est rue de la Crique que j'ai fait mes classes*
> *Au Havr' dans un « star » tenu par Chloé*
> *C'est à Tampico, au fond d'une impasse*
> *Qu'j'ai donné un sens à ma destinée.*
> *Une fille de vingt ans, c'est pour la romance*
> *Et mes agréments semblaient éternels*
> *Mais, par-ci par-là, quelques dissonances*
> *En ont mis un coup dans mon arc-en-ciel...*
> *Mon Dieu, ram'nez-moi dans ma belle enfance*
> *Quartier Saint-François, au Bassin du Roi*
> *Mon Dieu, rendez-moi un peu d'innocence*
> *Et l'odeur des quais, quand il faisait froid*
> *Faites-moi revoir les neiges exquises*
> *La pluie sur Sanvic, qui luit sur les toits ;*
> *La ronde des goss', autour de l'église*
> *Mon premier baiser, sur les chevaux d'bois...*

Pêle-mêle viennent ensuite, en grand désordre, *Impression, soleil levant*, Monet, sa *Terrasse à Sainte-Adresse* (« je fais les régates du Havre avec beaucoup de personnages sur la plage »), Salacrou et *Les Fiancés du Havre*, Marquet, Queneau, Pissarro, Maupassant, Boudin, Sartre, qui fit du Havre où il enseignait le Bouville de *La Nausée*, Dufy, Zola et *La Bête humaine*, Van Dongen, Arsène Lupin... A force, on finit par croire que Le Havre, on y est allé. On finit surtout par ne pas vouloir s'y rendre. Comment pourrait-ce être aussi bien que dans les tableaux ou dans les livres ? Et puis on sait qu'il n'y a plus de paquebots et que la guerre est passée là, plus brutalement que partout ailleurs. « Le Havre, la ville la plus sinistrée de France », disait-on pendant vingt ans. Ça n'est pas engageant. D'autant moins que la ville était jumelée avec Leningrad...

Cent fois, donc, j'ai remis un voyage au Havre. Cent fois, j'ai évité la ville. Finalement, m'y voici : je suppose qu'il est dans la nature de l'homme d'accepter un jour l'idée de confronter une image à sa réalité. Dans cette situation, on craint le pire. La sagesse populaire a raison de dire qu'il n'est pas toujours sûr. D'accord, il faisait beau et tiède. Les indigènes, d'ailleurs, s'en excusaient à qui mieux mieux : « Vous savez, il faudrait que vous voyiez la ville quand il fait gris ou quand il pleut. Ce n'est pas le temps d'ici que vous avez là. » J'assure chacun de ma patience et pardonne généreusement à tous le bleu immaculé du ciel et la bonté de la température. Mon humeur est de rose, car je viens de découvrir l'architecture d'Auguste Perret, le reconstructeur en chef du Havre. Je croyais, sur la foi de la rumeur, que le père du théâtre des Champs-Élysées et de Notre-Dame-du-Raincy avait bâti sans moyens des parallélépipèdes riches en béton et pauvres en imagination, alignés sans autre dessein que de répondre en toute hâte aux besoins du relogement. Je découvre des immeubles aux proportions harmonieuses et discrètes, à l'agencement séduisant, aux portes décorées de reliefs avenants, au béton adouci par une teinte rose dans la masse, à l'orthogonalité organisée en belles perspectives classiques que la tour de la mairie ou les flèches de l'église Saint-Joseph tirent parfois vers le ciel. « Une grandeur aux dimensions de l'homme », écrit un Havrais né avant la guerre de 14. J'apprends que ceux qui vivent dans ces bâtiments se montrent ravis de leurs appartements et que peu de constructions contemporaines offrent autant de liberté d'aménagement (aucune cloison intérieure n'est porteuse) ou de qualité de réalisation. Je claironne mon enthousiasme, d'autant plus fort que la lecture d'un guide publié au XIX⁰ siècle m'a incité à croire que ce n'est pas une ville chef-d'œuvre que les bombardements ont détruite. « Le Havre n'a point de monument remarquable, avertit d'emblée l'auteur, mais il offre le sublime spectacle de la mer, la prodigieuse activité d'un grand port, le mouvement d'une ville affairée dont les relations s'étendent dans tout l'univers. » Je ne prête attention, pour le moment, qu'à la première affirmation et tiens, comme seul peut se croire tenu de le faire un Parisien en visite, à ce que l'on sache que mes préventions sont tombées, et de haut. Mes interlocuteurs s'en montrent discrètement mais visiblement satisfaits, et plus d'un ajoute, comme par inadvertance : « Et vous savez que l'avenue Foch, qui va de la place de l'Hôtel-de-Ville à la porte Océane, est plus large d'un mètre que les Champs-Élysées ? » Je l'ignorais. Je l'apprends. Je l'admire. Je me rengorge. Demain, je déchanterai.

Non qu'il soit faux que les Champs-Élysées rendent un mètre à l'élégante avenue havraise et à ses charmantes contre-allées plantées d'arbres, mais parce que au fur et à mesure que l'on se promène dans la ville de Perret, aux différentes heures du jour, il apparaît de plus en plus que son travail est une réussite d'architecture et un échec d'urbanisme. Dessiner des perspectives pour donner un élan à la ville, tracer de larges artères pour favoriser l'hygiène, la circulation et la pénétration de la lumière, construire avec le souci du beau et le respect de l'individu, cela peut aboutir à de délicieux immeubles mais aussi à une ville difficile à habiter, parce qu'elle manque de recoins, de courbes, d'espaces modelés par l'usage et non par la volonté de l'architecte, parce que la dimension de beaucoup de rues ravit l'œil mais intimide et qu'elles constituent donc autant de frontières que l'on ne franchit pas sans y regarder à deux fois. Ce qui a été conçu et édifié à l'origine a peu de chances d'être modifié, détourné, réaménagé au fil des ans et des générations par ceux qui y vivent et y vivront. Pour définir leur état, mieux vaut utiliser le passif — ils y sont logés — que l'actif — ils les habitent.

La bourgeoisie vit ailleurs, sur les hauteurs épargnées par les raids, dans un entrelacs de petites rues serpentantes bordées d'immeubles bas et de maisons cossues, dont beaucoup sont aujourd'hui divisées en appartements. De là, elle domine la ville et son port. Le peuple tient ses quartiers un peu plus loin, sur le plateau de Sanvic, dont les artères se croisent et s'entrecroisent, ou, en bas, mais loin de la mer, à l'entrée du Havre, dans le faubourg de Graville. Les immeubles Perret semblent destinés à cet hybride universellement mal vu, la classe moyenne, sorte d'apatride social et urbain.

Il faudrait presque aujourd'hui inverser la proposition de notre guide du XIXe siècle : « Le Havre a, grâce à Perret, *des monuments remarquables, mais, s'il offre* encore *le sublime spectacle de la mer,* on n'y observe point *la prodigieuse activité d'un grand port,* ni *le mouvement d'une ville affairée* quoique *ses relations s'étendent* encore *à tout l'univers.* » C'est que le port du Havre n'y est plus. Ses quais, son grand canal se trouvent désormais loin à l'intérieur, vers Tancarville, coupés de la cité par de vastes zones industrielles. Les bassins du Roi, de la Barre, de la Citadelle, de la Manche, de l'Eure, des Docks, le bassin Vauban sont dans la ville ou la terminent, mais les uns n'accueillent plus aucun bateau, et les autres bien peu. On en comptait autrefois jusqu'à deux cents dans le seul bassin du Commerce, au cœur de la cité, à deux pas de l'hôtel de ville. On n'y voit plus maintenant qu'un piano-bar flottant, des planches à voile et des embarcations sportives. Quant au quai Johannès-Couvert, le long du bassin Théophile-Ducrocq, comment y reconnaître l'endroit d'où l'on s'embarquait pour voyager et « connaître la mélancolie des paquebots » en traversant l'Atlantique ? C'est pourtant là, sur ce qui ressemble désormais à un trottoir désert, mal entretenu et fort peu avenant, que se pressait la foule venue accueillir ou accompagner les passagers, que des mêlées de photographes talonnaient les vedettes du cinéma au départ ou à l'arrivée de New York ou de l'Amérique centrale et que descendaient pour quelques heures, partis de Hambourg et en route pour le Nouveau Monde, « des femmes presque nues, les bras chargés d'enfants, des hommes aux cheveux jaunes coiffés d'une casquette graisseuse, des vieillards nu-tête, un châle sur les épaules », avant de repartir « à la pleine mer, entassés dans un entrepont puant, emportant dans la riche et prospère république des Yankees un peu de la grande misère humaine ». La gare, qui permettait de passer directement du train au bateau, paraît un décor de film abandonné après le tournage. Les grandes lettres peintes qui marquaient orgueilleusement que les hangars et les bâtiments appartenaient à la Compagnie générale maritime sont devenues ectoplasmiques. La forme de radoub est vide. Sur le môle central, en face du quai Johannès-Couvert, embarquent et débarquent encore les passagers d'Irlande. Le terminal de Grande-Bretagne accueille les ferries au bout du bassin de la Manche, non loin du sémaphore et de la capitainerie. Mais leurs voyageurs n'ont pas l'air de se préparer à naviguer. Ils semblent plutôt monter dans une navette.

A dix minutes de voiture, une tour de contrôle commande le vrai port et ses huit mille hectares de « zone ». Les bateaux qu'il reçoit arrivent avec la même précision que des trains, si lointaine soit leur provenance. Rarement plus d'une demi-heure de retard ou d'avance, pour des traversées qui se comptent encore en jours ou même en semaines. Une trentaine de mouvements quotidiens. Le Havre assure en valeur le double du trafic de Marseille, la moitié de celui d'Anvers, le quart de celui de Rotterdam. Deux bateaux sur trois sont « conteneurisés ». Des portiques à 30 millions pièce les déchargent en quelques heures, commandés par ordinateur. Des dix mille dockers d'autrefois, il reste beaucoup de souvenirs héroïques et hauts en couleur et une survivance vigoureusement syndicalisée que des vagues de départs en préretraite érodent un peu plus chaque année : des 2 110 dockers titulaires de 1991, 950 ont dû partir en 1992... Seuls, depuis 1864, les remorqueurs de la compagnie « Les Abeilles » persistent et, après avoir cassé l'erre des navires et passé les câbles, les tirent et les poussent pendant qu'ils pivotent sur 180 degrés, puis les rapprochent du poste d'accostage. Leurs équipages parlent presque le même langage mystérieux au profane que leurs prédécesseurs d'il y a plus d'un siècle : « larguer les aussières », « commander l'évitage », « mollir la remorque », « la décapeler »... Les navires qu'ils assistent sont toujours, de la rade au port, guidés par des pilotes, et il n'est pas d'amarrage ni de déhalage qui se puisse faire sans ces spécialistes de la topographie portuaire appelés « lamaneurs ». C'est dans ces vieux mots qu'a trouvé refuge la poésie des mouvements de navires. Mais qu'importe, puisque tout ce qu'ils désignent se passe désormais loin de la ville !

Le retrait du port a fait du Havre une ville réduite à ses propres habitants, alors que, pendant des décennies, le chemin de fer y déversait les wagons des trains de plaisir, des trains circulaires, des trains de marée, des trains de bains de mer, des trains de croisière. Tout ce plus ou moins beau monde ne venait pas que pour savourer la splendeur des transatlantiques. Le Havre ne manquait pas de maisons à lanterne rouge. « Le sexe débordait de toutes parts, marée montante qui emportait les pilotis de la ville », écrit Henry Miller, que l'exagération ne rebutait pas. Il n'empêche, c'est ici que Gauguin perdit son pucelage, et Michel Leiris se souvient d'avoir « ressenti, dans les bordels du port, cette impression d'humanité profonde et de grandeur qu'on éprouve, à mon sens, dans toutes les maisons de prostitution pourvu qu'elles soient pauvres et que les choses s'y passent avec une suffisante simplicité ». Bref, comme on l'a compris, la poésie a foutu le camp.

Un très ancien Havrais, jadis rédacteur en chef de *Le Havre libre*, écrit que l'on exagère beaucoup à ce propos : « C'est vrai, ces vieilles photographies jaunies sont attendrissantes. Mais soyons honnête avec nous-même : c'est le mode de vie d'aujourd'hui qu'il faut insérer dans ce décor, qui parfois n'avait pas bougé depuis Henri II. Franchement, vous vous voyez habitant impasse Marche-de-Bristol, rue du Petit-Croissant ou rue des Remparts ? Votre salle de bains, vous la mettez où ? Et votre voiture ? Et ce taux record de tuberculose, vous vous en accommodez ? Sincèrement, la pittoresque rue des Galions, les vieilles gardiennes du temple recroquevillées sur les trottoirs, je n'arrive pas à les regretter. » Et de citer Queneau : « Il n'y a que pendant les guerres que s'élucubre la démolition des îlots insalubres. »

A quoi sert qu'il ait raison ou qu'il ait tort ? Le Havre vit avec cette mémoire, ce souvenir d'une splendeur et d'une vitalité disparues, et le choc encore sensible de la brutalité et de la soudaineté de cette disparition. « Jusqu'il y a dix ans, soutient l'un de mes interlocuteurs, la reconstruction de la ville, aux yeux des Havrais, n'était pas terminée, et beaucoup voyaient encore des ruines, bien qu'elles aient depuis longtemps cédé la place aux constructions nouvelles. » A plusieurs reprises, on m'a rapporté que, selon une croyance populaire dont il faut se moquer (mais tout en me laissant entendre qu'il n'y a pas de fumée sans feu), les Anglais, inquiets de la puissance maritime que le port du Havre aurait donnée à la France après la guerre, l'auraient bombardé pour cette raison, et sans aucun motif stratégique sérieux... S'il est difficile de mesurer à quel point l'opinion est admise que la ville fut la victime de la jalousie et du cynisme d'Albion la perfide, il est aisé de constater que tous considèrent qu'elle a été lâchée, trompée, trahie par Paris. De ce crime il existe une preuve majeure. Elle date d'août 1979 et a pour nom le départ du *France*, livré coque et âme aux Norvégiens. « Ce jour-là, raconte un directeur du port, toute la ville était le long des quais et des plages, et les gens pleuraient. » (Depuis, Paris n'en rate pas une, m'explique chacun. Sur l'autoroute de Normandie, alors que Rouen, Caen ou même Honfleur, voire Deauville sont signalés bien longtemps avant la bretelle qui y conduit, Le Havre n'est indiqué qu'au dernier moment. Et penser que la ville n'est que sous-préfecture alors qu'elle compte près de deux fois plus d'habitants que le chef-lieu du département...) Le Havre ne se croit pas aimé des étrangers. L'est-il de ses habitants ? On sait la vanité de ce genre de question. Plutôt que d'y répondre, mieux vaut considérer qu'au centre de sa conscience d'elle-même, cette ville doit composer avec une absence, celle du port dont elle porte le nom et l'histoire depuis que François Ier ordonna l'édification du « Havre-de-Grâce », jusqu'aux bombes britanniques, justifiées ou non, et à la transformation du *France* en *Norway*.

J'ignore si c'est pour exorciser cette absence qu'Oscar Niemeyer a donné à la maison de la culture, posée au bout du bassin du Commerce, une forme qui « fait écho, par ses surfaces lisses, courbes et blanches, à la poétique des grands paquebots dont le mythe nostalgique hante les quais du Havre », mais c'est ainsi que son œuvre est présentée par un professeur d'architecture. Peut-être, en observant ce bâtiment de très loin, peut-on croire apercevoir la cheminée d'un transatlantique géant, mais c'est à celle d'une centrale nucléaire que j'ai davantage pensé, à quelque distance que je m'en sois trouvé. L'homme de la rue l'a surnommé « le pot de yaourt ». La municipalité a préféré le dénommer « Le Volcan ». Ce béton-là, arrogant, s'imposant au regard plutôt que se proposant comme élément d'un paysage, affichant une sorte de solitude hautaine et provoquant comme une dépression, est le contraire du béton d'Auguste Perret.

Mais, pot de yaourt, cheminée ou volcan, c'est ici la cathédrale laïque du Havre communiste et le dernier avatar du cadeau offert par André Malraux à « la ville la plus sinistrée de France » afin de montrer à tous comment « abolir le mot hideux de province ». Trois lignes de force concouraient à mettre la culture en évidence dans la vitrine de la nouvelle ville : la qualité de pionnier de la décentralisation confiée par le premier titulaire du ministère de la rue de Valois ; l'intérêt du Parti communiste pour le monde des arts, où il savait pouvoir puiser maints compagnons de route (« les idiots utiles » de Lénine) et qui lui procurait un maquillage humaniste ; enfin, la tradition locale. J'ai déjà évoqué, par ailleurs, quelques-uns de ceux qui, pinceau ou plume en main, ont peint Le Havre et dont beaucoup étaient ses enfants (Dufy, Salacrou, Queneau, Braque...). La liste exhaustive de leurs œuvres composerait un catalogue dont plus d'une ville aurait raison d'être jalouse. Il faudrait ne pas y oublier les films dont la ville est le décor réel ou reconstitué et même, souvent, un personnage : *Quai des brumes*, bien sûr, mais aussi des courts métrages de Méliès ; *Le Paquebot « Tenacity »*, de Duvivier ; *L'Atalante*, de Vigo ; *La Bête humaine*, de Renoir ; le très contesté *Un homme marche dans la ville*, de Pagliero ; *Valparaiso, Valparaiso*, d'Aubier ; *La Désirade*, de Cuniot ; et aussi *Le Cerveau*, d'Oury, dont de Funès et Bourvil partageaient un moment la vedette avec le *France* ; ou *Havre*, de Juliet Berto.

Ce foisonnement ne doit pas en cacher un autre : celui des compagnies d'amateurs, de semi-amateurs, de quasi-professionnels et de professionnels qui se vouaient au théâtre et portaient souvent, de manière plus ou moins ostentatoire, les couleurs de ceux qui croyaient au Ciel et de ceux qui prétendaient au paradis sur terre de la société sans classes. Avant elles, dès le dernier tiers du XIXe siècle, la

146

« Lyre havraise », dissoute en 1976, était « une véritable star du monde orphéonique », remportant concours sur concours, vantée par les journaux nationaux et saluée au-delà des frontières; elle représentait, selon Philippe Langlet, directeur d'orchestre, « un véritable foyer d'éducation et de vulgarisation de la musique et du chant », sous une bannière frappée de la devise « Art et bienfaisance », ce qui en dit long sur les imbrications de la vie culturelle et de la vie sociale du Havre. Dans une ville qui n'a manqué, après guerre, ni de Don Camillo catholiques ou réformés ni de Peppone (ni même de transfuges et de passerelles d'un camp à l'autre), tout ce qui pouvait concourir à l'enrôlement de volontaires et à la conquête des esprits et des cœurs faisait nécessairement partie du champ de bataille. Il était naturel que la première maison de la culture de France soit le pôle d'attraction de tout ce que Le Havre comptait d'associations, le point d'application de toutes leurs influences et aussi l'objet de leurs rivalités.

Paris se fit le Raminagrobis de ces belettes et de ces lapins. Dès le milieu des années soixante-dix, le ministère grignota les prérogatives des unes et avala les pouvoirs des autres. Dans l'esprit de la Rue de Valois, il s'agissait de moins en moins de faire des maisons de la culture l'expression de la vitalité artistique locale. On sait d'où il n'est que bon bec. L'administration Lang paracheva cette évolution. Considérant comme « ringardes » les associations — au Havre comme ailleurs —, imposant à toutes un même statut, elle transforma la décentralisation en inversant son sens. Il n'était plus question de doter la province d'établissements autonomes, mais d'utiliser des équipements régionaux comme réceptacles d'une politique artistique décidée à Paris, ville décidément civilisatrice, mais aussi — et peut-être surtout — centre de rassemblement de la « clientèle » que le ministre, à l'image de son Président, constituait autour de lui. En 1985, la Rue de Valois triompha en imposant au conseil d'administration le directeur de son choix. Grippeminaud était désormais le maître de ce terrier culturel baptisé « Le Volcan ».

Le soir où j'en pousse la porte, on y donne, dans la grande salle de 1 200 places, la première d'une série de trois « lectures-spectacles » : un fragment d'un récit romancé de Jean Genet consacré à un séjour parmi les Palestiniens, *Un captif amoureux*. Pour accéder au Volcan, on passe par un parvis creusé au centre de la place qui prolonge le bassin du Commerce et qu'entourent quelques boutiques et une brasserie, depuis peu en faillite. Après cette descente, on pénètre dans un hall où la lumière naturelle n'entre pas — pas plus, d'ailleurs, qu'en aucun point du bâtiment, couloirs ou foyer. La salle, que l'on atteint par une combinaison de rampes et d'escaliers, est dominée par des couleurs sombres — je me souviens de rangées de fauteuils prune — comme il est d'usage depuis que le rouge des théâtres « à l'italienne » est irrémédiablement lié à l'idée d'un art bourgeois. La plupart des sièges sont recouverts de leurs bâches. C'est que nous ne serons qu'une centaine lorsque débutera le spectacle, et qu'il semble que cela soit prévu.

Le noir se fait, sauf dans l'une des travées de la salle où a pris place une comédienne qui incarne Genet et commence le récit. Le plateau, large de vingt-quatre mètres, est utilisé jusqu'au « lointain » — le mur du fond — sur une profondeur de seize mètres. Il est recouvert de sable. Pas d'éléments verticaux de décor, sinon une carte de la Palestine « idéale », dessinée sur un large calicot et accrochée parallèlement au mur du « jardin ». Le « lointain » est peint en noir, avec, dans sa partie supérieure, des étoiles. Une autre actrice et deux comédiens s'y trouvent (dont l'un provisoirement travesti). Ils sont bientôt rejoints par la première actrice. (J'allais maintenant écrire : « Résumons l'intrigue. » Funeste relent d'un classicisme élitiste. Je me reprends.) Indiquons l'argument. Genet fait la connaissance d'un jeune Palestinien. Celui-ci le conduit chez sa mère et part rejoindre son poste de veille — ou de combat. Genet dort — seul — dans le lit du garçon sous la bienveillante surveillance de la mère, qui lui apporte du café, ce qui le touche beaucoup. Des années plus tard, avec une amie américaine, il recherche ce garçon, le croit mort, retrouve la mère, apprend qu'il est en Allemagne (et marié). La mère lui confie son numéro de téléphone (il semble qu'elle préfère Genet comme gendre à sa bru lointaine). L'écrivain appelle le jeune homme, qui se montre très ému. On voit qu'il ne s'agit pas, ce soir, d'abuser de la théâtralité (sauf, bien sûr, de la théâtralité intérieure). Les deux autres « lectures-spectacles » ne seront d'ailleurs pas davantage tirées d'œuvres écrites pour la scène. Ce seront deux adaptations : l'une, d'un roman (de Salman Rushdie), et l'autre, d'un extrait d'un essai (de Louis Althusser).

Les actrices et les acteurs incarneront Genet tour à tour, sans doute pour souligner la confusion des sentiments. Le comédien un moment travesti jouera le jeune Palestinien. Pour mon goût, le texte est l'un de ceux où l'auteur du *Condamné à mort* a fait naufrage dans une littérature sulpicienne extatique. Une chinoiserie façon « révo-cul ». Les Palestiniens, comme tout ce qu'ils touchent et ce qui les touche, ne se meuvent que dans le sublime — « les guerriers sont maternels », « les enfants attendent le moment de dégoupiller les grenades », « le combat apporte la gaieté », les mères offrent bien volontiers leurs garçons à la mort, et, de temps à autre, un aphorisme vient nous provoquer à penser. (« Le contraire du présent, ce n'est pas le passé, c'est l'absent. ») Tout cela n'est pas seulement sentimentaleux jusqu'au ridicule ; phrase après phrase devient obscène une évidence : Genet adorait la guerre, à condition que ce soient les autres qui la fassent.

Des quatre comédiens (dont l'une commence à avoir un nom au cinéma et au théâtre), aucun ne paraît connaître d'autre mode d'expression que le chuchotement ou le hurlement (avec une prédilection pour ce second mode, rarement justifié par le texte). L'un d'entre eux n'est pas en mesure de comprendre une phrase de plus de dix mots. La metteuse en scène — en plus de l'idée du Genet-par-roulement — a pensé donner de la vie à cette lecture-spectacle en les faisant cavaler d'un bout du plateau à l'autre, ce qui, compte tenu de ce qu'ils ont à dire, paraît aussi naturel que de chanter le *Stabat Mater* de Vivaldi la tête en bas et les genoux autour d'une barre de trapèze. Elle a aussi pensé à demander à l'un des acteurs de se déshabiller au fond du plateau, tandis que l'autre lui donne son bain. La scène est jouée au ralenti, avec une emphase qui lui confère autant d'érotisme que le passage du guichet d'un péage d'autoroute. Les lumières sont douces et donnent une sorte de chaleur au sable. Deux heures passent comme cent vingt minutes qui pèsent le poids de sept mille deux cents secondes (« la tête ne supporte pas plus que les fesses n'endurent », dit un adage québécois. Dieu merci, on a construit les fauteuils du Volcan en se préoccupant de cette relation trop souvent méconnue.)

Les applaudissements sont nourris. Les spectateurs, pas encore. Un « buffet libanais » *(sic)* les attend au foyer. Pour en mériter l'accès, il leur faudra, en plus de manifester leur approbation, assister à un débat. (Je m'avise que, sur la centaine que nous sommes, les trois quarts n'ont pas dû payer leur place.) Le temps que les acteurs se changent et se démaquillent, et l'avant-scène est occupée par un conservateur du « fonds Genet », une militante palestinienne qui l'a bien connu, une Américaine qui fut sa traductrice lors de ses contacts avec les Black Panthers, un journaliste (littéraire), un cinéaste documentariste qui s'est intéressé à lui, la metteuse en scène, les comédiens. On commence par se congratuler : le conservateur remercie la direction du théâtre et la metteuse en scène ; la metteuse en scène, les comédiens ; les comédiens, la metteuse en scène ; le conservateur, la militante et la traductrice, tout le monde et son père, la cour et la ville, la mer et les poissons, le meunier, son fils et l'âne. Le journaliste (littéraire), à qui le conservateur donne la parole — non sans l'avoir remercié —, félicite qui de droit et analyse l'œuvre comme une équation jeunesse + fusil = amour. La militante — jupe en daim MacDouglas, pull cachemire, carré Hermès — approuve. Elle a été très proche de celui auquel est voué le culte de ce soir. Elle a long à dire — en bien — à son propos. Après elle, chacun s'étire et s'enfle et se travaille pour faire comprendre à tous que Genet n'avait point de secret pour lui. L'un des acteurs, celui qui jouait le Palestinien, commence à donner des signes d'ennui et de distraction. Soudain, il repère quelqu'un dans la salle et commence à lui faire des mines. Un flot de paroles bout à menus bouillons. Les orateurs ne diffèrent jamais d'opinion, ils communient dans l'admiration à un point tel que ma tête se laisse aller à interroger mon séant. Je crains que mon cerveau n'attrape des escarres bien avant mon derrière. Enfin, le conservateur conclut. Dans deux minutes, le buffet libanais sera pris d'assaut. Sans participer à l'ultime salve d'applaudissements et n'écoutant que les appels déchirants de mon estomac — il est minuit passé, la farce a duré quatre heures —, j'improvise une action de commando. Déjà, quelques déserteurs ont fondu sur les feuilles de vigne farcies et sur le taboulé, je les imite. Il était moins une, voilà le flot, il crie famine. Il est grossi de quelques unités : des gens qui n'ont assisté ni à la lecture-spectacle ni au débat, mais qui viennent faire acte de présence et prendre leur part des agapes.

Parmi eux, le conseiller culturel de la mairie. Bien qu'elle ait été dépossédée de tout pouvoir réel sur la maison de la culture, la Ville ne contribue pas moins à son financement. Elle en assure même la moitié. Mais elle développe aussi ses propres activités culturelles, et une sourde rivalité oppose depuis des lustres Le Volcan et l'hôtel de ville. Le directeur du premier et le conseiller du second prennent place à la même table et m'y entraînent. Leurs politesses réciproques sont celles de chiens de faïence condamnés au même chenil. Pour l'heure, je suis assis entre leurs deux chaises. Le conseiller évoque une note administrative qu'il a reçue du directeur à propos de vols répétés de magnétoscopes et d'équipement vidéo. (Pour que je sache que la maison n'est pas bien tenue ?) Le directeur souligne la vigueur de ton de cette note et son intention d'obtenir les moyens de mettre fin à ces pratiques détestables. (Pour que je comprenne qu'on les lui refuse ?) Un ange passe, suivi de plusieurs autres, au-dessus des assiettes de taboulé. Installé en bout de table, un rocker havrais observe la gêne en souriant. L'heure se fait tardive, je quitte Le Volcan, en ruminant Claudel : « Tant qu'il y aura un de ces gredins payants dans la salle, nous ne serons pas sûrs du succès, dit le chef de la claque. »

La Ville a ses propres théâtres, l'un dans une aile de la mairie, l'autre dans un ancien bains-douches, et ses propres compagnies. Celle des « Bains-douches », enfant chéri de la municipalité, oppose volontiers au répertoire en faveur au Volcan un théâtre plus classique et un esprit plus bourgeois (ou plus grand public, comme on voudra) : *Le Bourgeois gentilhomme*, une adaptation de Steinbeck *(Rue de la Sardine)*, un spectacle Brassens, donné par l'école de variétés d'Alice Dona... Elle a produit et joué une pièce de la femme du directeur sur les enseignants et leur fameux « malaise », qui a connu un réel succès en tournée et jusqu'à Paris. Elle touche 1,5 million de la Ville (douze fois moins que Le Volcan, où on l'accuse de créer un déficit permanent). Elle organise une formation d'acteurs et accueille chaque année une demi-douzaine de spectacles produits dans d'autres municipalités, qui lui rendent la

152

politesse. Elle s'apprête à emmener son *Bourgeois* à Fort-de-France. Elle vend certaines de ses réalisations à des entreprises, elle en incite d'autres à lui acheter des places pour leur personnel, elle a pris des banques comme partenaires. Elle « cible » sur les cadres, puisque les profs vont à la maison de la culture. Elle se présente comme plus humaine : « Ici, le public est accueilli ; on lui offre un pot quand il arrive. Au Volcan, c'est la grand-messe. » De toute façon, la salle des Bains-douches ne saurait se prêter qu'à des messes basses : elle ne dispose que d'une centaine de places. En cas de besoin, la compagnie ou les spectacles invités utilisent le théâtre municipal, qui offre sept cents fauteuils. Les tenants de la maison de la culture accusent leurs rivaux de manquer d'ambition, de n'être qu'une machine de la mairie, de ramper à un niveau municipal, de gaspiller l'argent du contribuable. Les accusés répondent que, pour ce qui est de l'argent du contribuable, Le Volcan se pose un peu là, qu'il se moque du public, qu'il n'est qu'une machine de Paris, que le précédent directeur, un cinéaste en cour chez Jack Lang, s'est surtout servi de la maison de la culture pour réaliser ses films, que l'actuel n'a qu'une idée en tête : se voir confier un théâtre parisien, que Le Havre est le cadet de ses soucis, que, d'ailleurs, il n'a jamais fait travailler un comédien de la ville, alors que ceux-ci avaient présenté leur candidature, que son répertoire est choisi pour éblouir la critique parisienne... Le mastodonte paraît se moquer de ces piqûres de guêpe : ses affaires se décident ailleurs.

La guêpe ne rend pas les armes pour autant et s'emploie à souligner tout ce qui peut démontrer que, en matière de culture, tous, sauf elle, ont perdu la tête et le contact avec les exigences de l'art comme avec les mouvements du public, surtout lorsque l'État y met la patte ou le menton. « Si vous allez au musée, jetez donc un œil à l'exposition organisée par l'École des beaux-arts », m'a-t-on suggéré l'air de rien. Il faudrait être pictophobe pour ne pas trouver le temps de rendre visite à ce temple un peu déglingué, dont les concepteurs ont été marqués par l'architecture industrielle et par Jean Prouvé. Au bord de la mer, face à la capitainerie, le musée André-Malraux a accordé la part belle aux artistes du Havre et à ceux qui l'ont honoré, ainsi que la région : quand il s'agit de Monet, de Manet, de Boudin, de Friesz, de Vuillard, de Maurice Denis, de Dufy, de Ker-Xavier Roussel, de Marquet, de Dubuffet, de Maurice Estève, de Stanislas Lépine, de Van Dongen, de Courbet ou de Braque — dont *La Côte de Grâce à Honfleur*, de 1905, étonne par son « paysagisme » léché —, on voit qu'il est difficile de parler d'artistes locaux...

La salle consacrée à Boudin — par la volonté testamentaire du peintre — offre une riche série de variations sur toutes sortes de remous : ceux des nuages, ceux des eaux, ceux des gens. Ici, Dufy s'amuse à de la peinture-reportage ; là, il donne de son frère Gaston un portrait dont la tournure a autant de vivacité chaude que les couleurs ; plus loin, *Le Petit Violon* frappe par sa concision éloquente. Un *Portrait de vieille femme*, signé Géricault, un *Fou*, de Thomas Couture, une *Assomption* de Tiepolo, des *Barques de pêche à Collioure*, de Marquet, un *Héliodon chassé du temple*, de Delacroix, un *Paysage à Ornans*, de Courbet, des *Bateaux au soleil couchant*, de Manet, et même un *Épisode du siège de Paris*, de Gustave Doré, tout cela et bien d'autres œuvres méritent plusieurs visites. J'en ferai trois, matin après matin, sans être dérangé. Il n'y a de visiteur dans le musée que moi, sauf un jour, un groupe de scolaires et, le lendemain, un car de jeunes Polonais. Conformément au conseil reçu, je n'aurai garde d'oublier l'exposition des ateliers de l'École des beaux-arts, qui occupe une grande partie du rez-de-chaussée.

Il s'agit d'abord de onze téléviseurs reliés à des magnétoscopes. Un visage en noir et blanc, filmé en contre-plongée et en surexposition, occupe chacun d'entre eux. Des vieux, des jeunes, des hommes et des femmes. D'abord, leurs mouvements sont rendus au ralenti et dans le silence. Puis ils s'animent, et une voix isolée lance un prénom, appelle « Vincent », puis une autre réclame « Édouard », puis une autre, puis une autre, puis une autre : « Mathilde », « Rodolphe », « Isabelle », « Joseph », « Catherine »... Les voix appellent de manière cacophonique, puis à l'unisson, qu'elles quittent pour se décaler à nouveau et mourir l'une après l'autre, jusqu'à ce que la dernière réclame faiblement « Vincent » et s'éteigne. Le silence revient alors sur les visages immobiles, il dure une minute, et les appels reprennent. Il m'a semblé que chaque voix avait un accent (allemand, italien) ou une intonation (distinguée, populaire, enfantine)...

Dans la salle voisine, on propose une *Lecture du miroir des simples âmes anéanties*. Des fragments irréguliers de glace, de moyenne grandeur, sont disposés en hexagone, à plat sur des néons rouges, sauf le fragment aux arêtes plus nombreuses qui repose au centre du dispositif, sur un néon jaune. A côté, on expose des plans partiels de ville ou de quartier, dessinés de cette « ligne claire » chère à l'école belge de BD et dépourvue de toute indication. On peut reconnaître un plan de Paris. A côté de lui est accroché un phylactère vide. Enfin — mais faut-il continuer ? —, quelques grands formats font à la fois penser à Jasper Johns et à la blague de Woody Allen sur la méthode de la « lecture rapide » : « J'ai lu *Guerre et Paix* en vingt minutes. Ça parle de la Russie. »

Il y a peu s'est tenue ici une exposition intitulée « États spécifiques ». Je n'en possède que le catalogue, qui suffit à me constituer des occasions de distraire mes amis, mais dont l'avertissement-présentation des œuvres mérite d'être connu au-delà de ce cercle : « Parfaitement avertis des aspects médiatiques du monde de l'art contemporain, [les onze

155

exposants] y prennent une part très active en étant à la fois artistes, critiques, commissaires d'expositions. Ce pragmatisme [*sic*] leur permet d'appréhender, de contrôler et d'occuper [en effet] la sphère entière du domaine artistique qui devient alors un lieu de création au même titre que l'atelier. L'œuvre n'est plus simplement un objet mais une situation. Le travail exposé doit se positionner non en regard de l'histoire mais par rapport aux pairs. » On ne saurait plus clairement (?) donner congé aux visiteurs, pour peu qu'ils ne soient que de simples amateurs, venus du dehors de cette « sphère » incestueuse. (Dans une vie professionnelle antérieure, j'ai participé à une mission à Djibouti. Elle concernait des enfants privés de famille. Entre autres établissements précaires ou provisoires, on nous fit visiter la prison de la ville. Elle comportait un quartier de mineurs. Il y régnait une âcre odeur d'urine [par 40 degrés !], et les gosses, étonnamment nombreux, s'entassaient sur des châlits. Passablement furieux, je m'adressai au gardien-chef : « Pourquoi enfermer ces garçons dans une si petite salle ? Qu'est-ce qu'ils peuvent faire ici toute la journée ? » Un sourire fendit la bonne bouille du fonctionnaire : « Oh ! monsieur, ça va. Ils s'enculent en couronne... » Je n'imaginais pas, sur le moment, que je venais d'acquérir un principe critique d'une exposition d'art contemporain... Faut-il rappeler que Friesz, Dufy, Braque furent aussi des élèves de l'École des beaux-arts du Havre ? Silence, passéiste ; tais-toi, réactionnaire. Retourne à l'art et abandonne-nous la créativité ! « Créativité, mon cul ! » me souffle Zazie, fille d'un fils de la ville...)

Pendant que le musée André-Malraux offre aux œuvres que j'ai décrites son hospitalité prestigieuse, la Ville soutient une série d'expositions « éclatées » en différents « lieux ». Il s'agit d'ateliers dispersés dans divers quartiers de la ville, où des artistes plasticiens havrais exposent leurs œuvres et celles de collègues nantais, qui leur rendront bientôt la pareille. Habité d'un pressentiment pessimiste, je crois nécessaire de m'y rendre avec un témoin né-natif du Havre (et d'une famille irréprochable), lui-même versé dans les œuvres de sensibilité. Je fais bien : il n'est pas sûr que l'on croie que mes yeux ont vu ce que je vais raconter. (Eux-mêmes, d'ailleurs...)

Les ateliers ont chacun tout du « squat », sauf, me dit-on, la situation juridique, ce qui m'est bien égal. Je veux dire qu'ils présentent uniformément cette tristesse que dégage un endroit que nul n'habite, ne fait vivre, ne prend le risque d'occuper. Dans le premier sont accrochées dix œuvres. L'une d'entre elles est un carré de plastique translucide quadrillé de trente centimètres de côté, accroché à un fil de Nylon avec des pinces à linge. Une autre est un rectangle portant l'inscription manuscrite : « Une place pour chaque chose, chaque chose à sa place. » Les autres œuvres étant à l'avenant, nous changeons de « lieu ». Dans celui où nous pénétrons, une demi-douzaine d'artistes, garçons et filles, attendent le chaland dans un silence de sex-shop. Dans un aqua-rium sans eau au cadre rouillé, trois éponges natu-relles reposent. Plus loin, un aquarium semblable, mais rempli à ras bord, contient une quatrième éponge, tandis qu'une cinquième se trouve collée à l'une de ses parois extérieures. De très longs rectan-gles de papier photo pendent le long d'un mur. Ils ont été exposés au soleil, qui a différemment modifié leur apparence. (L'artiste me précisera que ces rectangles peuvent être considérés comme autant d'œuvres uniques et donc séparables, mais aussi bien comme un ensemble vivant.) Du fond pendent deux fils, ils retiennent un cylindre de grillage au milieu duquel, tenu par un troisième fil, pend un citron moisi. « Je travaille sur les énergies de la matière, m'indique l'auteur de cette composition. Je m'intéresse beaucoup à la vie. » Je hasarde que nous sommes quelques-uns dans ce cas (certes, pas assez nombreux), et je requiers davantage de précisions sur ses intentions. « Eh bien, à l'origine, ce citron était frais. Ce qui me motive, c'est la manière dont la vie se retire. » Je ne pense pas nécessaire de lui dire que je préfère les pamplemousses. Encore quelques mots avec le travailleur du papier photosensible qui, pour mon édification, le compare à une peau humaine, et nous voilà en route pour notre troisième et ultime station.

Une voiture coupée en deux dans la cour... Non, ce n'est pas une œuvre, elles sont à l'intérieur. Sur le mur de droite, une toile de jute moutarde d'environ six mètres sur trois. En son centre, des plumes marron, collées, forment plus ou moins le dessin d'une aile. A son extrémité gauche est fixé un baigneur en Celluloïd. A côté, sur un petit banc — qui fait partie de l'œuvre —, une pirogue de trente centimètres de long et six ou sept de large. Elle est remplie d'eau ; elle est également en papier photo — ce doit être l'année. A gauche... Ah ! à gauche... Lecteur ! veuille postuler ma bonne foi. Veuille croire que j'ai toujours aimé mon époque, ayant tôt compris que je n'en aurais point d'autre. Souviens-toi, si le doute s'insinue quand même en toi, que, tel Cicéron, *habeo testes firmos*, j'étais accompagné de témoins sûrs et que je produirai s'il le faut... A gauche, donc, à l'angle de deux murs, un monticule de terre peu élevé et qui va déclinant jusqu'à se contenter de couvrir le sol d'une pellicule de quelques centimètres. Quelques taupinières ont été formées ici et là, où l'on a fiché à l'envers des plantoirs rouge-orange qui semblent des carottes de métal. A côté de la surface recouverte de terre est posé un haut-parleur dont sortent faiblement des bruits de métaux que l'on choque et de brèves plaintes. « C'est l'Apocalypse », me suggère mon témoin à l'oreille. C'est possible. Après tout, il est du pays !

De quoi vivent ces artistes ? De petits boulots, de chômage, de bourses grappillées ici, de vacations d'enseignement obtenues là. Pour leurs expos, des coups de main municipaux. Le noir, dans leurs vêtements, domine toutes les couleurs. C'est l'uniforme de l'orphelinat contemporain, qui se tenait jadis sous la tutelle administrative de l'Action sociale et qui est tenu aujourd'hui par l'« action culturelle ». J'en rencontrerai encore bien d'autres, de ces « sans-famille » en noir. L'une m'expliquera qu'elle a eu une petite subvention pour monter une animation de rue : « C'est génial, je fais mes délires pour les gens pendant qu'ils font la queue devant les cinés. » Un autre, mieux installé, vit de spectacles qu'il organise pour les enfants en liaison avec des centres de pédopsychiatrie. Une autre, plus battante, plus ambitieuse, a obtenu 6 000 francs de la mairie pour jouer une pièce écrite par elle. (« On n'avait pas de décor, pas de costume. C'était l'épuration complète. ») Puis elle a arraché 15 000 francs pour une deuxième entreprise. Puis 30 000 pour monter *Le Malade imaginaire*, qui a eu 450 spectateurs et qu'elle propose pour 8 000 francs aux écoles de la ville. Elle aime si évidemment le théâtre : c'est le seul genre d'univers où elle sente qu'elle puisse vivre. Elle a monté *Scènes classiques*, des « extraits clefs » de pièces de Molière : « C'est pour les collèges. Molière, les gosses n'y comprennent plus rien. » Elle aurait aimé un financement régional, « mais la direction de l'action culturelle préfère le rap » D'autres encore montent des « spectacles sur le vécu des immigrés ». Certains ont joué une pièce adaptée du film *L'Argent de la vieille*. Des concurrents les ont imités en transcrivant pour la scène *Les Larmes amères de Petra von Kant*. Quelque part dans Le Havre, une compagnie se spécialise dans les textes sur les femmes. Une autre dans l'adaptation de récits. La municipalité donne ici, ne donne pas, ne donne plus. « Le théâtre, dit Hélène, c'est devenu savoir faire une demande de subvention. » En ville, il doit y avoir deux cents intermittents du spectacle inscrits au chômage.

Pourquoi ne vont-ils pas tenter leur chance ailleurs ? « On est une cinquantaine à se connaître depuis quinze ou vingt ans, répond Mathilde. Que des Havrais. On se débrouille. On trouve toujours un plasticien pas cher pour le décor, un type qui a un studio pour les répètes, un photographe fauché pour le programme et l'affiche. Pour le fric, on connaît le gars de la mairie, et il nous connaît tous. On a nos circuits. » Les orphelins n'ont plus de casquette à galons dorés et ne portent plus de capotes. Leur vie ressemble à ces promenades des jeudis sans fin. L'orphelinat n'a plus d'autres murs que ceux de la ville. Depuis ce matin, il pleut et le ciel est bas. « Un vrai temps d'ici », me dit-on en souriant. D'ici et d'ailleurs. Un temps gris comme la culture. La couleur, c'est pour l'art.

Wattrelos, le socialisme dans une seule cité...

(Con sorpresa)

Monsieur le maire de Wattrelos, chevalier de la Légion d'honneur, officier des Palmes académiques, conseiller général, vice-président de l'assemblée départementale et ancien député, occupe le fauteuil de premier magistrat municipal depuis 1971 et entame donc le dernier tiers de son quatrième mandat. Monsieur le maire est socialiste et célibataire ; il fut instituteur. En oubliant l'une ou l'autre de ces trois caractéristiques, on manquerait sûrement son portrait et l'on s'interdirait de comprendre l'action qu'il mène dans cette ville frontalière de la Belgique et donc riche en vieilles et jolies histoires de contrebande. Monsieur le maire aime à en raconter quelques-unes, comme celle des trafiquants de tabac qui, ayant appris que le cardinal archevêque de Lille, l'illustre monseigneur Liénart, ferait un aller-retour en Belgique, parvinrent à faire passer leur voiture pour la sienne et leur frauduleuse marchandise dissimulée sous de la toile pourpre pour un prince assoupi de la sainte Église romaine...

A cinquante-cinq ans, monsieur le maire, que la nature n'a pas fait de grande taille, a une prodigieuse gidouille, l'un de ces ventres convexes que les Anglais appellent *beer belly* et qui lui donne l'apparence d'un Sancho pansu châtain clair, ce qui est fort injuste, car monsieur le maire a quelque chose de Don Quichotte.

161

Voilà bientôt cinq lustres qu'il se démène pour faire une ville d'une agglomération de 45 000 habitants. Wattrelos, qui n'a pas de centre, est un patchwork de quartiers obstinés à se considérer comme des villages, qui ont nom « La Martinoire », « La Mousserie », « Le Crétinier » (déformation de « Quertignier »), « Le Sartel », « Beaulieu », « La Marlière » ou « Le Touquet-Saint-Gérard » et qui se partagent les mille quatre cents hectares de la commune. Vouée pendant des siècles à l'agriculture, Wattrelos a été urbanisée, au xixe siècle, par à-coups brutaux, au fur et à mesure que les grandes villes voisines, Tourcoing ou Roubaix, avaient besoin de déverser leur trop-plein de population. Elle a accueilli des entreprises dont la prospérité demandait des terrains libres et à bon marché, des filatures, pour la plupart, mais jamais la ville n'exista en elle-même. Elle n'était qu'une sorte de réserve foncière et humaine des grandes cités du textile, zone industrielle mal mariée à une ville-dortoir. En décembre 1907, un journaliste du *Petit Journal*, Gabriel Terrail, ancien député boulangiste, la décrivait à la une de son quotidien sous le titre « Misère municipale » : « Pas d'eau potable, pas d'égout, pas d'éclairage, pas de promenade, pas de marché aux légumes, aux poissons et à la viande, pas d'abattoir et une seule baignoire [celle du médecin!] [...] Il s'agit d'une des 90 communes françaises qui comptent plus de 25 000 habitants. Cette pauvresse, c'est Wattrelos, dans le département du Nord. » La commune, trop indigente pour avoir des services de voirie et d'hygiène, laissait les ordures s'accumuler en plein air. Les pluies les drainaient vers l'Espierre, une rivière qui arrose la Belgique : les Belges menacèrent de construire un barrage tant ils étaient incommodés par la pollution de leurs voisins.

Ce n'est qu'après la guerre de 14-18 que l'on entreprit à Wattrelos des travaux d'assainissement et de voirie, qu'on y installa un réseau d'eau potable, qu'on instaura l'éclairage au gaz et que l'on construisit écoles, terrains de jeu, douches et salle des fêtes. La crise de 29 ralentit cet élan, la Seconde Guerre mondiale le brisa. Mais, dans la Résistance, naquit l'idée, acceptée par le patronat et par les représentants ouvriers, d'un Comité interprofessionnel du logement qui deviendra le fer de lance de la reconstruction, de la construction, du parachèvement de l'assainissement et de l'équipement. En vingt ans, plus de 6 000 logements sortent de terre. En 1959, la municipalité décide d'aménager une zone industrielle pour briser la malédiction de la ville-dortoir. C'est mieux qu'un succès : plus de 3 500 emplois sont créés par les filatures Prouvost-Masurel, par La Redoute, par les usines Kuhlmann, par la filature de Saint-Liévin (qui a, depuis, préféré le patronage de saint Maclou), puis par Flandria ou par Sarvyl-Sarneige. Le commerce suit et prospère. L'impôt municipal produit une jolie galette. Les écoles fleurissent. Le lycée tarde : c'est que Wattrelos n'est pas chef-lieu de canton. L'administration ne la juge donc pas digne d'un établissement d'enseignement secondaire, malgré ses 35 000 habitants. A force de supplications, le conseil municipal obtient de l'académie qu'elle ouvre une « annexe du lycée classique et moderne de Roubaix » sous la forme d'une classe de sixième, vite installée dans l'ancienne gare où les trains ne s'arrêtent plus, mais où ils circulent encore ! Cette concession obtenue, Wattrelos arrache, année après année, une cinquième, une quatrième, une troisième, bref, des pièces détachées qui finiront par former un établissement complet. Équipements sportifs, maisons des jeunes, centre socio-éducatif, école de musique : avec l'aisance viennent les loisirs. L'hôpital municipal n'a désormais plus de salle commune, et il peut s'enorgueillir d'un matériel ultramoderne et d'un nombre sans cesse accru d'unités de diagnostic, de soins et de chirurgie.

Cependant, c'est dans le Nord que les « trente glorieuses » prennent fin en premier, et la brève belle époque de Wattrelos s'en ira au fil de la crise du textile, sa mono-industrie. En 1971, la régression a commencé, mais les proportions qu'elle va prendre, les conséquences qu'elle va entraîner, les chutes qui vont suivre la sienne sont encore inimaginables. La ville que monsieur le maire prend alors en main va devoir affronter la fermeture des usines, puis la friche industrielle, la reconversion des travailleurs, puis le chômage de longue durée, pour ne pas dire le chômage sans fin. Parallèlement à cette involution industrielle, les constructions des années cinquante-soixante, qui avaient paru un havre de confort à tous ceux qui avaient connu les conditions du logement ouvrier de l'avant-guerre, ces immeubles et ces cités parfois conçus par des architectes nourris de rationalité et débordant de bonnes intentions, souvent édifiés dans la précipitation et la satisfaction un peu béate de faire du neuf, ne laissent plus voir que leurs inconvénients. Promiscuité, bruit, éloignement des centres administratifs et commerciaux, absence d'équipement collectif, défauts de conception, vices de construction, usure, insuffisance d'entretien, les reproches se suivent et s'additionnent, tandis que, parmi les enfants ou les petits-enfants des premiers occupants, des bandes se forment, dont les activités, souvent exagérées par la rumeur, donnent à leurs quartiers ou à leur cité une mauvaise réputation dont il leur sera très difficile de se débarrasser. Ici comme ailleurs, la drogue prend de court familles, médecins, travailleurs sociaux, professeurs, policiers. Ici plus qu'ailleurs, l'absence de travail pour les jeunes, même diplômés, voire très diplômés, donne le sentiment d'une fatalité qu'il est inutile de combattre. D'autant plus que la crise déborde le textile et que les entreprises les mieux assises en apparence donnent de la bande et coulent.

Par tradition municipale autant que par tempérament personnel, monsieur le maire entend prendre cette situation à bras le corps. Son prédécesseur, Jean Delvainquière, avait été l'âme de la politique de construction et d'industrialisation de sa ville en même temps que l'un des responsables, à l'échelle du pays, de l'Union nationale des bureaux d'aide sociale de France. Monsieur le maire, ancien cadre, comme Delvainquière, des Jeunesses socialistes, a milité à la Fédération des clubs Léo-Lagrange, apôtre et propagateur des loisirs et de la pédagogie de masse. Il appartient pleinement, corps et âme, à cette tradition socialiste nordiste où se mêlent action syndicale, action sociale, action pédagogique et militantisme politique. Autrement que pour les communistes, mais tout aussi intensément, le parti est sacré, et les associations auxquelles il accorde sa bénédiction sont intouchables. Et, si l'on est opposé à l'économie administrée dont rêve le PC, on n'en soutient pas moins que, chaque fois que le service public peut étendre son activité ou son empire à un secteur nouveau, le bien-être général s'en trouve conforté. Socialiste, donc, monsieur le maire est également instituteur. Cela signifie que l'instruction publique et la formation professionnelle constituent les priorités constantes de son action, mais aussi qu'il considère sa ville comme une classe ou comme une école dont il est le directeur, chargé du « niveau d'acquisition » comme de la discipline, de la morale républicaine comme de la condition physique. Les raisons du célibat sont aussi mystérieuses que celles du mariage, mais on peut hasarder que, dans celui de monsieur le maire, entre une part d'union quasi mystique avec sa fonction. (Me parlant d'un bâtiment public qui doit bientôt sortir de terre, il me dira : « Je vais en consacrer la première pierre au printemps... »)

Jeune marié avec sa ville, monsieur le maire avait déjà tendance à l'embonpoint et à ne laisser personne d'autre que lui porter la culotte municipale. En plus de vingt ans, ces tendances se seraient plutôt accentuées. « Monsieur le Chef de cabinet », « Monsieur le Directeur de cabinet », les plaques vissées sur les portes de l'étage noble de la mairie —

auquel on n'accède qu'avec un code — soulignent l'importance qu'a prise et que s'est donnée le premier magistrat de Wattrelos, qui dispose d'ailleurs d'un ascenseur particulier que peuvent seulement utiliser ses plus proches collaborateurs qui en détiennent la clef. Pas de salle d'attente à cet étage. On m'expliquera que tout cela a été conçu pour décourager les tentatives d'occupation et de séquestration dont l'idée a fait plus qu'effleurer certaines organisations de travailleurs désespérés par l'enchaînement des licenciements. Sans doute, mais dans une mairie socialiste... Acquise ces dernières années, la « R 25 de luxe » de fonction a provoqué des commentaires moqueurs. Certes, le maire s'assied à côté du chauffeur, qu'il tutoie (et qui le voussoie), mais, dans un temps de crise... Il est vrai que la mairie est, après La Redoute, et en partie grâce à la taxe professionnelle que lui verse cette entreprise, le deuxième employeur de la ville et que monsieur le maire est donc quelqu'un à plus d'un titre. Toutefois, son bureau a plutôt la sobriété de celui d'un directeur d'école que l'opulence de celui d'un pacha du socialisme. En plus de la photo officielle de François Mitterrand, deux images ornent la bibliothèque et la table de travail, nue comme celle d'un élève qui a terminé ses devoirs à l'heure et rangé ses cahiers et ses livres : un portrait dédicacé de Mario Soares, président (socialiste) de la république du Portugal, pays d'où sont originaires 6 500 habitants de Wattrelos, et une photo de Pierre Mauroy et de monsieur le maire, prise lorsque le premier était à Matignon, et le second à l'Assemblée nationale.

Monsieur le maire n'est pas un écervelé, il tient les rênes courtes là où beaucoup de ses collègues ont lâché la bride : quand la moyenne nationale de l'endettement des communes est de 21,4 % de leur budget (et de 29,3 % dans la Région Nord-Pas-de-Calais), celui de sa ville se situe à 12 %. Mais le poids de la municipalité dans la vie de la « société civile » se traduit par un autre chiffre : 60 % du budget municipal sont consacrés aux dépenses de fonctionnement.

C'est que monsieur le maire a fait à ce point de la crise son affaire que l'on ne sait pas par quel bout entamer le survol de ses activités. Beaucoup concernent le « cadre de vie » et obéissent au principe que, partout où le chômage et la pauvreté sont les plus sensibles, tout doit être fait pour que le décor ne se dégrade pas, pour que les populations ne se sentent pas abandonnées. A Beaulieu, quartier-cité où le nombre de « demandeurs d'emploi » est près de quatre fois plus élevé que dans le pays, la municipalité a multiplié les massifs floraux parfaitement entretenus. Les effets d'une éventuelle dégradation (il n'en manque pas) ne restent pas visibles plus d'une journée. Les briques de la grande église, comme celles des HLM ou des ex-bâtiments industriels devenus communaux, ne sont plus recouvertes de cette crasse noirâtre qui donne si souvent aux villes du Nord un aspect sinistre. Nettoyées à l'initiative de la mairie, elles surprennent par la douceur et la variété de leur couleur : du bistre au rose, en passant par le rouge sang-de-bœuf, le miel ou le saumon.

Trente-cinq hectares, à un quart d'heure de marche de la mairie, ont été aménagés en parc doté d'un plan d'eau de soixante-dix mille mètres carrés dûment empoissonné. Un matin de semaine, aux alentours de 9 heures, quelques dizaines des 1 200 adhérents de la société de pêche y sont déjà à pied d'œuvre, uniquement troublés par le trottinement de joggeurs en survêtements très vivement colorés. Le dimanche, on peut observer une forêt de cannes à pêche. L'été, le parc et son étang servent à accueillir les 2 500 enfants qui fréquentent les centres aérés et les adultes qui ne partent pas en vacances. Toute l'année, on peut visiter la « ferme pédagogique » que monsieur le maire instituteur n'est pas loin de considérer comme le plus beau fleuron de *son* parc. Chevaux, chèvres, cochons, vaches, volailles de toutes espèces sont présentés aux enfants et aux adultes. On en explique le fonctionnement, je veux dire les habitudes, la nourriture, l'utilité. On retrace l'histoire de leurs rapports avec les hommes. On organise des démonstrations : comment, à partir d'une chèvre, aboutir à un fromage ? Pommiers, poiriers, cerisiers et pruniers font également l'objet d'un travail d'information. Quelle différence entre la « belle fleur » et la « reine des reinettes » ? Entre la « doyenne de comices » et la « beurré-hardy » ? Entre la « burlat » et la « bigarreau-marmotte » ? Comme l'écrit le journal municipal : « Par l'odorat et par le toucher, les enfants apprennent à mieux connaître les fruits, avant de les déguster sous forme de tartes. » (Aurais-je été mauvais élève en classe de poires ou en cours de chèvre, comme je le fus en calcul et en géométrie ? Je pressens que cette interrogation pourra être interprétée comme venant d'un mauvais esprit, mais ne devrait-on pas considérer que plus s'étend le royaume de la pédagogic, plus les mauvais esprits pourraient être nécessaires. Sans doute même faudra-t-il en présenter quelques-uns dans des « maisons de l'humour », en expliquant leur fonctionnement, je veux dire leurs habitudes, leur nourriture, leur utilité, l'histoire de leurs rapports avec les hommes...) En tout cas, plus de 15 000 visiteurs sont déjà passés par ici.

La tradition sportive du Nord est l'une des mieux établies de France. Wattrelos fourmille d'associations pour toutes les disciplines. (La rivalité des deux formations de cyclistes de l'entre-deux-guerres m'est citée en exemple. « Les Joyeux Pédaleurs » et « Les Vrais Pédaleurs » se livraient une lutte incessante, derrière laquelle on devine des clivages idéologiques.) Aujourd'hui, un abonnement annuel au tennis municipal — doté de magnifiques courts couverts — coûte 400 francs, dont la mairie rembourse la moitié. Dans des conditions comparables, on peut pratiquer le hockey sur gazon, le tir à l'arc, le ping-pong, le bicross, le minigolf, le patin, la moto, le kart, la voile, la planche, les arts martiaux, et, bien sûr, le cyclisme, le football, le basket, le hand, la natation... Les deux tiers du budget des clubs proviennent des subventions de la mairie, qui a mis en outre des animateurs sportifs à la disposition des écoles.

Un corps sain doit accueillir un esprit ouvert : l'hôtel de ville finance aussi des classes européennes, en plus des classiques classes de neige. Collégiens et lycéens ont ainsi découvert l'Italie, l'Espagne, l'Autriche, le Danemark, les Pays-Bas, l'Irlande, la Grèce, la Grande-Bretagne et l'Allemagne. Selon la durée du séjour et la longueur du voyage, il en a coûté à leurs familles entre 150 et 600 francs. Mais monsieur le maire n'est pas homme à distribuer les cerises (burlat ou bigarreau-marmotte) s'il n'y a pas de gâteau. Les 15 maternelles, les 21 écoles élémentaires, les 3 collèges d'enseignement secondaire, le lycée d'enseignement professionnel et le lycée d'enseignement général sont l'objet de tous ses soins et le sujet de bien de ses plaidoiries, le plus souvent entendues, auprès du Conseil régional. Le collège Émile-Zola est équipé d'un laboratoire de langues vivantes, mais on y enseigne aussi l'ancien grec. Le lycée, qui porte également le nom de l'auteur de *Germinal*, est l'un des quatre lycées câblés de la région : il dispense l'un des rares enseignements d'audiovisuel, et son équipement est utilisé par les professeurs de langues et par les élèves de mathématiques pour des exercices autocorrigés. (Mais il ne dispense pas de cours vidéo de chèvre ni de poires.) La section d'enseignement professionnel de « Zola » s'en sert également pour sa préparation au brevet de technicien supérieur en « force de vente ». Depuis 1989, le lycée d'enseignement professionnel Alain-Savary a passé une convention avec l'ANDEP-CRACM. Cet interminable sigle est celui de l'Association nationale pour le développement de la formation professionnelle du commerce et de la réparation des automobiles, des cycles et des motocycles. Le LEP prépare au baccalauréat de « maintenance des systèmes automatisés de production », l'un des très rares à conduire presque sûrement à un emploi, aussi chaque place dans cette section est-elle convoitée par plus de trois demandeurs. Les deux autres collèges (Pablo-Neruda et Martin-Nadaud) sont moins volontiers cités en exemple ou même montrés au visiteur. Il peut cependant comprendre que « Neruda » manque d'une direction aussi dynamique, entreprenante et non conformiste que « Zola », et que « Nadaud », accueillant près de 40 % d'élèves étrangers, devrait être divisé en deux pour être viable. Monsieur le maire s'y emploie, mais il y a des résistances...

Monsieur le maire, officier de police judiciaire, s'emploie aussi à obtenir que la police nationale ne concentre pas toutes ses forces et ne regroupe pas tous ses locaux à Roubaix et à Tourcoing, où, il est vrai, le taux de délinquance est en hausse libre. Au début du printemps de 1993, des policiers de Tourcoing, lesquels, cela fut établi, avaient bu trois whiskies chacun avant de prendre leur service, ont tué un adolescent au cours d'une patrouille dans le quartier de La Martinoire. Ils auraient pris peur en rencontrant une « bande » de jeunes qui leur aurait paru menaçante. Monsieur le maire rappela que, depuis des années, il réclamait commissariat et postes de police, et plaida qu'une familiarité entre les policiers et les différents quartiers de Wattrelos aurait évité, sans doute, une aussi lamentable « bavure ». Le chapitre de la délinquance n'est pas, à Wattrelos, le plus facile à aborder. Le directeur de la police municipale, ancien gendarme, présente la situation comme « plutôt bonne » et dit contrôler jusqu'à l'absentéisme scolaire. Mais tel éducateur évoquera spontanément les vols incessants de matériel dans les locaux des centres sociaux (18 cambriolages successifs) ; tel autre, une augmentation spec-

taculaire de l'alcoolisme des jeunes et de la toxico-
manie ; un troisième racontera l'histoire d'un local
mis à la disposition des adolescents d'un quartier et
annexé sans manières par les adultes d'un club de
belote : pour se venger, les expulsés ont incendié le
bâtiment. Un animateur de la maison des jeunes
parle d'un quartier rebaptisé « Beyrouth », en raison des bagarres rangées très fréquentes entre
groupes ethniques, et d'une cité surnommée « Les
Gremlins », à cause des conneries à répétition ima-
ginées et réalisées par un groupe de gamins de
sixième. Mais, si on lui demande un exemple, celui
qui lui vient à l'esprit est le remplacement de la
poudre de lessive par du marc de café dans les
machines d'une laverie automatique. Pas de quoi
déranger M. Pasqua... La confrontation entre les
statistiques et les observations des travailleurs
sociaux et des enseignants montrerait plutôt que la
violence et la petite délinquance se situent à un
niveau très inférieur à celui des villes voisines, alors
que les comportements autodestructeurs augmen-
tent très visiblement.

Monsieur le maire est aussi sur ce front. Il a fait
transformer en salle de répétition pour les rockers
un ancien blockhaus de la dernière guerre. Il a
installé dans les cités « sensibles » des « espaces
d'agrément » et des « espaces de proximité », tel ce
miniterrain de sport de vingt mètres de long et
dix mètres de large, où l'on peut pratiquer le mini-
foot, le minihand et le minibasket. Il a créé un Fonds
d'aide aux jeunes en difficulté, sorte de mini-RMI
qui permet de subventionner des « projets ». Il a
ouvert dans une cité chaude un « bar-santé » où l'on
ne trouve que du non-alcoolisé et qui sert à
« recevoir les jeunes que les structures n'acceptent
pas ». Il l'a flanqué d'une « antenne d'accueil et
d'écoute ». Il a obtenu de la Jeunesse et des Sports le
financement, l'an dernier, d'une quinzaine de
BAFOR, entendons des brevets d'aptitude aux fonctions d'animateur, et les garçons qui ont obtenu ces

brevets s'occupent aujourd'hui des centres aérés ou centres de loisirs municipaux que fréquentent leurs plus jeunes frères. Dans la foulée, il a trouvé les ressources nécessaires à une opération baptisée « Réalisez vos rêves » : il s'agissait de récompenser les meilleurs projets de voyage présentés par des groupes d'adolescents. « Je connais l'un des groupes gagnants, raconte une travailleuse sociale, ils avaient concocté un voyage aux États-Unis. Avec les 3 000 francs du prix, comme ils étaient cinq, ils sont allés à Perpignan. » Ceux qui, avec plus de réalisme, n'ambitionnaient qu'un voyage en France, ont vite compris qu'il leur fallait promettre, pour décrocher la timbale, de visiter des musées. Ils ont choisi des musées pas trop éloignés d'une plage...

Ceux qui cherchent du travail peuvent frapper à la porte d'une autre création de la municipalité : la maison de l'éducation permanente. Aux uns, on tâchera de fournir un contrat emploi-solidarité avec un service de la ville ou avec une association subventionnée. Aux autres, qui n'ont pas trouvé de travail depuis leur sortie de l'école, on essaiera d'offrir un « crédit formation ». A d'autres encore, on dispensera les conseils propices à la rédaction d'un *curriculum vitae* convaincant. Tous, jeunes adultes ou moins jeunes, pourront louer à la MEP une machine à écrire pour 165 francs par mois et un micro-ordinateur pour 315 francs. S'ils ignorent le maniement de ce dernier appareil, ils pourront s'inscrire à un stage, qui leur coûtera 165 francs. Et, s'ils ne choisissent pas l'informatique, ils pourront s'initier (ou se perfectionner) à l'anglais, à l'allemand, à l'italien, à l'espagnol, au néerlandais, à l'arabe, au portugais, à la sténo, à la dactylo, à la comptabilité, à la gestion, à la correspondance commerciale, à l'électronique, aux techniques de vente, à la programmation, à la mécanique automobile ou à la publication assistée par ordinateur. Le stage le moins cher coûte 105 francs ; le plus onéreux, 210 francs. En plus de la bonne volonté, la seule condition d'inscription requise est de pouvoir justifier d'un domicile sur le territoire de la commune.

Moins élevé que dans beaucoup de villes de la région, le chômage est, à Wattrelos, 50 % au-dessus de la moyenne nationale. Chacun s'accorde, ici comme partout en France, à célébrer les mérites et l'utilité du revenu minimum d'insertion. Mais tous observent, partout en France comme ici, qu'il s'agit surtout d'une mesure d'insertion sociale plutôt que professionnelle. Elle permet à ceux qui « tombent dans le chômage » de garder une vie structurée, de se conformer à des horaires, de conserver des liens avec autrui, et à ceux qui sont depuis longtemps privés de travail, de se « restructurer » (dit-on ici), de se « reprendre en main » (dit-on là). Les stages en entreprise sont plutôt rares en général, mais la tradition socialo-chrétienne du patronat nordiste les rend plus nombreux. La Redoute, dont l'unité d'emballage des colis emploie 1 600 personnes à Wattrelos, a organisé un stage de six mois pour 12 chômeurs de longue durée. 11 d'entre eux ont été ensuite embauchés par contrats à durée déterminée qui pourraient être transformés en contrats à durée indéterminée. Nord-Auto accueille des chômeurs pour retaper de vieilles voitures et les vendre. Darty a monté un atelier de récupération et de recyclage d'électroménager hors d'usage... Plus de 2 000 personnes par an passent par la maison de l'éducation permanente. Depuis qu'elle existe — 1981 —, un peu moins de 10 % de ses « clients » ont obtenu un emploi.

Que l'on juge ce chiffre encourageant ou faible, la MEP est celle de ses créations dont monsieur le maire parle le plus volontiers, et son responsable, un jeune sociologue, celui de ses employés auquel il voit le plus d'avenir. D'ailleurs, il vient de lui confier la direction d'un nouveau service municipal : le développement social urbain. De quoi s'agit-il ? Le jeune sociologue a la voix douce et l'élocution posée ; il parle d'abondance, usant de force métaphores et d'autant de paraboles. « Nous sommes des explorateurs qui inventons notre carte en marchant », dit-il pour tracer le cadre de sa future action. Il a beaucoup des tics de langage des professionnels du psychosocial et abuse notamment de la formule « j'ai envie de dire » : « J'ai envie de dire que la demande des gens qui viennent à la maison de l'éducation permanente, c'est " moi, en tant que personne, où puis-je me situer aujourd'hui ? " J'ai encore envie de dire que les gens devraient trouver à la MEP autre chose que la question du travail immédiat. Ils devraient y rencontrer un " accompagnant ", et cet " accompagnant " serait pour eux un " déclencheur ". Il est essentiel de déclencher chez chacun la configuration de toutes ses ressources. » Au bout de quelques minutes, la suavité du ton, la clarté du regard et l'excellence des manières du jeune sociologue feraient presque oublier la boursouflure de ses expressions. Il en vient à ses futures activités de directeur du développement social urbain, à l'accouchement dont il sera le sage-homme du dernier volet de l'utopie de monsieur le maire. « Il s'agit de construire une démarche " qualité de la ville ". Nous allons inventer avec les gens, mais, attention ! ce n'est pas en demandant à quelqu'un de quoi il a besoin qu'on va le savoir. On réalisera des entretiens semi-directifs avec un échantillon d'habitants et on finalisera en utilisant les mots clefs de ces entretiens. Faire ça, c'est faire de la qualité. »

Je sollicite un exemple.

« La liste, c'est très important, la liste. L'écriture a commencé par une liste. La liste, c'est un monde nouveau, un signe d'appartenance. Sur cette base, nous avons demandé à de jeunes adultes : " Sur quelles listes êtes-vous inscrits ? " L'un d'entre eux a parlé de l'état civil, où il était juste allé inscrire son enfant. J'ai envie de dire qu'il l'a vécu avec ses tripes. Il était super-ému. Du coup, je me suis demandé : " Est-ce que l'employé de l'état civil a été à la hauteur de cette émotion ? " C'est ça, la qualité. »

Je crois percevoir l'importance que revêt pour un homme la déclaration de son enfant aux services de l'état civil, mais, outre que je doute qu'un entretien semi-directif avec un heureux papa soit nécessaire à la compréhension de ce phénomène qui semble remonter à la plus haute Antiquité, je ne saisis pas encore les conséquences qu'en tire le jeune sociologue quant à la « qualité de la ville ». « Il faut, me dit-il, recréer de la signification. » Mais comment, à supposer que la signification puisse venir d'en haut, qu'elle puisse sortir tout armée du crâne d'un thaumaturge municipal ? En remettant à la mode le baptême républicain ? En remettant au père un pin's aux armes de la ville et aux initiales du nouveau-né ? En organisant une quelconque cérémonie ?

« Non, je ne crois pas qu'il faille une cérémonie. Simplement, il faut veiller à ce que l'employé de l'état civil pense à dire un petit mot gentil à la personne, pense à lui sourire. On doit lui faire prendre conscience de l'importance humaine de son rôle à ce moment. » Vierge sainte ! C'est pour cette souris que l'on prétend remuer des montagnes ! Non, il y a une suite : « Je pense que nous devons aussi envisager que la mairie envoie un courrier aux parents pour exprimer des félicitations. » Le diable m'emporte ! mais je me demande si ce courrier sera imprimé avec l'assistance d'un ordinateur et s'il suffira de remplir les blancs pour adapter chaque lettre type à chaque naissance...

« A partir du moment où l'on a compris le concept d'inscription, on peut le décliner », poursuit le jeune sociologue. Dieu me parfume ! J'ai une vision : des casiers de lettres types préparées en PAO. Sur chaque casier, une étiquette : *Naissance, Baccalauréat, Service national, Premier emploi, Mariage, Retraite, Décès*... Faudra-t-il en préparer une pour les divorces ? Pourvu que les employés ne se trompent pas de case et n'envoient pas les condoléances de la mairie à une jeune accouchée ni ses félicitations assistées par ordinateur à un mort de la veille !...

« Nous devons reconstituer les microprestations quotidiennes que reçoivent les gens », poursuit mon interlocuteur, mais c'est en vain, beaucoup de bruit pour rien, j'ai décroché, je suis ailleurs...

Il me semble comprendre la nature du malaise qui ne m'a pas quitté, d'une réalisation municipale à une autre. L'effort qu'elles supposent (et la constance dans l'effort), leur utilité indiscutable — ne serait-ce que par le fait qu'elles sont utilisées —, la manière dont elles ont, à l'évidence, amorti le choc de la crise économique et adouci quelques-unes de ses conséquences, tout cela devrait conduire à entonner un péan et à éprouver un grand soulagement. Et pourtant, depuis mon arrivée, je sens qu'il y a un ver dans le fruit. J'avais d'abord imputé ma gêne au comportement autoritaire de monsieur le maire, à la distance que les gens mettent entre eux et lui quand il entre dans une pièce, à ses manières d'homme habitué à être obéi... Mais que pesaient ces traits de caractère face à l'abondance des réalisations municipales ?

La question était mal posée, il fallait en inverser les termes. Ce n'est pas l'autoritarisme de monsieur le maire qui pèse le plus, c'est l'esprit qui préside à cette municipalisation de la société civile. Peu à peu, la tradition syndicale, associative, militante du Nord s'est transformée, ici, en un social-technocratisme pédagogique dont le point oméga est cette direction du développement social et urbain, ce langage cartilagineux, ce projet verbeux, si tant est que le mot *projet* puisse convenir pour désigner le peu d'emprise sur la réalité que masque cette emphase... Cette glissade n'est-elle pas l'une des raisons pour lesquelles, en mars 1993, le socialisme a été si violemment éjecté de cette terre qui fut sa patrie ?

Le parti de monsieur le maire fut longtemps un

parti qui rassemblait, mobilisait, organisait. Il est devenu un parti qui administre. Les choses comme les gens, les gens comme les choses. Il sait où réside le bien du peuple ; il pense que ce peuple est une masse connaissable, manipulable, éducable par les techniques des sciences sociales et dont les besoins vont pouvoir être rigoureusement déterminés et, donc, satisfaits. Tout cela s'enveloppe de rondeurs provinciales et même provincialistes, mais elles ne sont plus qu'un folklore sans *folk*, sans âme. Que le peuple soit capable d'initiative — ou qu'il y ait, dans ce peuple, des gens capables d'initiative, y compris au plus noir de la difficulté —, voilà qui n'entre pas dans l'utopie du développement social urbain que, bien sûr, on appelle déjà le DSU. C'est la négation même de l'histoire du mouvement ouvrier dans le Nord, et ces socialistes-là seraient sans doute bien surpris et fort indignés qu'on leur adresse ce reproche. A moins que...

A moins que les tensions provoquées au sein de l'équipe municipale par le résultat des dernières élections législatives n'aient précisément quelque chose à voir avec cette dérive technocratique. Certains socialistes ont déjà formé un groupe d'opposition au conseil municipal. D'autres les rejoignent ou passent alliance avec eux. Le premier adjoint n'est plus premier secrétaire du parti. Il était le suppléant du député. Entre les deux tours, je les ai rencontrés par hasard dans un café où je vidais quelques pots en compagnie d'anciens lycéens dont j'avais fait la connaissance deux ans auparavant, lors d'un débat sur *De Nuremberg à Nuremberg*. Au vu des chiffres du dimanche précédent, je leur avais dit qu'ils avaient du pain sur la planche. « Oui, oui, avaient-ils répondu. Il faut qu'on rattrape ça. On n'a pas été assez près des gens. » Pourtant, ni l'un ni l'autre ne s'était vautré indécemment dans les délices du pouvoir, mais leur réponse avait déchaîné la colère — une vraie colère — de mes jeunes commensaux. « C'est maintenant que vous dites ça ! » avait lâché l'un d'eux, et tous leur étaient tombés sur le poil en soulignant leur éloignement, le décalage entre leur discours sur le peuple et leur connaissance réelle de ce peuple.

Sur ce thème ou sur un autre, les comptes commencent à se régler. Il y a gros à parier qu'en 1995 monsieur le maire ne sera plus monsieur le maire, mais un instituteur à la retraite, célibataire et vivant chez sa maman. Nul doute que cela lui paraîtra une effrayante injustice. Tant d'autres se sont enrichis sans rien entreprendre, et lui n'aura pas assez des doigts de ses deux mains pour compter les écoles qu'il a bâties, ni les salles de sport qu'il a fait construire, ni les premières pierres qu'il a « consacrées ». Un jour, pour se faire pardonner, sa ville donnera son nom à une rue, à un gymnase, à un établissement scolaire. Mais il aura dû sans doute passer la main sans comprendre pourquoi ou en mettant son éviction sur le dos de la méchanceté des hommes...

Dans le café où j'avais rencontré le député et son suppléant, j'avais demandé aux anciens lycéens de Zola où, dans Wattrelos, ils aimaient aller se distraire. « On ne va pas à Wattrelos. — A Roubaix, alors ? A Lille ? — Oh non, plus près ! On va à Mouscrons, la ville belge voisine. C'est vivant, c'est là qu'on peut s'éclater. Il y a plein de boîtes, de cinémas, de troquets sympa. C'est moins cher. Tous les jeunes de Wattrelos vont là, pas mal d'adultes aussi. Il y a plein de commerces. Ils ont des fêtes formidables. »

Voilà, pendant que monsieur le maire bâtit la meilleure des villes, la vraie vie s'est réfugiée ailleurs. Et, quand le grand instituteur de Wattrelos sonne la cloche, ses élèves vont en récréation de l'autre côté de la frontière.

Le Chemin des Dames,
ou le commencement par la fin
(Aria)

L'été, il paraît que les autobus se suivent comme les éléphants de Babar, le nez de l'un touchant le cul de l'autre. Mais l'automne et l'hiver, sauf, bien sûr, le 11 Novembre, sur la route de Craonne à La Malmaison, il n'y a pas âme qui vive. C'est pourquoi j'ai préféré janvier : je ne viens à la rencontre que de fantômes, le long de ce « Chemin des Dames » aux abords duquel on a découvert les premiers villages néolithiques de France, sentier aussi vieux que la présence des hommes, tracé sur une crête aux versants abrupts pour laquelle on se battit aussi loin que remonte leur mémoire. César, Clovis, Clothaire et ainsi de suite... Napoléon, moins d'un mois avant d'abdiquer, laissa sur le terrain 7 000 des siens et 5 000 des Russes et des Prussiens commandés par Woronzow et Blücher. Une paille, comparée à l'offensive du général Nivelle en 1917 : 270 000 poilus hors de combat, dont plus de 100 000 morts, et 163 000 Allemands...

Cela semble impossible. Pas seulement parce que de tels chiffres ne correspondent à rien dont nous ayons l'expérience sensible, mais aussi parce que, lorsqu'on y est sur ce ruban qui file presque droit entre l'Est et l'Ouest, il paraît minuscule et banal. « Ce n'était que cela, ce chemin légendaire ? s'écrie Roland Dorgelès. On le passe en une enjambée ! Cinquante mois, on se l'est disputé. On s'y est égorgé, et le monde, anxieux, attendait de savoir si le petit sentier était enfin franchi. Si on creusait tout du long une fosse commune, il la faudrait deux fois plus large pour contenir tous les morts qu'il a coûtés. » Oui, mais la terre, à première vue, a cicatrisé. Aujourd'hui, cette « butte rouge », baptisée, selon la chanson de Montehus que chantait si bien Montand, « par le sang des copains », ce serait plutôt une jolie promenade. Celle-là même qu'appréciaient les filles de Louis XVI — les « Dames » pour qui fut pavé le chemin — au cours de leurs visites à leur ancienne gouvernante, devenue châtelaine dans la région. D'ailleurs, avant 14, on y faisait la noce, « comme à Montmartre, où l'champagne coule à flots », dans un coin surnommé pour cette raison « La Californie », à l'extrême Est du chemin et d'où l'on voit la plaine jusqu'à Reims. En partant de cet ancien haut lieu des guinguettes pour aller vers l'Ouest, vers la Picardie, la mélancolie suave des plateaux alterne avec la tranquillité réconfortante des bois, la perspective brisée des ravines ou, au contraire, le sentiment de la perte de vue qui donne envie de s'arrêter longuement et d'essayer de deviner les villages, les hameaux ou les simples fermes que masquent des arbres, un tertre, un reste de brouillard (ou un commencement).

Il me semble que l'enfilade des noms de ces gros et de ces petits bourgs produit des sonorités dont la diversité et les couleurs pourraient traduire en musique les nuances du paysage : Vendresse, Ostel, Chamoilles, Cuissy, Oulches, Hurtebise, Colligis, Soupir, Jumigny, Pont-Arcy, Dhuizel, La Poterie, Filain, Corbény, Blanc-Sablon... L'étendue de la plaine frappe, mais aussi l'arrondi des flancs de coteaux et, plus encore, un sentiment de solidité du paysage. Comme si la terre était, ici, plus dense, plus lourde, plus vieille qu'ailleurs. Comme si cette crête, entre le cours de l'Aisne et celui de l'Ailette, était dotée d'une quille qui lui assurerait une stabilité éternelle, à toute épreuve.

A toutes épreuves serait plus exact. Quand on pénètre dans les bois, on en aperçoit les traces : le sol est comme vérolé. Des cratères, plus ou moins larges, entre soixante centimètres et deux mètres, plus ou moins comblés par le temps, avec, entre eux, de minces langues de terre à peu près planes : on appelait ici « secteur calme » celui qui ne recevait que de 100 à 130 obus par jour. Quand il en tombait 5 000, comme le 1er mars 1918, ou 10 000, comme le 7 avril suivant, les communiqués militaires ne comportaient pas de mention spéciale. Chaque « secteur » était tenu par un bataillon : 800 hommes. La première nuit de l'offensive Nivelle (« Il n'y aura pas d'ennemi », confiait-il à Fayolle), des régiments entiers furent anéantis. (« La victoire est toujours plus certaine », commenta, au matin, le général qui était sorti de Polytechnique.) Ce jour-là, le 16 avril 1917, il faisait un vrai temps de janvier : il neigeait.

> *Adieu, la vie ! Adieu, l'amour !*
> *Adieu, toutes les femmes...*

On devrait apprendre la *Chanson de Craonne* dans les écoles :

> *C'est à Craonne, sur le plateau,*
> *Qu'on doit laisser sa peau*
> *Car nous sommes tous condamnés,*
> *Nous sommes les sacrifiés.*

Parmi ceux qui la chantaient, en mai, 3 426 soldats passèrent en jugement ; 554 furent condamnés à mort. On n'en fusilla *que* 45. Un film raconte l'une de ces mutineries : *Les Sentiers de la gloire*, tourné en 1957 par Stanley Kubrick, grâce aux pressions de Kirk Douglas sur les Artistes associés. On ne put le voir en France qu'en 1975. Je ne crois pas que ce soit le spectacle des exécutions qui dérangeait, mais celui de la stupidité des généraux et de la veulerie de certains officiers. (« Il y a toujours pire que le bourreau, disait Mirabeau, c'est son valet. ») Lyautey avait démissionné du ministère de la Guerre pour protester contre cette offensive. Elle s'étira jusqu'en août, bien que Nivelle ait été limogé le 30 avril.

L'un des endroits où j'ai cru saisir le mieux ce que vécurent ceux du Chemin des Dames n'est ni sur le plateau, ni dans les bois, ni au pied des falaises. Il est sous terre. Les Allemands l'avaient baptisé la « Caverne du dragon ». Presque jusqu'à la fin de la guerre, ils logèrent trois régiments dans ces salles et ces boyaux creusés jadis par des carriers pour approvisionner en pierres les bâtisseurs de cathédrales. « Le Dragon » est aujourd'hui un musée et un sanctuaire. Des collectionneurs l'ont surabondamment pillé et appauvri. Le gardien était vieux : un ancien poilu. Aujourd'hui, il est jeune. Il a le cheveu ras, la coupe parachutiste : « Pour l'hygiène », m'explique-t-il. Tout à l'heure, il sera rejoint par un copain, civil comme lui, qui partage sa conception capillaire de cette vertu.

On descend un escalier de fer, on aperçoit une vaste grotte et le départ d'un large boyau. L'humidité vous tombe dessus, vous prend à la gorge ; dans la salle, à gauche, où le gardien-guide vous entraîne, elle est régulée par des appareils. C'est le musée à proprement parler. Y sont conservés toutes sortes d'uniformes, y compris les fameux à pantalons garance qui se détachaient si bien dans le paysage qu'ils faisaient les beaux jours des tireurs allemands. On les utilisa jusqu'à épuisement des stocks. Des fusils, des mortiers, des grenades, des masques, un autel portatif, des lettres dans une vitrine, des ordres du jour. Ce ne sont pas tant ces reliques qui impressionnent que l'idée que l'on ait pu vivre ici. Les tranchées — dont les conditions étaient pires —, c'est abstrait. Il faut imaginer l'immobilité, les pieds dans la boue ou dans l'eau, le froid, les obus, la nuit, la relève, le rata. Si l'on réussit à concevoir ce mélange, à le ressentir, il faut encore saisir la durée de cette géhenne, sa répétition, son absence d'horizon, son effrayante banalité et les habitudes de souffrance, d'humiliation, de précarité qui s'y installent. La grotte, elle, déclenche tout de suite le sentiment du piège, l'impression d'une réduction à l'état animal, la peur de l'enfermement, la conscience de ne rien savoir, d'être coupé de tout, d'avoir les yeux bandés. Sans compter l'odeur. « Ça sent les morts », a griffonné, sur le livre d'or placé à la sortie de la salle, une main d'adolescent en voyage scolaire. Ça sent plutôt la mort.

Encore faut-il avoir du nez. Ou du cœur. « Sommes passés ici. Agréablement surpris », écrit un couple de visiteurs qui croit utile de donner son adresse. « Une page de tourner [*sic*] », note un Perrichon. « Non à la guerre, oui à l'autodéfense ! » Celui-là a cru penser et serait bien surpris si on lui disait la tournure obscène que prend sa proclamation dans un endroit pareil. Venue officiellement le 11 novembre 1992, la présidente écologiste de la Région Nord-Pas-de-Calais n'a pas débordé d'humanité : « 14-18 : une boucherie », signé Marie-Christine Blandin. Au hasard des pages, des maladresses de gens sensibles, dont la plume paraît s'être étranglée : « Je ne dis rien pour le respect des hommes qui ont vécu ici. Je tiens juste à remercier les personnes qui entretiennent ce site. » Ou ces quelques mots, comme un éclair de deuil et de pitié : « A la mémoire du soldat Mauguier. »

Sorti de ce musée — et de nouveau happé par l'humidité —, on s'enfonce, « salle » après « salle », dans la profondeur de cette caserne-caverne jusqu'à perdre le sens de l'orientation et des distances. Des projecteurs de moyenne puissance éclairent les parois des grottes et le chemin. Soudain, le noir complet. La voix du guide avertit que c'est lui qui vient d'éteindre. C'est pour faire comprendre ce que ressentirent les poilus et les casques à pointe lorsqu'ils se battirent à la baïonnette trois jours et trois nuits, dans l'obscurité, pour la conquête de cette tanière stratégique. La lumière revient. Le gardien, pas mécontent de son effet, en a profité pour prendre un air de chef et un masque grave. Il va faire la leçon aux deux visiteurs que nous sommes. Lui, mon colon, celle qu'il préfère, c'est la guerre de 14-18. Chaque fois que ce garçon de vingt-quatre ans livre un détail des conditions de vie au « Dragon », on sent qu'il pense que, dans ce temps-là, au moins, c'étaient des hommes. Nous voilà à la baignoire creusée dans la roche — la seule pour tous les occupants. La surface de son eau était couverte d'une épaisseur de plusieurs centimètres de poux, précise-t-il en surveillant si nos physionomies expriment le sentiment adéquat. Il ne cesse de débiter son commentaire, alors que tout, autour de nous, réclame le silence. Agacé, je lui laisse prendre de l'avance et je bourre ma pipe. La voix du gardien-guide s'enfle et gronde : « On ne fume pas ici, monsieur ! Le respect, s'il vous plaît ! » J'abdique et je rentre en moi-même...

Pourquoi cette visite aux morts, cette remontée dans l'Histoire ? Pourquoi cette étape dans le temps s'est-elle imposée à moi dès que j'ai commencé à songer à l'itinéraire de ce voyage ? « Parce que, me répondra demain le père Courtois à l'abbaye voisine de Vauclair, parce qu'il y a davantage de parenté entre le mode de vie de l'homme du néolithique et celui du Français d'avant 14 qu'il n'y a de points communs entre la façon de vivre avant 14 et la nôtre. Et, plus encore, celle de vos enfants. » Il a raison : je suis venu au Chemin des Dames m'imprégner de la conscience de cette étrangeté. Je suis venu voir l'un des endroits où a fini l'autre siècle, mais surtout où a disparu pour toujours l'« ancien temps », comme j'entendais nommer dans mon enfance le passé indistinct mais ininterrompu. « Dans l'ancien temps, on ne se lavait presque jamais », m'expliquait-on en me racontant le château de Versailles et sa faune de courtisans crasseux sous la poudre. « Léontine a fait une compote de lapin comme dans l'ancien temps », me promettait-on, et je comprenais bien que cela voulait dire, dans la bouche de ma grand-mère, « comme je l'ai toujours vu faire », et non selon des règles remontant à Dagobert, qui, lui-même, occupait cette part de l'« ancien temps » où l'on mangeait avec ses doigts. Le temps de ma grand-mère, c'était un wagon accroché aux wagons de l'ancien.

Un temps où l'on commençait, sous la République, à goudronner des routes dont le tracé avait été inventé par les tribus de l'âge de la pierre, terrassé par les Gaulois et pavé sous un roi Capet, comme ce Chemin des Dames. Une telle continuité avait des raisons simples : le sentier de crête est sec plus tôt et plus longtemps, les brouillards l'abandonnent plus vite et il ne rencontre presque pas d'obstacles. Pendant des millénaires, les routes ont dû composer avec ce genre de données. Aujourd'hui, on construit une autoroute dont le parcours sort tout armé du crâne des aménageurs, des hommes politiques et, à un moindre degré, des ingénieurs. Leur tracé obéit à une logique économique et non géographique ; il se moque de presque tous les obstacles, sauf des vraies montagnes et, quelquefois, des associations d'habitants.

Ces routes-là n'ont pas d'histoire : elles ne recouvrent rien. Elles n'en auront jamais, puisqu'elles ne servent pas au voyage, activité pleine d'aléas et d'échanges, mais au transport, qui est tout de raison, de calcul et d'égocentrisme. Elles ne servent pas à pénétrer l'espace, mais à comprimer le temps. Elles ont si peu de rapports avec les pays, les terroirs qu'elles parcourent que les sociétés qui les gèrent adornent de plus en plus souvent leurs bas-côtés de vastes panneaux recouverts de pictogrammes. Ils informent le conducteur et ses passagers qu'ils traversent une région fruitière, qu'ils se trouvent dans une zone riche en monuments du passé ou même qu'un massif occupe l'horizon. Il ne s'agit ni d'une indication routière ni d'une incitation touristique : la distance à laquelle on se trouve de ce lieu vague n'est pas précisée, ni la sortie qui permettrait de l'atteindre ; son nom n'est plus mentionné. Il s'agit d'une information synthétique de substitution : ce que le contact avec le « pays » aurait pu nous enseigner — que l'on y cultive des mombrins, et que les mombrins sont des prunes, que l'on y faisait un pèlerinage à saint Polycarpe, qui est le patron des fondés de pouvoir, ou que La Fontaine y vécut un peu et y rêva souvent —, les panneaux nous l'indiquent, réduit à sa plus simple expression, dans cette novlangue internationale constituée de hiéroglyphes enfantins, pauvres comme des phrases types. Un contact de moins, un média de plus. Voilà l'un des abîmes qui nous séparent de l'homme de 14, dont il est encore possible de rencontrer quelques spécimens ou de les voir, le 11 Novembre, à la télévision : nous nous déplaçons beaucoup, mais nous savons rarement où nous sommes. (Je ne m'énerve pas, je cherche à comprendre.)

Un autre abîme, un gouffre plutôt, s'étend entre lui et nous : c'est ce qu'il a enduré. Nous en serions incapables. Physiquement. Il suffit de se planter aux bords de ce Chemin des Dames, par un après-midi de janvier sec et lumineux, couvert d'un équipement douillet, acheté naguère au Canada pour un voyage à la baie d'Hudson, et, en une demi-heure, l'évidence vous en saisit : nous mourrions d'épuisement s'il nous fallait supporter non pendant des jours, mais pendant des mois les conditions de vie qu'ont connues ces hommes. Les nôtres, celles que nous devons aux progrès fulgurants du confort et de l'hygiène, et à l'enrichissement de nos « trente glorieuses », les nôtres sont aussi incompatibles avec les leurs que si l'on nous envoyait sur Mars. Et si une inévitable nécessité nous obligeait à replonger dans ce monde où le froid empêchait que l'on lave le linge, car il gelait tout de suite, où l'on se frictionnait à l'essence pour éliminer le gros des poux, où l'on marchait les pieds à vif, chacun ne formant plus qu'une seule engelure, et le sac sur le dos, où l'on dormait dans des tranchées noyées, où l'on mangeait froid, mal et pas toujours, où l'on s'allongeait pour un peu de repos aux côtés de cadavres de plusieurs jours... si nous devions, hommes de cette fin de siècle, être tout à coup immergés dans un tel univers, nous ne trouverions pas en nous assez d'endurance pour lui résister. Ce que l'on appelait dans l'ancien temps « la peine », ce à quoi il convenait d'être dur, cela s'est infiniment éloigné de nous, et nous avons même du mal à imaginer de quoi il s'agissait. Les mineurs russes, les Roumains, les Albanais qui courent en vain après un salaire mensuel de 12 dollars, ceux-là comptent parmi ceux qui nous donnent une idée de ce que fut « la peine », mais, grâce à Dieu, nous n'en avons pas l'expérience et nous ne nous y sommes pas endurcis comme s'y était endurci ce peuple de paysans et d'ouvriers du début du siècle. Nous sommes un autre homme...

Je ne suis pas venu au Chemin des Dames seulement pour prendre la mesure de ce changement, je voulais aussi tourner autour d'un mystère que l'on nous enseignait au lycée : le jour de la mobilisation générale, le 1er août 1914, fut celui où l'unité nationale et la conscience de cette unité atteignirent le point le plus haut et le plus intense de toute l'histoire de France. Nous étions déroutés par cette affirmation, gênés. D'autant que notre professeur d'histoire, Michel Winock, ne pouvait passer ni pour un militariste, ni pour un patriotard, ni même pour un nationaliste. Nous étions heureux et fiers, à Versailles, ma bande de copains et moi, qu'il vienne de s'illustrer par la publication d'un livre sur la Commune, plein de sympathie pour ses acteurs. Si l'on nous avait demandé de choisir un nouvel hymne national, nous aurions sûrement élu *Le Temps des cerises*... Pourtant, nous qui ne nous privions pas de chercher dans Jules Romains l'inspiration du plus possible de facéties, nous qui admirions tout ce qui se moquait des corps constitués, nous — Daniel, le très antimilitariste fils d'adjudant, Henri, qui ne rêvait que d'amour et de montagne, Jacques, qui aurait voulu être Boris Vian, et moi, qui savais que je ne pourrais jamais être l'un des Frères Jacques —, nous, les quatre turlupins, au moment du rassemblement dans la cour d'honneur pour la cérémonie du 11 Novembre avec préfet, musique militaire et tout le tremblement, nous conspuions les « cornichons », tout fiers de préparer Saint-Cyr avec leur calot rouge et gris posé droit sur leur crâne passé à la tondeuse, mais, au moment de l'appel des morts, nous fermions nos grandes gueules. Et moi, je pensais au capitaine de chasseurs alpins Arsène Laurens, disparu à la bataille de Guise, le 29 août 1914, mon arrière-grand-père, le mari de la vieille dame qui aimait tant la lecture et qui, à l'époque où je passais mon bac, était veuve depuis un demi-siècle...

Mais ces morts de la der des ders ne nous émouvaient qu'une fois l'an. Ce n'est pas avec les questions qu'ils nous ont laissées que ma génération s'est dépatouillée. C'est avec celles de la guerre d'après, qui ne fut pas, à nos yeux, affaire de batailles, de stratégie, d'endurance, d'arbitraire hiérarchique et de fraternité dans la mouise, mais affaire de résistance, de choix, d'occupation, de secret, de torture, de délation, de persécution, d'idéologie. L'inventeur des *Lieux de mémoire*, Pierre Nora, marque en quelques mots la différence : la Seconde Guerre nous renvoie à des divisions entre Français ; la Première évoque l'union nationale autour de « la guerre du Droit » et de la reconquête des provinces perdues, d'abord, puis autour du deuil et de la souffrance de tous, mêlés, quand même, à la victoire.

En 14, on se savait Français. Quelques-uns pouvaient s'en ficher ; d'autres, anarchistes, conchiaient l'idée de patrie, mais, en la mettant au premier rang de leurs cibles, ils reconnaissaient son importance. D'autres encore se déclaraient internationalistes prolétariens, mais, le jour venu de la guerre, tous se retrouvèrent à porter le drapeau. Madeleine Rebérioux, historienne très à gauche, l'écrit avec une tristesse visible : « Un vif amour, entretenu par l'école, pour la République porteuse de toutes les vertus avait préparé de longue date la perversion de la conscience de classe par la conscience d'appartenir à une nation si digne d'être défendue. » La CGT accepte la mobilisation : « La classe ouvrière, dira le secrétaire de la Fédération des métaux, soulevée par une formidable vague de nationalisme, n'aurait pas laissé aux agents de la force publique le soin de nous fusiller ; elle nous aurait fusillés elle-même. » Le secrétaire général du plus puissant syndicat se rallie à la guerre, et, à la Chambre, le communard Vaillant embrasse le versaillais de Mun. Ils ne s'adressaient plus la parole depuis quarante ans... Cela s'est appelé l'« Union sacrée ».

A peine atteignait-il son apogée que ce sentiment national entamait sa disqualification et son effacement en engendrant mort et souffrance à une échelle inconcevable. Si nous sommes un autre homme que celui de 1914, nous sommes aussi une autre nation, ou plutôt nous sommes de moins en moins une nation. Le monde a changé de bases. La nation ni l'industrie n'en sont plus, et nous ne parvenons pas encore à comprendre, à deviner, à vouloir, à savoir ce qui va arriver et à en commencer les fondations. Avons-nous même une idée de ce que nous attendons ? Chacun vit replié sur son clan, sur sa petite patrie ou, parfois, sur lui-même. Nous éprouvons comme une sorte de mal de mer...

Peut-être, au fond, suis-je venu au Chemin des Dames faire (tardivement) mon deuil d'un univers auquel tant de liens, tant de réflexes même, m'attachent encore, et beaucoup d'autres avec moi. Arracher à ce qui n'est plus la permission d'en finir avec lui, lui payer le tribut de l'hommage pour m'en déprendre...

Drôle de mouvement du cœur et de l'esprit, dans une société où les cimetières sont devenus aussi tabous et aussi infréquentables que les bordels du temps de la reine Victoria. (Et ils sont plutôt moins fréquentés...) L'adieu aux morts, c'est une pratique de l'ancien temps. Peut-elle aider à s'en défaire, à en commencer un autre ? Encore faudrait-il savoir quel est mon dû à l'égard de tous ces jeunes disparus, et comment le leur rendre...

C'est Yves Gibeau qui me mettra sur la voie et me tendra de quoi éclairer mon chemin. Il est venu prendre sa retraite à trois pas du Chemin des Dames, lui dont la gloire littéraire, amplifiée par le cinéma, tient à un roman d'un antimilitarisme d'une précision clinique : *Allons z'enfants*. Nous sommes devenus camarades lorsque, après avoir connu trente-six métiers et un peu plus de misères, il terminait sa vie professionnelle comme correcteur de presse dans le journal où je débutais. Cet anarchiste mélancolique faisait respecter avec une intraitable douceur la seule loi qui ait jamais remporté son suffrage et recueilli son adhésion : la grammaire. J'aimais sa façon d'entrer dans mon bureau, ma copie à la main, affligé par une impropriété, ou pire, et empressé à me proposer une tournure irréprochable ou à m'en suggérer délicatement une autre, plus élégante. La langue était sa seule vraie patrie, son aimable religion. Je m'attendais toujours à l'entendre me parler comme la mère supérieure du *Dialogue des carmélites* à la novice Blanche de La Force : « Ce n'est pas la règle qui nous garde, c'est nous qui gardons la règle. » Je filais doux : Gibeau est de ces instituteurs qui ne vous grondent jamais sans vous apprendre quelque chose, et il a tant vu, tant lu, tant entendu, tant connu de monde, de la NRF au music-hall, de la Série noire à l'Institut, du jazz aux plateaux de cinéma... « Des flâneurs salariés », disaient d'eux-

190

mêmes les journalistes de son espèce... Pas très longtemps après sa retraite, il a mélangé du whisky, du bon, avec un tube de somnifères. Il devait avoir l'impression d'en avoir trop vu, trop lu, trop entendu, trop connu. Réchappé de justesse, il écrivit à ses amis un livre poignant, *Mourir idiot*, que ses lecteurs lurent comme on le fait d'une lettre.

Bien sûr, c'est Yves Gibeau qui m'a accompagné à la Caverne du Dragon, à Hurtebise, à l'ancien emplacement de Craonne, dont il ne reste rien, à son vieux cimetière, bouffé par une végétation rampante et grimpante. C'est lui qui m'a guidé à travers les champs de croix de bois ou de pierre, ou de dalles ovales fichées en terre et frappées du croissant islamique ou de l'étoile juive (« ici reposent 7 519 militaires... »). C'est lui qui m'a conduit jusqu'aux ossuaires (« ici reposent 2 354 inconnus... »). Tous ces morts, Gibeau en est inconsolable au point d'être venu leur tenir compagnie. A ses frais, près de La Ville-aux-Bois, il a fait ériger un monument à un seul d'entre eux, mais la perte de ce seul-là et le ton de l'inscription rendent sensible la perte de tous les autres et la jeunesse de ces vies brisées :

EN CE LIEUDIT
LE BOIS DES BUTTES
LE 17 MARS 1916 FUT BLESSÉ
GUILLAUME
APOLLINAIRE
1880-1918.
DIS, L'AS-TU VU GUI, AU GALOP
DU TEMPS QU'IL ÉTAIT MILITAIRE ?
DIS, L'AS-TU VU, GUI AU GALOP
DU TEMPS QU'IL ÉTAIT ARTIFLOT
A LA GUERRE.

Quand il a inauguré ce bloc de marbre gris avec le maire de la commune et quelques copains écrivains, Gibeau a cru devoir avertir une autorité départementale. L'autorité lui a répondu qu'elle le remerciait, mais qu'à son grand regret son emploi du temps ne lui permettait pas d'assister à l'inauguration de ce monument à Charles Baudelaire...

> *Pour soulever un poids si lourd,*
> *Sisyphe, il faudrait ton courage !*
> *Bien qu'on ait du cœur à l'ouvrage,*
> *L'Art est long et le Temps est court.*

Ces vers de l'auteur de *Spleen* pourraient figurer sur un monument à la victime inconnue de la sottise officielle. Ils pourraient aussi bien être inscrits au fronton du vieux presbytère où Gibeau accumule et classe méthodiquement tout ce qui peut rendre compte de la vie et de la mort des soldats du Chemin des Dames, pas seulement parce qu'il est inconsolable, comme je l'ai dit, mais aussi et surtout parce qu'il ne décolère pas.

Il ne décolère pas de la connerie étoilée des généraux qui, jusqu'en 1917, pendant près de trois ans, « dilapidèrent avec une folle prodigalité les ressources en hommes », selon l'expression de l'historien Philippe Bernard. Autant que la mémoire de ceux qui « tombèrent au champ d'honneur », c'est le souvenir de cette apothéose de l'idiotie arrogante et assassine que Gibeau veut conserver et transmettre. Pour un Gallieni, un Lyautey, un colonel Driant, combien de Nivelle, de Mangin, de Joffre ? « cette tête pensante de " l'offensive à tout prix ", imbécilement vénérée », s'exclame le vieil Yves. Agnostique, facilement anticlérical (le réflexe devant l'uniforme), Gibeau a un complice jésuite. Chaussé de Pataugas, vêtu d'une épaisse tenue qui pourrait être celle d'un chasseur, coiffé d'une casquette à oreillettes, le père Courtois déboule d'une baraque de chantier chauffée par un poêle à bois. Il habite ici depuis plus de vingt ans qu'il s'est consacré à dégager d'abord, puis à mettre en valeur les ruines de l'abbaye cistercienne de Vauclair. Pas de télévision, bien sûr, et pas non plus de téléphone. On lui laisse des messages au bistrot du bourg voisin. C'est son chien qui va les chercher. Autant de temps gagné pour se consacrer à l'histoire de l'ordre de Cîteaux, de son extrémisme bénédictin et de l'architecture à laquelle il donna naissance. Autant de temps pour raconter, par oral ou par écrit, ce que fut le Chemin des Dames. « Je veux absolument que vous le rencontriez », n'avait cessé de me dire Yves. « Entrez boire un coup », nous invite le père. Le côté droit de son visage est anormalement creusé. De l'un de ses yeux, sanguinolent, coule un liquide qu'il éponge de temps en temps avec un immense mouchoir à carreaux. « Il a eu un cancer, m'avait prévenu Gibeau, on doit le réopérer. » Visiblement, il en faudrait davantage pour entamer la vitalité du jésuite ou pour tarir sa cordialité et sa verve. En un moment, il débarrasse sa table d'une profusion de papiers, de livres, de documents, de photos, jette deux bûches dans le poêle (« Ça pince, hein ? »), tire des chaises, dégage une bouteille de vin de derrière un carton d'archives, déniche trois verres, s'essuie l'œil, nous installe, remplit nos godets, lance la conversation...

Sa colère prend une forme plus évangélique que celle de son compère. Son sujet de prédilection, c'est la vie et les souffrances des obscurs et des sans-grade. Il n'est pas jusqu'aux chevaux, dont 50 000 furent rassemblés au Chemin des Dames au moment de l'offensive Nivelle, auxquels n'aille sa pitié. Tantôt son érudition embrasse, tantôt elle détaille. Dreyfus, celui de l'Affaire, s'est battu ici. Et Teilhard de Chardin. De Gaulle également, pendant un an. Le jésuite aussi est plus que sévère pour les généraux et leurs séides. « Le 16 avril 1917, un colonel avait donné ordre qu'on emporte les instruments de musique pour jouer *La Marseillaise* de l'autre côté du Chemin des Dames, ce qui, selon lui, devait se produire avant midi. » Son plus ferme plaidoyer est pour les mutins :

« Jamais les troupes de première ligne ne refusè-
rent de repousser un assaut allemand. Tout simplement, certains groupes ne voulaient plus monter en
ligne pour des offensives nouvelles. 70 divisions,
presque toutes d'infanterie, furent touchées. Les
premières réactions de l'état-major furent typiques :
au lieu de se remettre en cause eux-mêmes, dans
leurs méthodes et leurs comportements à l'égard des
hommes, certains généraux accusèrent d'abord la
propagande politique, pacifiste ou socialiste, venant
de l'arrière.

« Les vrais motifs étaient aussi évidents que simples : les hommes du Chemin des Dames en avaient
assez des boucheries, des attaques improvisées et
sans préparation qui ne servaient qu'à masquer
l'absence de stratégie sérieuse. Leur révolte était le
cri normal d'êtres humains que l'on avait poussés à
bout, sacrifiés sans scrupule et traités comme du
bétail. C'était un cri de dignité humaine poussé par
des hommes qui furent tous de bons soldats et dont
beaucoup avaient été héroïques au combat. »

Gibeau aussi bien que le père Courtois, le père
Courtois aussi bien que Gibeau collectionnent et
font connaître les témoignages, les Mémoires, la
correspondance, les thèses, les ouvrages d'historiens, les romans, les films qui mettent en lumière
tout ce que des soldats, des sous-officiers, des officiers, des médecins-majors, des aumôniers militaires imaginèrent, osèrent, improvisèrent à leurs
risques et périls pour atténuer les conséquences des
décisions d'état-major. Un état-major de technocrates en uniforme, opposant aux rares hommes
politiques qui prétendaient mollement les contrôler
que nul ne saurait mieux savoir qu'un spécialiste.
Des technocrates en uniforme se protégeant de la
critique en invoquant l'héroïsme — des autres —, le
sacrifice — des autres —, les souffrances — des
autres. Il fallut quarante mois pour que l'on croie
enfin que « la guerre est une chose trop sérieuse
pour la laisser aux militaires » et pour qu'avec

194

Clemenceau la conduite des affaires fût confiée à un « responsable » qui tienne la dragée haute aux joueurs de *Kriegspiel* Ceux-là même dont les successeurs devaient se montrer incapables de voir venir et de préparer le conflit suivant, non par sympathie pour le national-socialisme, mais par les effets d'une incompétence cuirassée d'irresponsabilité.

A entendre cet incroyant et ce jésuite évoquer la mémoire de ceux qui ont été écrasés comme de ceux qui ne se sont pas laissé faire, on se prend à se demander si notre dette envers ces morts ne serait pas de commencer un siècle où cette incompétence irresponsable ne tienne plus le haut du pavé.

L'ENA,
ou les carcasses de libellule
(Piutosto inquieto)

Les voyages immobiles ne sont pas les moins fertiles en surprises, ni les moins initiatiques, ni les moins fatigants. Être membre du jury du concours d'entrée à l'École nationale d'administration équivaut à séjourner plusieurs semaines au cœur de la France abstraite, en compagnie de gens qui prétendent à diriger le pays et se targuent de le connaître et de le comprendre. Cette poulinière de ministres et de directeurs d'administration centrale, d'ambassadeurs, de préfets et de P-DG d'entreprises publiques ou privées a été brocardée cent fois. Cent fois elle a été désignée comme la source de tous nos maux. Cent fois on a menacé de réduire cette place forte devant laquelle l'École normale supérieure a plié le genou, et l'École polytechnique essaie de faire la fière. Cent une fois, l'ENA est sortie renforcée de ces tempêtes qui n'en étaient pas. Année après année, ses anciens élèves intensifient le réseau qui les lie, par-delà les divergences d'opinion. Aucun gouvernement, si radical soit le changement promis par lui, n'a inversé ni même ralenti le courant qui porte toujours plus d'énarques à la tête des ministères, au Parlement ou aux postes de commandement les plus divers, publics ou privés. Qui aurait refusé d'aller voir de près de quelle étoffe sont faits les énarques ?

La tradition veut que l'on ne soit juré du concours qu'une fois dans sa vie, et la tradition est sage. Trois cents copies à corriger, dont la grande majorité comporte plus d'une quinzaine de pages, et trois semaines consacrées à faire passer un oral de quarante-cinq minutes à une centaine de candidats déclarés admissibles, de 9 à 13 heures et de 15 à 19 heures, en compagnie de quatre autres jurés, trois anciens de « l'École » et un professeur de sciences politiques d'une faculté de province. Les premières réunions se tiennent en mai, la dernière en janvier de l'année suivante. Au printemps, la quinzaine d'administrateurs et de professeurs qui composent l'ensemble du jury détermine les sujets de l'écrit, qui a lieu début septembre. En novembre et décembre, le jury restreint tient les séances de ce qui s'appelait naguère le « grand oral », tandis que les autres membres président aux oraux « de spécialité ». J'étais chargé de proposer le sujet de l'épreuve écrite de « culture générale ». Il est de règle de choisir un thème faisant l'objet d'un débat d'actualité : le bruit provoqué par plusieurs ouvrages récents et mon intérêt personnel pour cette question me conduisirent à suggérer un thème de composition ainsi formulé : « La culture peut-elle être l'affaire de l'État ? » Le jury l'accepta à l'unanimité.

D'un candidat à l'ENA on attend qu'il réponde en manifestant qu'il connaît — directement et non de deuxième main — la littérature publiée sur ce sujet, qu'il soit capable de placer la question dans une perspective historique, qu'il sache distinguer entre ce qui relève de la conservation du patrimoine, et ce qui ressortit à l'accès à la culture et au soutien à la création, qu'il montre une connaissance concrète de quelques aspects de la politique culturelle de son pays, qu'il la compare à celle d'autres pays comparables et, enfin, qu'il exprime une réflexion et une position personnelles. C'est dans cet esprit et dans cet espoir que j'attaquai la montagne des trois cents copies qui m'étaient échues. Ma première surprise me ramena à la « petite école », où nos instituteurs nous mettaient dans la tête que la qualité primordiale d'un devoir était d'être « bien présenté ». Jugeant sans doute cette recommandation trop primaire, la plupart des candidats avaient abandonné aux correcteurs, descendants supposés de Champollion, des magmas de paragraphes obèses rédigés sans souci de lisibilité, d'aération, de clarté, au milieu desquels, tel le chien truffier, il me fallait deviner un plan et fouiller à la recherche de connaissances et d'idées.

Quoiqu'elle fût de taille, cette surprise resta très inférieure à l'étonnement provoqué par la quantité de sottises contenues dans la majorité des copies d'un concours d'un tel niveau. (Je passai de l'étonnement à la stupéfaction lorsque j'appris que la plupart des candidats s'attendaient au sujet proposé, qui avait été travaillé dans toutes les « préparations » qu'organisent les instituts d'études politiques et certaines facultés.) Je commençai, pour maintenir mon moral, à rédiger un bêtisier, dont voici quelques perles, étant entendu que je me suis interdit de citer la même copie plusieurs fois. Je rangeai d'abord les sottises pures. Il serait difficile de leur attribuer un ordre de mérite ; je garde toutefois une tendresse particulière pour cette phrase d'introduction : « Quand j'entends le mot culture, je sors mon revolver. Cette phrase encore récente d'une jeune personne intervenant à un débat sur la culture montre bien l'âpreté de la question. » Pourraient venir ensuite un chapelet d'affirmations remarquables : « La CIA s'employa à favoriser la diffusion des films américains en Europe afin de combattre le communisme. » « La culture peut servir des ambitions réformatrices, par exemple, le jazz. » « *La Joconde* représente une vision essentiellement bourgeoise. » « Le respect des traditions culinaires est, pour l'État, l'occasion de démontrer sa vocation à intervenir dans le domaine de la culture. » « Le but de la politique culturelle est d'assurer aux employés du spectacle un pouvoir d'achat constant. » « La culture de la Renaissance n'aurait pu perdurer grâce au seul apport de Michel-Ange et de Léonard de Vinci. » « Le siècle des Lumières vit le début de la colonisation. » « Les maisons de la culture apparurent dans les années soixante à l'initiative de Léo Lagrange [1]. » « Le théâtre des Amandiers assure la promotion de spectacles à audience confidentielle [2]. » « Le ministère de la Culture bénéficie de l'une des premières masses budgétaires de la Nation [3]. » « La conscience identitaire est faible aux États-Unis, qui n'ont pas de ministère de la Culture. » « On force le créateur à plaire »... Je ne tiens pour rien les citations de personnages, d'œuvres ou d'artistes dont le nom est si mal orthographié qu'on se prend à douter de la réalité du commerce que le candidat a pu entretenir avec eux : « Monsieur Omet », « la Vénus de Millet » (sans doute fiancée à l'Angélus de Milo), « Rouger-Delille », « les colonnes de Burennes et les pyramides du Louvre ».

En les mettant charitablement au compte de la précipitation et de la panique qui accompagnent souvent les concours, ces citations ouvrent la porte à la deuxième catégorie de sottises, celles qui relèvent tantôt de la cuistrerie, tantôt de la connaissance indirecte de la littérature concernant le sujet, connaissance tirée de fiches elles-mêmes établies d'après des articles de journaux. Ainsi Marc Fumaroli, professeur au Collège de France et auteur du très remarqué *L'État culturel*, est-il appelé Marc Fulmaroli, Marc Emmanuelli et même Marc Augé, ce qui est le patronyme de l'ethnologue qui préside l'École des hautes études en sciences sociales. Jean Genet se voit attribuer la création du festival d'Avignon, Marc Chandernagord (créature inconnue de moi, hybride de Fumaroli et d'André ou de Françoise Chandernagor) aurait inventé le concept de « métis-

1. Tué au combat en 1940.
2. Dont les auteurs se sont appelés Marivaux, Shakespeare, Mozart, Büchner, Marlowe, Tchekhov, Schnitzler...
3. Moins de 1 %.

sage culturel ». La citation — dont on espérait que chaque candidat aurait à cœur de faire l'économie — du mot trop célèbre d'Herriot : « La culture, c'est ce qui reste lorsque l'on a tout oublié » revient sous des dizaines de plumes différentes. Deux fois seulement elle est attribuée à son auteur. Le plus souvent, on la donne comme étant de Paul Valéry (on ne prête qu'aux riches), mais il est en concurrence serrée avec André Malraux. Plus loin derrière, on trouve Victor Hugo, Françoise Sagan et le déjà cité Fulmaroli.

D'assez nombreux candidats s'efforcent d'épater le correcteur par des références détaillées et péremptoires qui n'ont contre elles que leur parfaite inexactitude. Ainsi donne-t-on comme exemple de l'incompréhension entre le monarque et l'artiste « l'accueil réservé à Mozart par Frédéric II de Prusse ». Dans le même esprit, on apprend que « l'art pompier naquit sous l'impulsion de Napoléon Ier » et que « la création, sous Jules II, revêtait un caractère collectif ». (Et sous Jules III ?) On se félicite que « des écrivains comme Malraux et Duhamel aient eu une action déterminante à la tête du ministère de la Culture ». (Et des historiens comme Michelet ?) On frémit d'indignation à l'évocation de « l'abêtissement du peuple par la chansonnette sous la dictature argentine ». On se réjouit que « des écrivains se soient engagés régulièrement aux côtés de l'État, à l'exemple d'Émile Zola ». On constate que « beaucoup d'artistes ont cherché les faveurs de l'État afin de s'assurer l'indépendance à l'égard du mécénat privé, beaucoup plus contraignant et moins rémunérateur : Rembrandt en est un bon exemple ». Enfin, et c'est sans doute l'exercice le plus énarchique, le candidat entreprend d'éblouir le correcteur par une érudition « grand genre » glissée comme une confidence entre personnes du même monde. Hélas ! ces bijoux de famille sont en toc, et le correcteur a été informé que l'emprunt russe n'est pas négociable. Dans ce genre, abondamment illustré, ma préférence restera à la copie qui, après avoir donné comme une évidence que les puissants sont fermés à l'art (ô Laurent, ô Jules, ô Louis, ô Frédéric!...), cite, comme sans y penser, « l'impératrice Eugénie qui, au Salon, cravacha l'*Olympia* de Manet. Cependant [nuance le candidat], il est à noter que Napoléon III autorisa le salon des Indépendants. » Cette dernière affirmation est aussi douteuse que bien intentionnée : lorsqu'on inaugura cette manifestation, l'ex-empereur était mort depuis onze ans ! Quant à l'anecdote du coup de cravache, elle n'est pas liée au tableau de Manet, mais à une œuvre de Courbet, *Les Baigneuses*, dont le premier plan est occupé par une femme nue, de dos, très en chair et dotée d'un bassin impressionnant. L'impératrice ne la cravacha point, mais elle aurait demandé — peu après s'être intéressée à une peinture de chevaux — s'il s'agissait d'une percheronne, à la suite de quoi son époux aurait esquissé le geste de cingler cette croupe. Tel est le contenu d'une anecdote par ailleurs improbable : aucun témoin ne l'a jamais relatée, elle fait partie des légendes qui se colportent aux Beaux-Arts. (On ne voit du reste pas très bien qui visiterait une exposition de peinture armé d'une cravache.) Eût-elle été vraie qu'elle n'aurait rien prouvé quant aux sentiments de Napoléon III ou de sa femme à l'égard des peintres avantgardistes de leur époque. Que l'empereur ait proposé la Légion d'honneur à Courbet — qui la refusa — paraît, sur ce point, plus riche d'enseignements. Mais, légende ou réalité, qu'importe ? Tout est dans le ton et la pose, et la culture, c'est ce qui reste de ce que l'on a entendu dire. Il faut même reconnaître que l'assurance de certains candidats est telle que l'on se sent mesquin d'opposer à leurs développements caracolants des faits qui les contredisent (et parfois les ridiculisent) et n'ont pour eux que d'être avérés. (En lisant ces copies riches de fausse monnaie, j'ai évoqué mentalement plus d'une fois un dessin humoristique — de Desclozeaux, je crois —

datant de la campagne présidentielle de 1974. Sous les yeux d'un couple âgé, un candidat jeune et bien mis, Giscard, aligne chiffres après chiffres lors d'une allocution télévisée. D'une case à l'autre, ils formênt des équations qui se compliquent. Le couple paraît médusé. Le mari prend même des notes. A la dernière image, alors que la complication de l'équation et l'assurance du candidat sont à leur comble, il relève la tête et, montrant à sa femme qu'il a refait les calculs, lui dit : « Il a tout faux. »)

Contestables, approximatifs, de deuxième main, inexacts ou légendaires, la plupart des extraits cités jusqu'ici étaient rédigés en français. On ne saurait en dire autant des phrases regroupées dans la troisième catégorie, celle du sabir. Distinguons-en plusieurs variétés. D'abord, le sabir-sabir : « L'inter-pénétration de l'État et de la culture apparaît donc comme similaire, les deux mots n'étant pas inter-changeables, malgré leur similitude. » Ou : « Les finalités entre les actions culturelles et étatiques justifient une collusion entre celles-ci. » (On a envie d'ajouter « surtout par temps de pluie ».) Vient ensuite un sabir inspiré de La Palice : « La politique culturelle peut servir par son action et sa durée les intérêts de la culture française proprement dite. » Un sabir réversible : « L'enjeu culturel et le projet moderne sont à la source l'un de l'autre. » Enfin, le sabir le plus répandu a pour fonction d'envelopper le lecteur dans un brouillard s'épaississant sans cesse, tout en accréditant chez lui le soupçon que la phrase possède ou recèle un sens, que sa forme soit péremptoire ou cartilagineuse : « L'État et la culture sont des superstructures à fonction cohésive d'une infrastructure technique et économique. » Ou : « Dans un monde actuel où le temps libre de la population se multiplie et l'éducation générale s'élève, il convient de s'interroger sur le point de savoir si l'État n'a pas pour mission de veiller au maintien de la qualité culturelle »...

Le fond vaut la forme, comme on l'a pressenti à la

lecture de cette dernière citation. De nombreux candidats placent d'entrée de jeu leur dissertation sous la protection des autorités : « L'existence d'un ministère de la Culture au sein du gouvernement tend à démontrer que la culture relève des attributions de l'État », affirme un candidat, tandis qu'un autre exprime la même idée (?) sous une forme plus hésitante : « Culture et État semblent liés comme semble le prouver l'existence d'un ministère. » Et un troisième, qui voudrait contenter tout le monde et son père, hasarde sur un mode mineur qu'après tout « l'État et la culture coexistent sans dommage pour la société ». Un quatrième, enfin, que l'on sent déjà prêt à justifier tout et son contraire, soutient que « la demande sociale a entraîné une nette augmentation du nombre des ministères, d'où la création d'un ministère de la Culture ».

Au-delà du refus frileux d'aborder de front la question posée, l'immense majorité des candidats paraît n'entretenir aucun rapport personnel avec aucun art. D'où leur présupposé que la soif de beauté ou de savoir ne venant jamais naturellement à l'homme, elle doit être créée par l'État. Dans ce cas, se demandera Le Huron, comment une production artistique a-t-elle pu exister avant que l'État ne devienne la forme d'organisation politique de nos sociétés ? Dans l'esprit du candidat énarque, cet « avant » n'est pas envisageable. L'État est, il est de tout temps, comme le Verbe dans l'Évangile de saint Jean : « Toutes choses ont été faites par lui et sans lui rien n'a été fait. » On constate donc l'établissement d'équivalences étonnantes entre, par exemple, les commandes de Laurent de Médicis aux peintres de son siècle et les achats des Fonds régionaux d'action culturelle. Malraux et Jules II mènent le même combat, et il s'en faut d'un cheveu que la chapelle Sixtine ne soit présentée comme l'ancêtre des maisons de la culture, voire leur préfiguration. Le mécène est constamment confondu avec le prince, et le prince avec l'État. L'idée que l'artiste puisse précéder le mécène et ne pas se déterminer par rapport à lui n'effleure qu'une petite minorité de candidats. Que l'on peigne, que l'on compose, que l'on écrive, que l'on sculpte sans se situer préalablement avec ou contre le pouvoir, voilà une proposition qui ne leur vient pas à l'esprit. Que l'amateur achète pour son plaisir et non dans une perspective de profit est une hypothèse non envisagée. Qu'un peintre puisse se consacrer à un tableau sans penser constamment au musée dans lequel il sera accroché pour l'éternité, cela leur paraît aussi peu concevable qu'un chef de bureau qui ne voudrait pas devenir sous-directeur.

Si l'État accomplit les mêmes missions que le prince, le mécène et l'amateur de jadis, il leur est, aux yeux des énarques en herbe, infiniment supérieur par son désintéressement et, plus encore, par son égalité d'âme et son ouverture d'esprit face à l'innovation, à la créativité, au « modernisme ». Là encore, il faut souvent se frotter les yeux devant la répétition panurgique d'affirmations grossièrement contraires à la réalité. N'en déplaise aux candidats, François Iᵉʳ, Joseph II, Paul III Farnèse, Pierre le Grand et Laurent le Magnifique commandèrent sensiblement plus d'œuvres à des artistes novateurs de leur temps que n'importe quel État. Et les États les plus enclins à faire travailler les artistes furent les États totalitaires, le nazi considérant la nouveauté comme « dégénérée », et le communiste comme « antisociale »... Le succès des impressionnistes ou de la musique de Stravinski fut assuré par des bourgeois éclairés, non par des directeurs de musée ou de conservatoire, et moins encore par un ministre. Certes, il leur fallut livrer quelque peu bataille : la nouveauté qu'ils défendaient aurait-elle été neuve si elle n'avait pas bousculé des habitudes ? (Et qui peut soutenir que voir les habitudes bousculées constitue le passe-temps favori de l'État ?) Pour en rester aux impressionnistes — qui constituent le gros des citations des candidats dans le domaine de la peinture —, la plupart de leurs œuvres qui provoquent aujourd'hui un afflux de visiteurs dans les musées proviennent de dons, de legs et donc de collections privées. A l'époque où ils peignaient, l'État achetait peu (par prudence autant que par pauvreté) et des valeurs sûres, donc des peintres morts et archimorts. Mais, à la fin du XIXᵉ siècle et contrairement à la légende qui parcourt les copies, il n'achetait pas plus la peinture de Jean-Léon Gérôme que celle de Gustave Caillebotte.

Dans leur fétichisme de l'État (de l'État, pas de la République) et dans leur croyance en sa puissance et en sa bonté, certains candidats approchent du délire. « L'État est à l'origine de l'apparition de véritables génies tels Michel-Ange et Botticelli », se félicite un peut-être futur administrateur civil. Et un autre s'extasie : « Grâce à l'action culturelle de l'État, on dispose, depuis 1991, de l'intégrale enregistrée de l'œuvre de Mozart. » La réalité est un peu différente. En 1991 — année du bicentenaire de la mort du compositeur —, la firme multinationale Philips proposa, sous sa seule étiquette, les 635 œuvres recensées par Köchel. La part de l'État français dans cette initiative se limita... à prélever une taxe de 18,5 % sur les ventes de cette intégrale. Il va sans dire que, au moins depuis l'apparition du microsillon, on disposait, sous plusieurs marques, de l'enregistrement de la totalité de l'œuvre de Mozart...

Ce qui pourrait relativiser cette exaltation de l'État n'est examiné ou mentionné que par une poignée de candidats. Les autres semblent ignorer que la France est le seul pays démocratique industrialisé à avoir un ministère de la Culture, ou que les musées privés des États-Unis ne sont dépourvus ni de chefs-d'œuvre ni de public. J'entends bien que la situation de la France n'est pas critiquable parce qu'elle est exceptionnelle. Mais que cette exception ne soit pas connue et que les questions qu'elle pose soient évacuées par une affirmation religieuse et comme hallucinée de l'excellence de l'État, cela peut donner à penser, et même à craindre...

Pour mieux mettre en valeur que leur idole est tout sauf contingente, les candidats se réfèrent d'abondance à la notion d'artiste maudit. Van Gogh tient, dans ce domaine, le haut du pavé des citations. On pourrait croire que, si la IIIe République avait joui d'un ministère de la Culture, non seulement Vincent ne se serait pas coupé l'oreille, mais encore il aurait vécu dans l'opulence. Peut-être même ne serait-il pas mort... La déploration du désintérêt de l'État pour l'œuvre de Van Gogh (dont chacun souligne combien aujourd'hui *elle vaut cher*) s'accompagne d'une brave ignorance de la vie du peintre ou des traits marquants de sa personnalité : à l'asile de Saint-Rémy, Vincent souffrait sans doute de l'absence d'une administration de la culture dotée d'un bureau des génies méconnus. Quant à la notion du temps, à l'idée qu'une œuvre ne voit pas *nécessairement* sa valeur reconnue au moment où elle est réalisée et que cela ne constitue pas *automatiquement* un scandale, rien n'est moins pris en considération par nos candidats énarques. Camille Claudel est appelée au secours de Van Gogh — elle qui croulait sous les commandes !... Bien entendu, c'est de la Camille du cinéma qu'il s'agit, celle de la réalité étant beaucoup moins propre à illustrer les thèses étatolâtres. Et, puisque le cinéma et l'Histoire semblent ne faire qu'un pour ces jeunes gens supposés instruits, voilà Mozart convoqué comme exemple irréfutable du malheur de l'artiste livré à lui-même et à la loi du marché.

J'ai avalé Van Gogh et Camille Claudel de travers, mais je les ai avalés : chacun sait qu'en dépit de l'existence d'un ministère de la Culture, l'histoire de l'art n'est à peu près pas enseignée en France. Mozart m'est resté en travers de la gorge. Non que l'on dispense davantage l'histoire de la musique, mais que des candidats à l'ENA soient aussi nombreux à confondre le Joseph II de l'*Amadeus* de

Forman avec le véritable empereur, qu'ils ignorent qu'il fut acquis aux Lumières, rationaliste, anticlérical, moderniste, qu'il s'appliqua à créer une administration efficace et protégée de la corruption, qu'il abolit le servage, qu'il s'attaqua aux privilèges, qu'il supprima la corvée et qu'en plus d'être un monarque éclairé, audacieux et « progressiste » il fut, contrairement au pitre du film, un musicien fort compétent qui eut pour Mozart de prodigues bontés, cela finit par conduire à se demander s'il ne vaudrait pas mieux pourvoir les places d'énarques par tirage au sort dans l'annuaire du téléphone ! Je pense d'ailleurs que la litanie de sottises recelées par les copies du concours tient davantage à l'idéologie étatiste des candidats qu'à leur ignorance de l'Histoire...

Ces sottises ont au moins — du moins le croirait-on — une logique. Elles devraient conduire les candidats qui les profèrent à conclure que l'État doit jouer, dans l'accès comme dans l'encouragement aux œuvres culturelles, un rôle prééminent. Il n'en est rien. La quasi-unanimité des copies préfère adopter une conclusion mi-chèvre, mi-chou, dans le genre baptisé à Sciences-Po du « balancement circonspect ». C'est que ceux qui composent, s'ils ignorent l'essentiel du débat actuel sur la politique culturelle de l'État, savent que ce débat existe, et qu'il est âpre et tranché. Il ferait beau voir qu'on les surprenne à adopter une position. Les derniers paragraphes des copies sont donc consacrés à lester de multiples réserves des démonstrations jusque-là entièrement sous-tendues par une adhésion totale à l'omniscience et à l'omnipotence d'un État omnivore. « L'État doit donner aux artistes la possibilité de s'exprimer, mais en les choisissant soigneusement. » « L'État doit financer la culture, en prenant garde de ne pas l'instrumentaliser. » « Les artistes demandent une protection politique [!] que l'État se doit de leur accorder sans les contraindre. » « L'État a un horizon temporel plus grand que les agents privés, ce qui justifie son intervention auprès des créateurs, mais l'apport de certains correctifs semble cependant nécessaire. » (On ne saura jamais lesquels.) Et enfin — car il faut bien finir : « La culture peut être considérée comme l'affaire de l'État, à condition qu'il renonce à la définir, ce qui serait arbitraire. »

La lecture de mes trois cents copies me laissa, au bout de six semaines, avec l'équivalent intellectuel et moral de la gueule de bois. Comme chacune d'entre elles, selon la règle, avait été corrigée en double aveugle par un co-correcteur, j'attendis leur jugement avec curiosité, non sans me demander si ma déception et ma sévérité seraient ou non partagées. Trois personnes s'étaient réparti mon lot : deux anciens de l'ENA, également agrégés de l'Université, et un professeur de faculté. Nos impressions et nos notes s'avérèrent globalement de la même farine, malgré quelques désaccords à propos de tel ou tel candidat, désaccords qui, dans la plupart des cas, ne résistèrent pas à une discussion de bonne foi au cours de laquelle l'un ou l'autre des correcteurs admit que la fatigue ou la lassitude l'avait conduit à un excès d'indulgence ou de dureté. Chacun d'entre nous fut ainsi amené, en moyenne, à revoir son appréciation d'une copie sur vingt-cinq [1]. D'autres membres du jury avaient eu, dans les mêmes conditions, la charge d'apprécier les dissertations « culturelles » des autres deux cent trente candidats. Nous confrontâmes nos jugements. Ce fut, là encore, pour exprimer les mêmes remarques, la même déception, parfois les mêmes vertiges. (Le sérieux et la conscience avec lesquels chacun avait accompli sa tâche me parurent remarquables et réconfortants.) Après avoir additionné les notes de l'ensemble des candidats aux épreuves écrites, nous décidâmes d'en

1. A la suite de ce que l'on appelle dans le Midi « un coup de fatigue » de l'une des personnes chargées de la double correction, la présidente usa de son pouvoir réglementaire de trancher quelques cas litigieux.

déclarer admissibles quatre-vingt-seize. Quarante-huit postes ayant été « ouverts » par le ministère, un sur deux de ces « admissibles » entrerait à l'ENA après les oraux techniques et « de spécialité » et après le ci-devant « grand oral », rebaptisé depuis quelques années « oral d'entretien ». Les cinq jurés chargés de cette épreuve ont mission d'apprécier les connaissances et la personnalité du candidat. Pour les aider dans leur tâche, celui-ci est invité — mais seulement invité — à remplir une fiche indiquant quelles ont été ses activités et ses intérêts extra-scolaires. La tradition suppose qu'une ou plusieurs questions permettent au candidat de développer l'un ou l'autre des points mentionnés par lui dans cette fiche. (Par ailleurs, le jury est informé du détail des études accomplies par chacun de ceux qu'il interroge.) Les renseignements fournis sont les plus variés. Celui-ci pratique l'alto et le handball ; celle-là a participé à la reconstruction d'un village céve-nol. L'une a effectué un stage au service financier de l'ambassade de France à Londres ; l'autre, au conseil général du Morbihan. Untel s'intéresse aux Bas-ques ; Telautre pratique le scoutisme. Machin consa-cre ses loisirs à l'œnologie et au tennis de table ; Truc pratique l'observation astronomique lorsqu'il ne s'occupe pas à établir l'arbre généalogique de sa famille dans les archives départementales de Cha-rente-Maritime. D'une manière générale, la plupart des candidats font surtout état de stages dans des administrations ou des entreprises, quelquefois d'activités sportives (tennis plutôt que football), plus rarement d'un intérêt pour les arts ou la littérature, presque jamais d'un engagement person-nel (Ligue contre le racisme, mouvements de jeu-nesse). Un quarteron mentionne sa collaboration avec un homme politique comme attaché parlemen-taire ou comme assistant bénévole. Ici et là, il arrive qu'il soit question d'une curiosité particulière pour un pays étranger.

Face aux quatre-vingt-seize postulants, le jury

comportait trois anciens de l'École, dont deux
« montés du rang », c'est-à-dire passés par le
concours réservé aux fonctionnaires. C'était le cas de
la présidente, dont le rôle est prépondérant non
seulement parce qu'elle peut trancher n'importe
quel désaccord, mais surtout parce qu'elle donne le
ton. Récemment nommée conseiller maître à la
Cour des comptes, elle avait fait toute sa carrière
aux Affaires sociales, y laissant la réputation d'une
femme décidée et de terrain. C'était aussi le cas du
premier assesseur, ambassadeur en Haïti rappelé à
Paris après le coup d'État militaire, pendant lequel
il avait soutenu et même sauvé le père Aristide,
président démocratiquement élu. Le deuxième
assesseur, maître des requêtes au Conseil d'État,
ancien directeur du cabinet d'un ministre de l'Éducation, était tenu pour un juriste remarquable et un
républicain rigoureux, il s'avéra finement cultivé.
Le troisième juré, professeur de sciences politiques,
était un protestant méridional chez qui l'esprit
calviniste l'emportait sur le sens latin de la relativité des choses. Le dernier venu et auteur de ces
lignes n'avait des concours que l'expérience de celui
qui les a fuis, et de l'administration, que celle d'un
usager. Il est né assez coiffé pour n'avoir jamais eu à
gagner sa vie qu'en faisant des choses qu'il aime, a
rarement connu les nécessités de l'obéissance et,
plus souvent qu'à son tour, rencontré des gens qui
avaient beaucoup à enseigner et ne mesuraient pas
leur peine pour le faire.

Cet aréopage aurait pu être cacophonique ; chacun de nous s'employa à ce qu'il soit aussi harmonieux que possible. La présidente jugula d'ellemême ses habitudes d'autorité : aucune décision ne
fut prise autrement que par la discussion et la
confrontation des points de vue. Nos débats furent
parfois durs, souvent très animés. Nous eûmes tous,
une fois ou l'autre, la pénible expérience de ne pas
réussir à faire partager notre opinion sur un candidat, mais, à l'issue de trois semaines passées ensem-

ble, aucun de nous ne se sentit trahi ou floué, même s'il regrettait l'échec de celui-ci ou la réussite de celui-là. Nous partageâmes des moments d'une camaraderie inattendue et d'une gaieté dont il nous fallait souvent réprimer les signes extérieurs afin de conserver l'apparence convenant à nos fonctions. Il nous est souvent arrivé de dépenser des trésors d'énergie pour accoucher un candidat de ce qu'il avait de meilleur, car, contrairement à ce que l'on pourrait penser, le bonheur d'un jury est d'admettre et non de recaler. Telle est du moins l'expérience que j'en aurais eue, et, même si cette disposition d'esprit fut inégalement partagée, elle resta toujours dominante.

Nos objectifs étaient simples : savoir si le candidat (ou la candidate — mais les filles n'étaient à peu près que 20 % des admissibles) était capable de traiter une question en la mettant en perspective, notamment historique, et en en résumant l'essentiel. Si ce n'était pas le cas sur un sujet, nous en lancions un autre, voire un troisième choisi parmi les centres d'intérêt déclarés de notre vis-à-vis. Quand nous jugions ses réponses de bon niveau, nous cherchions à nous faire une idée de ses qualités humaines en le faisant parler de lui — là encore, à partir de la fiche rédigée par ses soins — et à savoir s'il avait de la vie d'autres expériences que scolaire ou familiale. Il nous arrivait fréquemment de lui demander une opinion sur un auteur, sur un cinéaste ou sur un personnage historique aussi bien que sur un débat « de société ». Lorsque notre interlocuteur s'était montré solide pendant ces deux premières parties — cela n'arriva pas souvent —, nous lui donnions alors quelques occasions de briller par des questions « de connaissance » aussi pointues que possible. Nous avions d'emblée décidé d'éviter les occasions de faire les marioles aux dépens du candidat comme de lui fournir les moyens d'étaler une aisance de salon, double exercice que résume la blague selon laquelle un juré aurait naguère interrogé un jeune homme sur la profondeur du Danube à Vienne et se serait entendu répondre : « Sous quel pont, monsieur ? »

Les quarante-cinq minutes de l'épreuve orale se déroulent dans une salle où peuvent prendre place une vingtaine de spectateurs. Les uns seront sur la sellette un jour prochain et viennent voir « comment ça se passe ». Les autres présenteront le concours de l'année suivante et cherchent un avant-goût du grand frisson. Les copains du candidat, parfois sa famille, parents en tête, forment le gros du reste, avec quelques recalés de l'écrit qui peuvent observer ce à quoi ils n'ont pas eu accès. Les convoqués attendent l'heure fatale dans un couloir étroit et sombre où circulent les rumeurs et les commentaires les moins fondés sur la nature des questions posées ou l'attitude de tel ou tel juré. Tout, durant les minutes d'attente, concourt à causer des frayeurs nouvelles à des garçons et des filles qui n'en ont nul besoin. Ils pourraient s'en préserver en utilisant la salle isolée mise à leur disposition : aucun ne le voudra. L'un des trois huissiers-appariteurs dispense des conseils de bon sens et encourage, parfois, quelqu'un dont la tête lui revient. (« Vous avez de la chance, celui qu'ils viennent d'interroger n'a rien répondu. Vous ne pouvez être que meilleur. ») L'heure sonne. On introduit les spectateurs silencieux et pleins de componction. Le bienveillant cerbère avance d'un pas et proclame le nom de celui ou de celle qui « disposera de quarante-cinq minutes », comme le dit plaisamment la présidente, pour répondre à nos questions, et qui effectue une entrée émue.

Les filles, sauf une léonine Méridionale qu'on aurait voulu voir peinte par Matisse tant elle irradie lumière et chaleur, sont vêtues comme si elles étaient leur mère revenant des soldes de Franck et Fils (dans le meilleur des cas) ou d'une session paroissiale d'accueil pastoral des fiancés (dans le plus courant). Ni maquillage ni bijoux (sauf des boucles d'oreilles rouge cerise abusivement baptisées « fantaisie »). Évidemment, elles obéissent à une consigne. Les garçons donnent à penser qu'immédiatement après leur oral ils doivent se rendre à des funérailles (dans le pire des cas) ou (dans le plus courant) à leur propre communion solennelle. La plupart d'entre eux ont entre vingt et un et vingt-cinq ans et se sont donné l'apparence d'avoir cet âge sinistre que l'on appelle « pas d'âge ». A eux aussi, bien sûr, les préparateurs ont conseillé la grisaille, le terne, le neutre. Les jurés, qui ne s'attendent pourtant pas à voir défiler monokinis ou robes d'organdi, ni habits de lumière ou bermudas, ressentent parfois douloureusement l'impression de recevoir la visite importune d'un lointain parent venu annoncer un décès ou emprunter une petite somme pour acheter des médicaments. Certes, dans le contexte d'un concours — qui plus est, d'un concours administratif —, on n'espère pas la décontraction d'une fête de fin d'année, mais le conformisme externe (et, je le verrai plus tard, interne) de la très grande majorité n'est pas nécessaire. Il peut devenir pénible, soit qu'il pèse le poids du plomb et que le plomb semble le métal dont est fait le candidat, soit, pis encore, qu'il apparaisse comme une hypocrisie, et même comme la première d'une longue série. Quelquefois, dans un corridor ou dans la cour de l'ENA, ou sur le trottoir d'une rue voisine, on croise un examiné de la veille redevenu un jeune homme de son âge et, en lui disant bonjour, on remarque qu'il rougit comme si on l'avait surpris tout nu. (Le décalage est moins fréquent chez les filles. La plupart d'entre elles ont fondu ensemble l'inné et l'acquis. Elles *sont* ce décalque polaire de cheftaine et de contremaîtresse. Elles me font penser à la blague new-yorkaise sur les femmes « workaholics » des années 90 : *Those girls think that fucking and cooking are two cities in China.)* Je ne crois pas que cette jeunesse passe ce concours pour abdiquer son âge. Elle ne fait que suivre les conseils castrateurs des bergers qui l'ont conduite jusqu'à cette épreuve.

Les quatre-vingt-seize admissibles constituent — au moins sur le papier — la crème des cinq cent trente garçons et filles qui ont participé aux épreuves écrites. On s'attend donc à une spectaculaire « remontée du niveau ». On en sera pour ses frais. On entendra la même proportion d'énormités qu'on en a lues. Un candidat a mentionné dans sa fiche qu'il est italophone et porte un vif intérêt à l'Italie. Nous l'invitons à parler des Étrusques, à propos desquels vient de se tenir une exposition à succès au Grand Palais. Il ne sait ni situer dans le temps l'apogée de leur civilisation, ni localiser leur région d'implantation dans la Péninsule. Nous passons au fascisme italien, dont nous souhaitons qu'il nous indique les différences avec le nazisme. Il préfère se taire. Nous aimerions qu'il nous dise un mot de quelques auteurs. Italo Svevo ? Il l'ignore. Primo Levi ? Il ne voit pas. Connaît-il des écrivains français qui ont écrit sur la Péninsule ? « Je pense à Stendhal, mais il n'y a pas vécu. » Le troisième juré tend une grosse perche : « Supposons que vous ayez à organiser un voyage de découverte de l'Italie. Quelles étapes choisissez-vous ? — Rome, Venise et Florence. » Cette platitude accable, mais nous tenons bon. « Commençons par Florence. Que faut-il visiter ? — Le palais des Doges et le palais de la Pythie »... Nous passons aux totalitarismes : « Pouvez-vous citer les plus importants dénonciateurs des camps en URSS ? — Hélène Carrère d'Encausse. — Que fut le décret *Nacht und Nebel* ? — C'est sur les Juifs. Ça vient de l'atmosphère qui régnait dans les wagons. » Plus tard, une candidate soutiendra que le procès Kravchenko fut celui d'un anarchiste au début du siècle. Un autre assurera que Churchill fut Premier ministre en 1920, et même responsable de l'échec de la politique économique. Un troisième nous informera que *Madame Butterfly* est un opéra tiré de *La Dame aux camélias*. L'un de ses successeurs voit Konrad Lorenz comme un mathématicien. On nous soutiendra également que la Constitution de la IVᵉ République interdisait la dissolution de l'Assemblée nationale, que Vauban fut ministre de Louis XVI, que Hitler parvint au pouvoir par un coup d'État, que le journal français qui vend le plus grand nombre d'exemplaires est *L'Express*, avec un tirage de 100 000 exemplaires. (C'est *Ouest-France*, avec plus de 900 000 copies ; quant à *L'Express*, l'étiage de ses ventes est à peu près cinq fois supérieur au chiffre avancé.)

Un candidat a rédigé une fiche dans laquelle il brosse son autoportrait en jeune homme impeccable : « Au cours de deux stages au bureau de presse du ministère de ***, j'ai pu découvrir le travail d'un service d'administration centrale en relation constante avec le cabinet du ministre, au confluent des impératifs de service public et de la politique de communication ministérielle. Par ailleurs, comme membre, depuis 1990, du conseil syndical de l'immeuble où j'habite, je suis notamment amené à vérifier les comptes et à veiller à la bonne application du règlement de copropriété. [Il a vingt-deux ans, quels loisirs garde-t-il pour son âge mûr ?] Je suis actionnaire de la société des lecteurs du *Monde* depuis sa création, et membre d'une importante organisation non gouvernementale depuis un an. » Comme ce parangon de vertus affirme un intérêt pour la presse, je l'interroge sur le discrédit dont souffre ma profession, sur sa nature et sur ses causes. Il me rassure : « Ce discrédit ne concerne pas les journalistes de la presse écrite. » Il va enchaîner, mais se rappelle que mes activités sont diverses : « Ni, d'ailleurs, de la radio... » Puis il slalome et résume le problème par des considérations critiques sur une presse dont il pressent qu'aucun membre du jury n'est un lecteur assidu — du genre : *Voici* et autres *Le Meilleur* — et hasarde quelques réserves sur la télévision, surtout commerciale.

Aux erreurs si souvent grossières il faut ajouter l'ignorance. Les questions portant sur la science politique aboutissent presque toujours à un silence

216

confus. Lorsqu'il s'agit de droit public, c'est à peine mieux. Un candidat — qui ambitionne peut-être de détenir un jour un portefeuille ministériel — ignore le mode d'élection du Sénat, pont aux ânes de la première année de licence. Un autre n'a jamais entendu parler de l'« exception d'inconstitutionnalité ». Un troisième n'a pas idée du rôle d'un commissaire du gouvernement au Conseil d'État. C'est à peu près comme si un apprenti boulanger ignorait ce qu'est un pain complet. Un postulant, bien que nous sortions à peine des cérémonies du cinquième centenaire de la découverte de l'Amérique, ne peut aligner trois mots sur Las Casas et rien sur son attitude à l'égard des Indiens. Après quelques questions littéraires (« Parlez-nous des personnages de Balzac qui vous ont intéressé. » Silence), il manifeste un agacement appuyé devant la futilité de nos interrogations. Il s'est montré solide, au début de l'entretien, sur des points concernant le commerce extérieur et les accords du Gatt, qui sont en pleine actualité. Il souhaiterait vivement que nous en revenions à des affaires de cette consistance, mais notre religion est faite sur sa capacité à ruminer des chiffres, nous aimerions savoir s'il a un autre usage de son cerveau : « Le magazine *Lire* vient de faire sa couverture avec un dessin de Cocteau et une question : " L'homosexualité est-elle un avantage littéraire ? " Quelle réponse lui apporteriez-vous ? » Il lève un sourcil excédé : « C'est normal. Ces gens-là sont plus sensibles. » Ce café du Commerce m'assomme, mais mon voisin du Conseil d'État veut aller un peu plus avant : « Des écrivains ont fait de leur homosexualité le sujet de leur œuvre. Pouvez-vous nous en parler ? » Le sourcil gagne de la hauteur, le ton devient sec, du style « vous allez m'emmerder encore longtemps ? » : « Je connais Proust et Gérard Sollers. » Après le concours, auquel il échouera celui-là confiera à une étudiante en journalisme qu'« il y avait deux pédés dans le jury ».

Je retrouve, en écrivant ces lignes, l'impression

d'accablement inquiet que j'ai éprouvée si souvent pendant cet oral à entendre les truismes succéder aux perles, et à cette enfilade de lacunes, comme aurait pu dire le sapeur Camember, lequel aurait eu ses chances au milieu de ces jeunes gens instruits. A quoi bon ajouter celui qui croit que « la papauté est un mouvement religieux », celle qui ne peut citer le nom d'au moins un ministre important de Louis XIV, celui qui ne sait pas sur quoi portait l'édit de Nantes, dont il situe la promulgation vers 1750, celui qui soutient que Mauriac fut une figure de la Fédération de la gauche démocrate et socialiste, celui qui croit que Jules Vallès dirigea un ministère de la IIIe République, celle qui ne sait dire de Louis Jouvet que « c'était un comédien », celui qui ne peut ni situer dans le temps ni définir le Cartel des gauches, celui qui affirme que la NRF fut créée par Jean-Paul Sartre, celle qui assure que les États-Unis possèdent une télévision d'État, celui qui pense que Jeanne d'Arc a été condamnée par l'évêque de Cauchon (et pourquoi pas brûlée par Justin Bridou ?) ?...

Et il faudrait encore décrire la dizaine de candidats dont il n'est pas possible de tirer quoi que ce soit, auxquels, pour tâcher d'obtenir une réponse et de faire couler le temps un peu plus vite, nous en serons réduits à demander de parler de leur ville natale ou de nous commenter le dernier film qu'ils ont vu. Peut-être, lecteur, ta pitié s'éveille-t-elle et, au lieu d'aller aux membres du jury, s'adresse-t-elle, en ces temps de sensibilité humanitaire (ou de sensiblerie ?) aux candidats malheureux. Mais qui les force à présenter ce concours ? Et surtout, où situent-ils la légitimité de leur prétention à administrer les gens et les choses, à occuper pendant quarante ans des postes où l'on décide ? A moins que tu ne penses, lecteur, que, pour être inspecteur des finances, préfet, ambassadeur ou administrateur civil, il est inutile d'avoir lu Balzac, Vallès (« Quel trou font, dans mon cœur d'homme, dix ans de jeunesse perdue... ») et *Le Sapeur Camember*... Mais alors qu'est-ce qui justifiera que la haute fonction publique puisse se mêler de tout dans ce pays, si ce n'est, à côté de sa capacité à raisonner, sa culture, c'est-à-dire son sens de la relativité ?

Certes, il y eut d'autres candidats que ceux dont je viens d'aligner l'ignorance, ou les connaissances éclatées, le conformisme, ou l'absence de personnalité. Certains eurent même réponse à tout. L'un d'entre eux se mettait en marche au quart de tour et traita avec la même sûreté de la philosophie politique de Claude Lefort ou de Cornelius Castoriadis, du commerce international des oléagineux, du principe de séparation des ordonnateurs et des comptables, de l'histoire du mouvement anarchiste, du pouvoir réglementaire des ministres, du Parti radical, de l'Allemagne de Hitler... Mais comment ne pas frissonner devant cet homme-machine, parlant sur le même ton de la culture du tournesol et de la barbarie nazie, comme si la vie consistait en une série de dossiers à sérier, à examiner, à traiter ?...

Ce fut pourtant de ce lot que nous dûmes extraire les quarante-huit moins mauvais car tel est le paradoxe des concours : les places qu'ils offrent doivent être pourvues, quoi qu'il en soit du niveau des candidats. Ainsi tel ou telle qui aurait été refusé(e) s'il s'était agi d'un examen, faute d'atteindre « la moyenne » a été reçu(e) simplement pour s'être situé(e) dans la catégorie que les Québécois appelleraient des « moins pires »...

A la fin de ces trois semaines, une amie, qui s'était quelquefois glissée dans le public, me demanda sans crier gare : « Maintenant que c'est terminé, y a-t-il des candidats avec qui tu serais content de dîner ? » Il y en avait. Celui-là, qui s'exprimait timidement mais solidement et qui connaissait si bien ses sujets qu'à la fin je me crus autorisé à parler avec lui de théâtre, car il le pratiquait en amateur. « Quelle est pour vous la plus belle scène d'amour ? — " Le récit de la servante Zerline ", parce qu'elle est seule et qu'elle raconte un amour disparu. » Cet autre, qui arriva ébouriffé, mal endimanché, le lundi boutonné avec le mardi, qui parla si bien de Voltaire et de l'affaire Calas et qui, lorsqu'on lui demanda s'il connaissait les écrits politiques de Jean-Jacques Rousseau, en cita la plupart — y compris le projet de constitution pour la Corse — et ajouta dans un sourire : « Je ne prétends pas les avoir lus. » Celui qui s'intéressait vraiment à l'architecture ne craignait pas d'exprimer ses préférences et répondit à rebours de la mode sans hausser le ton d'un décibel, même lorsqu'il contredisait de front l'idée exprimée par l'un ou l'autre de ses tourmenteurs. Ce dernier, enfin, ancien élève de l'École normale supérieure, que le trac paralysait et dont les réponses, pauvres, voire étiques, ne « collaient » pas avec ce que je croyais sentir du personnage, ni à ce que sa fiche nous disait de lui. A vingt-quatre ans, il avait couru un bon bout de l'Europe et déjà publié dans des revues qui n'accueillent pas d'auteurs sans idées. Les minutes passaient, le blessant toutes. Avant que la dernière ne le tue, comme il était italophone et philosophe, je ressortis Primo Levi. Il fut éblouissant : sa connaissance de l'auteur de *Si c'est un homme* n'était rien à côté de sa capacité à transmettre l'essentiel de la réflexion tragique de Levi et à faire partager son affection pour lui. Après l'avoir entendu, n'importe qui, ignorant de cet auteur, se serait précipité chez un libraire. Le conseiller d'État, radieux, se pencha vers moi : « Il est sauvé. » Il le fut. Lors de la délibération, ce compagnon de chaîne, ordinairement réservé et attentif à ne prendre la parole qu'à son tour, se précipita au filet : « Il a peut-être été très court sur beaucoup de sujets, mais, après ce qu'il a dit de Primo Levi, je sais que c'est le genre de garçon dont nous avons besoin et que j'aimerais avoir pour collègue. » Chacun approuva. Ce candidat-là, comme les quelques autres avec qui j'aurais volontiers dîné, ressemblait à un homme et non à un clone, à une âme morte ou à une carcasse de libellule.

Table des matières

Cet ouvrage a été composé
par l'Imprimerie BUSSIÈRE
et imprimé sur presse CAMERON
dans les ateliers de la S.E.P.C.
à Saint-Amand-Montrond (Cher)
en octobre 1993

N° d'édition : 14818. N° d'impression : 2729.
Dépôt légal : octobre 1993.

Imprimé en France